ELITE BOYS

NICK BROOKS

ELITE BOYS

Traduit de l'anglais (États-Unis)
par Laura Derajinski

ALBIN MICHEL
Stories

Titre original : PROMISE BOYS
(Première publication : Henry Holt and Company)

22, rue Huyghens 75014 Paris
www.albin-michel.fr

Loi n° 49-956 du 16 juillet 1949 sur les publications
destinées à la jeunesse, modifiée par la loi n° 2011-525 du 17 mai 2011.

Aux gars de Chocolate City

En vingt-cinq ans d'enseignement, j'ai été témoin d'un phénomène fascinant : les écoles et l'instruction de manière générale deviennent de plus en plus insignifiantes aux yeux des grandes entreprises mondiales. Plus personne n'est convaincu que les scientifiques amassent leur savoir grâce aux cours de sciences, les politiciens grâce aux cours d'éducation civique, ou les poètes grâce aux cours de littérature. La vérité, c'est que les écoles n'enseignent pas grand-chose, excepté d'obéir aux ordres. C'est un grand mystère pour moi car des milliers d'êtres humains attentionnés et bienveillants y œuvrent, professeurs, assistants, agents administratifs, mais la logique abstraite du système étouffe chacune de leurs contributions individuelles. Les professeurs ont beau travailler dur et s'attacher à l'avenir de leurs élèves, l'institution, elle, est psychopathique – elle n'a aucune conscience.

Elle fait retentir une sonnerie et le jeune homme en train d'écrire un poème est contraint de refermer son cahier et de se rendre dans [une] cellule différente où on lui demande d'apprendre par cœur que l'homme et le singe descendent d'un ancêtre commun.

John Taylor Gatto,
Why Schools Don't Educate

FLASH INFO :

UN PROVISEUR RESPECTÉ, ASSASSINÉ À 43 ANS

La police de Washington DC enquête sur un homicide dans un quartier nord-est de la ville. M. Kenneth Moore, fondateur et proviseur du collège-lycée privé de la Promesse urbaine, a été abattu dans l'enceinte de l'établissement ce vendredi 10 octobre. Il était très apprécié de la communauté locale.

C'est un collègue de Moore qui a découvert le corps en début de soirée, avant d'appeler les secours.

À leur arrivée sur les lieux, les forces de l'ordre ont trouvé Moore à terre, victime d'une blessure par balle à la tempe. Son décès a été constaté sur place.

Les inspecteurs de police se sont aussitôt affairés à débusquer un, voire plusieurs suspects, et à déterminer un mobile. Trois étudiants auraient ainsi déjà été placés en garde à vue dans l'attente de leur interrogatoire.

Si vous détenez la moindre information sur cette affaire, merci de contacter la brigade criminelle au département de police du district de Columbia, au 202-555-4925.

Une récompense de 65 000 dollars sera offerte à quiconque apportera toute information utile à l'arrestation et à la condamnation des coupables.

PREMIÈRE PARTIE

J.B.

AUJOURD'HUI

PERSONNE

Élève du lycée privé de la Promesse urbaine

Il paraît qu'un élève a apporté un flingue en cours, le jour du meurtre.
Mais je vous ai rien dit.

KEYANA GLENN

Élève du lycée Anacostia

On ne peut pas croire les trucs qu'on voit, seulement les trucs qu'on ressent. Je pensais pouvoir croire en J.B. parce que je sentais combien il m'appréciait. Enfin, c'est ce que je pensais, jusqu'à ce qu'il me pose un lapin. Juste après qu'on s'était vraiment rapprochés. Il m'avait dit la veille qu'il me retrouverait après les cours et qu'on irait au match ensemble. Qu'on serait *ensemble.* Officiellement.

Il m'a juré qu'il était différent. Pas comme les autres mecs. Mieux qu'eux. Et même si c'était contraire à mon instinct, je me suis laissée convaincre et je lui ai accordé ma confiance. Peut-être que c'est encore le cas... Mais pour l'instant, je ne sais plus rien du tout, je suis complètement perdue.

Rah, je me sens tellement conne. J'ai été utilisée, ou piégée. Et maintenant, j'ai une opinion merdique de *moi-même*, et ça, c'est pas juste. Rien que d'y penser, ça me met en colère.

Dès que je ferme les yeux, je me repasse la soirée en boucle. Je me revois me traîner toute seule au match, prête à choper J.B. et à lui dire deux mots. Mais à mon arrivée, il était couvert de sang.

Je suis restée scotchée devant la porte du lycée.

On était scotchés tous les deux.

Tous les trucs que j'avais envie de lui hurler à la face sont remontés mais se sont coincés dans ma gorge.

Le sang.

Mes pensées tournaient à toute vitesse. Il s'était blessé ? C'est pour ça qu'il n'était pas venu me chercher comme promis ? Qu'il n'avait pas répondu à mes textos, qu'il ne m'avait pas appelée ?

« C'était pas ma faute... », il a murmuré en essayant de retrouver son souffle. Et puis il est parti. Clairement, il n'était pas blessé, vu comment il marchait vite.

Il a disparu dans l'obscurité du soir.

Bien sûr, à ce moment précis, je n'étais pas au courant pour le proviseur Moore. Tout le monde affirme que J.B. l'a tué, mais, genre, une part de moi n'arrive pas à y croire.

D'un autre côté, je sais très bien ce que j'ai vu: J.B. et son T-shirt couvert de sang. Et ses paroles qui tournent en boucle dans ma tête. « C'était pas ma faute. »

Chaque fois que je commence à croire à un truc, je me rends compte que *tout le monde*, ici, est faux-cul. Je me dis que c'est impossible de connaître parfaitement quelqu'un.

J'espère me tromper. J'espère que J.B. est innocent.

INFIRMIÈRE ROBIN

Employée du lycée privé de la Promesse urbaine

Mon travail me tient à cœur, n'allez pas croire le contraire. C'est cet *endroit* que je ne supporte pas. Quand j'ai dit à mes amis que j'allais travailler à la Promesse urbaine, le lycée privé, ils m'ont tous mise en garde, puisque c'est un établissement pour garçons, et je pensais pouvoir gérer la situation. Je me coltine des hommes dégueulasses vingt-quatre heures sur vingt-quatre. À chaque école qui m'a employée, chaque trajet de bus, chaque balade dans la rue, chaque emplette à l'épicerie, les hommes me draguent. Si je pouvais m'en sortir ailleurs, pourquoi pas au lycée de la Promesse ? Pas vrai ?

Faux.

À la Promesse urbaine, j'étais incroyablement mal à l'aise, *nerveuse* ; vous voyez de quoi je parle, je pense. Le proviseur Moore a créé là-bas une sorte de marmite où bouillonne un mélange de virilité toxique et de fragilité masculine. Et vous croyez sûrement que je parle des élèves, mais non. Les gamins, ça reste des gamins, ils ont encore tout à apprendre. Je parle des adultes. Des profs, des vigiles, de la direction.

Ils encouragent ces comportements. L'année dernière, un garçon a fait circuler une vidéo inappropriée d'une jeune fille qu'il avait lui-même filmée, et les vigiles ont fouillé ses affaires, lui ont confisqué son téléphone. C'était la bonne réaction. Sauf qu'il n'a jamais reçu ni heure de colle ni exclusion temporaire. Pas même une tape sur les doigts ! Pire encore, j'ai vu les vigiles faire circuler le foutu téléphone dans leur salle de pause pour regarder la vidéo avant de la supprimer. Ils étaient là, à ricaner devant de la pédopornographie pure et dure, à balancer des vannes sur la jeune fille à l'écran. Ils n'y ont pas réfléchi plus que ça. Quand il est question de femmes, à la Promesse urbaine, il n'y a franchement... aucun sens moral.

Mais Moore s'en contrefichait. Tant que les garçons restaient dans le rang, ces types-là pouvaient bien faire les cons. Vous savez, Moore est irréprochable aux yeux de l'opinion publique mais il n'était pas totalement nickel non plus. C'étaient des petits détails, comme me serrer dans ses bras un peu trop longtemps ou poser la main sur mes reins quand il me parlait dans le couloir.

Et puis, traitez-moi de folle si vous voulez, mais je jure qu'il avait un problème avec l'alcool. J'ai soigné une multitude de patients alcooliques et Moore cochait toutes les cases. Ses sautes d'humeur brusques et imprévisibles. Tantôt doux comme un agneau, charmant et affable, encourageant et attentionné. Tantôt brusque et violent. Je l'ai vu aboyer sur des élèves, aboyer sur des profs, et même aboyer sur le conseiller d'éducation, M. Hicks. Ces derniers temps, c'était pire que d'habitude.

Bref. À mon avis, et contrairement à ce que pensent beaucoup de gens, ce n'est pas une si grande perte que ça.

Quant aux garçons qu'ils interrogent au sujet du meurtre, je ne les connais pas vraiment, mais j'ai croisé J.B. le jour même. Il est venu me voir pour se faire soigner la main. Il avait une méchante plaie après avoir frappé dans quelque chose.

« Qu'est-ce qui t'est arrivé ? », je lui ai demandé. Il serrait les poings de toutes ses forces, comme s'il essayait de s'enfoncer les ongles dans sa peau. Sa peau brun foncé maculée de sang.

« Rien, il a marmonné.

– Ce n'est pas rien, si tu es ici avec la main dans cet état. »

J'ai essayé de lui sourire, de le mettre à l'aise, avec ses articulations en lambeaux.

J'ai nettoyé au mieux sa blessure mais il a refusé de déplier ses doigts. Pas une seule fois, de tout le temps qu'il a passé à l'infirmerie. Il gardait les yeux rivés au loin, la mâchoire crispée, l'air de vouloir utiliser encore une fois ce poing déjà bien amoché.

J'ai rejoint mon bureau à reculons avant de lui dire qu'il pouvait partir. Je me sentais mue par un instinct étrange. Je ne voulais pas lui tourner le dos. Pas avec cette colère qui émanait de son corps, pareille à un halo de chaleur. Comme s'il était prêt à frapper à nouveau, d'un moment à l'autre, comme si ses mains cherchaient un punching-ball, quelque chose, n'importe quoi, une cible à cogner. Ça, c'est quelqu'un qui connaît bien la violence. Et à un si jeune âge... J'en ai des frissons.

Donc, ouais. Je cherche un boulot dans une autre école.

BECCA BUCKINGHAM

Élève du lycée privé de la Miséricorde, école pour filles

Ces pauvres garçons. Retranchés dans leur colère. Mais c'est dû à leurs conditions de vie, non? Enfin, quoi, imaginez-vous vivre dans la pauvreté, constamment victime du profilage ethnique et des inégalités du système. Vous seriez comme eux. C'est pour cette raison que j'ai choisi d'être tutrice à la Promesse. Pour *changer les choses.* Compte tenu de mes privilèges de femme blanche, je considère ça comme ma responsabilité.

Quoi qu'il en soit, je n'arrive pas à comprendre pourquoi ils auraient assassiné le proviseur Moore. Surtout après tout ce qu'il a fait pour eux. C'est une telle tragédie.

Ils affirment avoir trois suspects. Tout le monde en parle et Washington DC n'est pas une aussi grande ville qu'on le pense. Les rumeurs circulent vite. J'ai donné des cours de soutien à l'un d'eux, d'ailleurs.

Ramón Zambrano.

Ramón est un mec adorable. Il dégage quelque chose... d'angélique. J'aime tellement son, hm, authenticité culturelle. Il fait des... je crois que ça s'appelle des *papouses*? Ces petits gâteaux, là. J'ai entendu dire qu'il les préparait avec sa grand-mère. Si ce n'est pas mignon, ça.

Je me suis surpassée pour l'aider à parler anglais couramment, car ça lui offrira davantage d'opportunités. Sans oublier que c'était mon devoir. Et Ramón y a vraiment pris goût. Il y a quelques semaines, il m'aurait semblé impossible qu'il ait pu commettre un crime pareil. Une part de moi-même en est encore persuadée. Bien que j'aie vu... euh, admettons simplement qu'il a parfois mauvais caractère, d'après ce que j'ai *entendu dire.*

Mais pour lui, il y a encore de l'espoir. C'est forcément un coup d'un des deux autres garçons qu'ils ont arrêtés.

Comme ce... **Trey Jackson.**

Je ne lui ai jamais parlé, à vrai dire. Mais il est drôle, paraît-il. Beaucoup de filles à la Miséricorde le trouvent canon, et en plus, il fait du basket, donc voilà. Peut-être qu'il jouera dans la NBA, plus tard. Qui ne rêve pas de sortir avec un mec comme lui?

Moi.

Les sportifs sont tous des abrutis et je suis certaine que Trey l'est aussi. À y repenser, les gens le traitent de harceleur. Il se moque sans arrêt des autres élèves, il les rabaisse pour se mettre en avant.

Mais les gens disent aussi qu'il a, hm, un oncle militaire au comportement violent. Parfois, les gars qui grandissent avec des modèles masculins brutaux finissent eux-mêmes par être brutaux, vous savez? Mais bon, lui au moins, il a une figure paternelle dans sa vie! Je ne peux pas l'affirmer avec certitude, mais je parie que c'est rarement le cas pour les garçons de cette école.

Et puis, il y a **J.B. Williamson.**

Je ne le connais pas mieux que Trey, mais j'ai entendu dire que J.B. est plutôt intelligent. Je le voyais souvent dans les couloirs, les jours de tutorat, et je me souviens surtout de lui car il est immense. Environ un mètre quatre-vingt-dix! Et les mecs grands, je les trouve super sexy. Mais il ne souriait jamais. Peu importe combien de fois je lui ai souri, combien de fois je l'ai salué, il m'ignorait systématiquement. J'avais un pressentiment bizarre, vous voyez?

On me questionne sans arrêt sur cette journée particulière, à la Promesse. J'avais donné des cours de soutien tout l'après-midi dans la salle des non-anglophones. Je suis sortie quelques secondes pour boire de l'eau et ils étaient là: J.B. et le proviseur Moore, en pleine dispute.

Je suis restée figée sur place, comme tous les autres. J.B. surplombait le proviseur et il y avait un profond impact dans le casier métallique derrière eux. Du sang dégoulinait des articulations déchiquetées de J.B. et gouttait sur le lino. J'ai senti la tension à l'autre bout du couloir.

J.B. tenait tête au proviseur Moore, il attendait de le voir détourner le regard ou reculer. Mais le proviseur a ri, il ne s'est pas démonté. Mon cœur me martelait la poitrine et mon pouls battait si fort que je n'ai presque pas entendu leur dispute.

Le proviseur a levé la main, il a fait signe à J.B. de s'éloigner, et alors que J.B. passait devant moi à grandes enjambées, tout agressif et furieux, il a marmonné: «Il va prendre cher un jour, lui.»

J'ai déjà entendu les garçons de la Promesse dire ça. C'est un peu comme la conclusion d'une dispute. Alors que les vigiles de l'école les séparent, ils hurlent cette phrase, encore et encore. Un avertissement. Et ça n'y coupe jamais – quand les ragots atteignent la Miséricorde, ils rapportent les bagarres de quartier entre les garçons de la Promesse.

Mais maintenant, ces mots tournent en boucle dans ma tête. Quelques heures après que J.B. les a prononcés, le proviseur Moore a été retrouvé assassiné.

UNK

Mec du quartier

J'en ai rien à foutre moi du proviseur.

Le proviseur, il en a rien à foutre de moi.

Hein?!

Ce type, il m'a jamais regardé en face, c'est comme si j'existais même pas.

La seule fois qu'y m'a adressé la parole, c'était pour me gueuler de dégager des abords de son lycée.

Mais j'suis d'ici moi. J'étais là avant lui! *Dequoituviensme-parlertoi*!

Les Noirs arrogants et coincés du cul, y prennent le pouvoir autant que les Blancs.

BIENVENUE AU QUARTIER, BABY. HAHAHAHAA!

Voyez c'que j'veux dire!!

VIVE WASHINGTON DC, CHOCOLATE CITY!!!!

WILSON HICKS

Conseiller d'éducation au lycée privé de la Promesse urbaine

Oh mon Dieu.

Je l'ai retrouvé mort.

Oh mon Dieu, pourquoi fallait-il que ça m'arrive, à moi ?

Je n'avais encore jamais vu du sang couler comme ça. Un fleuve écarlate qui se déversait depuis les rebords du bureau.

Des yeux vitreux qui me fixaient.

Je me suis approché, encore un peu, encore un peu. « Kenneth ! Kenneth ! »

J'ai parcouru son corps du regard. J'ignorais d'où jaillissait le sang. Je me suis bouché le nez car une puanteur de matière fécale planait dans l'air, annonciatrice de mort. Kenneth s'était chié dessus. J'avais toujours entendu dire que les gens lâchaient tout au moment de mourir, mais je pensais qu'il s'agissait d'un simple mythe.

J'ai reculé à tâtons. J'ai senti mon visage virer au rouge. Mes tempes dégoulinaient de sueur. Des questions s'entrechoquaient à toute vitesse dans mon esprit: à quoi avaient ressemblé ses derniers instants? Avait-il été terrifié quand on avait appuyé sur la détente? Avait-il souffert? Avait-il eu peur de mourir?

Mais je n'aurai jamais de réponses à ces questions.

Encore maintenant, quand les souvenirs de cette soirée-là se rejouent dans ma tête, tout me revient avec férocité. Aurais-je pu agir différemment? Aurais-je pu empêcher cela?

Étions-nous meilleurs amis? Non. Techniquement, c'était mon supérieur hiérarchique. Mais quand Kenneth s'est mis en tête de créer le lycée privé de la Promesse urbaine, c'est moi qu'il a embauché en premier. Et ensemble, nous avons bâti quelque chose de véritablement remarquable. Vous pouvez dire ce que vous voulez au sujet de ses méthodes, ou même des miennes, nous avons obtenu d'excellents résultats. Certes, nous ne sommes pas tendres avec les gamins mais nous n'avons jamais dépassé les bornes. Ces enfants nous importent, à nous bien plus qu'aux autres adultes, et nous voulons ce qu'il y a de mieux pour eux. Nous voulons faire d'eux des rois. Nous avons même créé la Fondation de la Promesse, une bourse qui permet d'inscrire à l'université des élèves qui ne peuvent pas financer de telles études. Mais certaines personnes refusent de comprendre que nous sommes déterminés à forger des hommes, et non pas à dorloter des garçons.

Malheureusement, certains élèves refusent de grandir.

J.B. Williamson, Ramón Zambrano et Trey Jackson: tous refusent de grandir.

L'un d'eux a fait ça, peut-être même les trois ensemble. Les registres du lycée indiquent qu'ils se sont tous pris le bec avec Kenneth, ce jour-là.

Si je devais parier, je dirais que c'est J.B. Il faut toujours se méfier des discrets. De ceux qui ravalent leurs pulsions violentes. Et puis, J.B. vit à Benning Terrace. J'en ai vu tellement, des mômes de son espèce. On les connaît bien, ceux qui viennent de là-bas.

BANDO

Petite frappe du quartier

L'ont buté, gros ! En plus, je venais juste de voir mon pote ! Et maintenant, y disent qu'il pourrait bien se retrouver en taule pour une connerie de meurtre ? J.B., il a jamais été comme ça, chez nous. Enfin, ouais, si, il traînait pas mal dehors et tout, mais il dealait pas ni rien. Il a toujours eu l'air d'un mec bien. Mais bon, il a deux mains et il sait s'en servir. Si tu le provoques un peu trop et que t'es dans la trajectoire de ses poings, il t'envoie direct à l'hosto.

{inspire}

Je me souviens d'une fois, on se faisait un basket au centre social, et J.B., il traînait près du terrain, tranquille. Il est immense, putain, alors on pourrait croire qu'il déchire tout au basket, mais en fait, y sait pas jouer. Bref, on avait besoin d'un cinquième mec alors je l'ai convaincu de nous rejoindre. Pendant un moment, il a bien géré, mais comme il est grand, les autres arrêtaient pas de faire obstruction. Chaque fois que mon pote tentait un panier, ils le contraient violemment. Ils lui explosaient les bras comme des chiens, pour lui piquer le ballon et le faire passer pour un con.

Mais J.B., il est cool, il cherche jamais à se battre, il veut juste être accepté. Sauf que, comme tout le monde, il a ses limites. Alors quand ils ont capté qu'il était pas si agressif que ça, ils se sont mis à le contrer encore plus ! Y a un mec qui lui a collé un coup de coude et J.B., de nulle part, il lui a balancé la droite la plus méchante que j'aie jamais vue. C'était presque comme un réflexe. Y avait du sang partout. Il lui a pété le nez et le mec est tombé, raide, il a touché le sol avant même que J.B. ait compris ce qu'il venait de faire.

{expire}

Mais même avec cette histoire, j'arrive pas à imaginer que ça puisse être un tueur.

{inspire}

Enfin bon, j'ai aussi connu un tas de mecs qu'étaient pas des tueurs jusqu'à ce qu'ils tuent quelqu'un. À peine quatorze ans, des fois, gros. T'sais, parfois cette merde, elle reste planquée en toi jusqu'à ce que ce soit le bon moment.

{expire}

J'imagine que c'est possible. Peut-être que J.B. l'a fait. Peut-être que sa colère a tout fait ressortir.

M. REGGIE

Agent de sécurité au lycée privé de la Promesse urbaine

C'est rare qu'il y ait des heures de colle, les jours de match. Surtout ce jour-*là*. Le jour des matchs décisifs de *play-off*, je crois. On leur mène déjà tellement la vie dure, aux élèves de la Promesse urbaine: interdiction de parler, de rire, *de voir des femmes*. Leur seul exutoire, c'est l'équipe de basket.

N'importe qui est autorisé à assister aux matchs et on est plutôt bons, cette année, alors les filles de toute la ville viennent voir jouer les gars. Ils adorent ça. Je pensais donc qu'il n'y aurait pas de retenues à surveiller et que j'allais pouvoir rentrer chez moi plus tôt, pour une fois. Mais non, une poignée d'élèves avait quand même décidé de s'attirer des ennuis: J.B., Ramón et Trey.

J.B. est arrivé le premier et, très honnêtement, j'étais choqué. Ça fait six ans que je travaille à la Promesse urbaine et je peux affirmer que je n'avais jamais vu J.B. Williamson être puni après les cours. Un gamin discret, sacrément grand, mais une attitude tranquille.

Ramón s'est pointé ensuite. Il est abonné aux heures de colle, souvent parce qu'il a été surpris à jouer aux dés ou à sécher les cours, rien de bien grave. Plutôt classique. Des conneries d'ados. Ce qui me plaît chez lui, c'est qu'il a du cran. Il entre dans la salle d'un pas décidé, il ramène ses cheveux luisants en arrière avec un peigne et me rappelle Fonzie dans *Happy Days*. Dès qu'il me voit, il me lance, « Hé, m'sieur, comment jouent les Ravens en ce moment ? » depuis qu'il a repéré mon mug des Ravens de Baltimore.

« Ils se débrouillent plutôt bien », je réponds toujours, que ce soit vrai ou non.

Il s'en fiche mais il a l'intelligence de ne pas me prendre à rebrousse-poil, au cas où il finirait en retenue ce jour-là. Il est malin. Manipulateur, même. Mais gentil.

Donc effectivement, Ramón s'est pointé d'un pas nonchalant ce jour-là et m'a demandé comment allaient les Ravens. Il serrait la mâchoire, un peu sur les nerfs. Ce n'est pas un gamin agité ou énervé, et là, je voyais qu'un truc le travaillait. Je lui ai demandé s'il avait besoin de parler à quelqu'un mais il m'a répondu d'un haussement d'épaules, le regard noir. Je pouvais le gérer facilement – il avait beau être en colère, c'était juste Ramón.

Malgré son comportement désagréable, je pensais encore que la retenue serait tranquille, jusqu'à ce que... Trey Jackson débarque à son tour. Trey vivait dans cette salle. On se prenait la tête chaque minute de chaque jour. Comme si c'était drôle. C'était une sorte de jeu qu'il jouait avec nous, les agents de sécurité du lycée.

Donc ce jour-là, Trey demandait sans arrêt à aller aux toilettes, encore et encore et encore et encore. Ce gamin devait vraiment me prendre pour un débile ! Lui et moi, on savait parfaitement qu'il voulait passer au gymnase pour suivre le score du match de basket. Mais Trey m'a tellement cherché, à lever la main sans arrêt et à faire claquer sa langue contre ses dents, que j'ai fini par l'autoriser à sortir.

Au début, je n'y ai pas trop réfléchi, mais il s'était écoulé un sacré bout de temps et je me suis dit qu'il fallait que j'aille voir ce qu'il faisait. Si je laissais J.B. et Ramón seuls dans la salle, ça irait, c'étaient des gars plutôt corrects. Ils resteraient tranquilles, ils respecteraient le règlement et termineraient vite leur colle.

J'ai cherché dans tout le bâtiment, sans succès.

Je n'ai jamais retrouvé Trey.

Et c'est alors que j'ai entendu le *bang*. C'était la folie dans le lycée. Des cris ont empli les couloirs. Les gens ont jailli en désordre du gymnase. J'ai couru avec les autres agents de sécurité en direction du coup de feu. Je les ai suivis jusqu'à la salle de retenue.

Quand j'y suis entré en trombe, J.B. et Ramón n'étaient plus là. Le conseiller d'éducation, M. Hicks, criait à l'aide dans la pièce voisine et on a compris à ce moment-là que quelqu'un avait tiré sur le proviseur Moore. On a appelé une ambulance sur-le-champ et on s'est efforcé d'éloigner les gens de la scène.

De toutes mes années de métier, je n'avais jamais rien cédé à un élève. Et à la seconde où je l'ai fait, quelqu'un a perdu la vie.

Je me sens si mal. Quel que soit mon angle d'approche, je suis responsable. Si je n'avais pas laissé Trey sortir ce jour-là, peut-être que rien de tout cela ne serait arrivé. Et si l'un des deux autres est coupable, il n'aurait pas eu l'occasion d'agir si j'avais bien fait mon boulot et que j'étais resté à mon poste. Et si aucun des trois n'est coupable, si j'avais été dans la salle de retenue juste à côté du bureau de Moore, j'aurais peut-être pu intercepter le tueur. Ou sauver la vie de Moore.

Mais à bien y réfléchir… c'était peut-être une chance de ne pas avoir été sur place. J'aurais pu me prendre une balle, moi aussi. Trey m'a peut-être sauvé la vie. Je ne sais pas.

Quoi qu'il en soit, je n'arrive pas à m'en remettre. Surtout après ce que j'ai vu sous le bureau de Moore. Mon cœur a coulé à pic. Je ne sais pas si quelqu'un d'autre l'a vu. Quand ils ont sorti Moore sur une civière, j'ai aperçu le peigne de Ramón par terre. Comment aurait-il pu atterrir là, si Ramón n'avait pas été dans cette pièce?

Je n'en ai pas parlé aux flics parce que, bon, je ne sais pas exactement ce qui s'est passé. Et s'il y a bien un truc que je n'ai pas envie de faire, c'est de les aider à jeter un autre gamin de couleur derrière les barreaux. Mais putain. Ça me travaille franchement.

Ramón aurait-il pu faire ça? Il est censé faire partie des bons éléments.

MME WILLIAMSON

Mère de J.B.

Mon Dieu, Seigneur tout-puissant,

Je te demande de bénir et de protéger mon petit garçon. Mon seul bébé. Je viens à toi pleine d'humilité, Seigneur, et je te demande pardon pour les péchés que mon fils a commis, mon adorable fils. Je te demande que la vérité soit découverte. La vérité qui prouvera son innocence.

Fais preuve de clémence, Seigneur. J.B. est un bon garçon, un très bon garçon. Il ne traîne pas dans les rues comme tant d'autres, il a de bonnes notes et il ne s'attire jamais d'ennuis. C'est forcément un des deux autres élèves qui a fait ça à M. Moore, je le sais. Mon J.B. n'aurait jamais pu faire une chose pareille.

Je t'en supplie, Seigneur, veille sur mon bébé.

Amen.

INTERROGATOIRE DE J.B.

(Transcription officielle de garde à vue)

INSPECTEUR BO: Décline ton identité pour le procès-verbal, s'il te plaît.

J.B.: J.B.

INSPECTEUR ASH: Ton nom en entier.

J.B.: Jabari Williamson.

INSPECTEUR BO: Tu habites où ?

J.B.: À Simple City.

INSPECTEUR BO: Donc tu traînes avec les Choppa Boyz ?

J.B.: Non.

INSPECTEUR ASH: Où étais-tu, le 10 octobre aux alentours de 18 h 30 ?

J.B.: ...

INSPECTEUR BO: Réponds à la question.

J.B.: Au lycée.

INSPECTEUR BO: Où exactement, dans le lycée ?

J.B. : En salle de retenue.

INSPECTEUR BO : Et pourquoi tu étais en retenue ? T'es un fauteur de troubles ?

J.B. : NON ! Euh, je veux dire, non, je suis pas un fauteur de troubles. J'avais rien fait, en plus. J'aurais pas dû être collé. C'était la toute première fois que j'allais en retenue.

INSPECTEUR ASH : Qu'est-ce que tu as entendu ?

J.B. : Pas grand-chose. Juste le coup de feu.

INSPECTEUR BO : Et tu n'as vu personne entrer ou sortir du bureau de M. Moore ?

J.B. : Non.

INSPECTEUR ASH : Tu appréciais le proviseur ?

J.B. : ...

INSPECTEUR ASH : Je t'ai demandé si tu...

J.B. : J'ai entendu, c'est bon !

INSPECTEUR ASH : Alors réponds à la question !

J.B. : Je sais pas, mec.

INSPECTEUR BO : Alors ça te fait quoi, de savoir qu'il est mort ? La méthode Moore t'a sauvé, après tout.

J.B. : La méthode Moore a rien fait du tout.

INSPECTEUR BO : C'est pour ça que tu l'as tué ?

J.B. : J'ai plus rien à vous dire.

INSPECTEUR ASH : Arrête tes conneries, gamin ! Pourquoi t'étais couvert du sang de Moore, si t'en sais pas plus, hein ?

INSPECTEUR BO : Parle-nous un peu de l'altercation qui a eu lieu ce jour-là entre toi et Moore.

J.B. : Euh...

INSPECTEUR ASH : Est-ce que j'ai besoin de te rappeler que ça sent mauvais pour toi, là ?! Alors arrête tes conneries ! Arrête avec tes « je sais pas », arrête avec tes mensonges. Si tu veux te sortir de ce merdier, ta meilleure option, c'est de commencer à tout déballer. Le juge se montrera peut-être plus clément avec toi, si tu parles...

LA VEILLE DU MEURTRE

J.B.

CHAPITRE 1

CREVARD

J.B.

Je suis assis en classe et j'attends que M. Finley nous autorise à nous mettre en file pour sortir. On n'est pas censés bouger tant que le prof n'a pas levé l'index, mais depuis le fond de la salle, j'ai du mal à voir. Il y a quatre rangées d'environ huit élèves, et comme je suis grand, on me fait toujours asseoir au fond.

Je scrute l'arrière de la tête de Brandon Jenkins. Un crâne en forme de cacahuète. Pire que tout. Quand il se lèvera, je me lèverai. Comme d'habitude.

Je jette un coup d'œil au mur au-dessus du tableau interactif. La devise du lycée me répond: C'EST NOTRE PROMESSE.

Rien qu'à lire ces deux mots, j'ai le credo de l'établissement en tête:

C'est notre promesse.
Nous sommes les jeunes hommes de la Promesse urbaine.

Nous sommes destinés à l'excellence.
Nous sommes en chemin vers l'université.
Nous sommes éduqués pour le succès.
Nous sommes extraordinaires car nous travaillons dur.
Nous sommes respectueux, appliqués, engagés et concentrés.
Nous sommes les protecteurs de nos frères.
Nous sommes responsables de notre avenir.
Nous sommes l'avenir.
C'est notre promesse.

Ils nous ont obligés à l'apprendre par cœur quand on est arrivés en sixième. Trois fois par jour, à réciter sur ordre des profs. Encore plus souvent que le serment d'allégeance matinal.

Je regarde les autres autour de moi et je me demande s'ils entendent le credo passer en boucle dans leur tête. On nous a fait à tous la *promesse* d'un avenir meilleur. C'est pas comme si on en avait besoin, de cette promesse. Beaucoup d'entre nous accompliraient des exploits dans leur vie, avec ou sans le proviseur Moore. Mais bon, qu'est-ce que j'en sais vraiment ?

En gros, la plupart des gars qui atterrissent ici, ils galéraient dans leur lycée classique. Ceux à qui personne ne veut enseigner, ceux que personne ne comprend. Le proviseur Moore répète toujours que c'est pour cette raison précise qu'il a fondé ce lycée, à ce qu'il paraît.

Je dirais que ça fonctionne plus ou moins bien.

Moi, j'ai galéré pendant toutes mes années de primaire. Pas parce que je manquais d'intelligence. Mais parce que personne n'a jamais pris la peine de m'enseigner d'une manière qui m'aurait permis d'apprendre. À l'époque, je ne savais pas qu'il existait différentes méthodes d'apprentissage.

Donc, quand le moment est arrivé de m'inscrire dans le secondaire, ma mère a fait tout un scandale, comme quoi elle ne se sentait prête à m'envoyer dans aucun établissement public du secteur. Et quelqu'un de mon école lui a donné un prospectus de la Promesse, le meilleur lycée privé pour garçons de la ville.

Dès le premier jour, j'ai détesté ce bahut. On étouffe dans leurs uniformes. On nous interdit de «fraterniser» avec les autres élèves. On nous interdit de parler, à moins de s'adresser à un prof ou à un adulte. Pas de musique ni de portable. On n'a même pas le droit de porter des chaussettes ou des chaussures de couleur!

Et on n'a pas le droit de quitter sa chaise tant que le prof n'a pas levé l'index.

«Voilà la recette pour forger les hommes», répète toujours le proviseur Moore.

Brandon se lève, alors je l'imite. La classe tout entière se dresse d'un seul mouvement, comme un peloton militaire. Si on ne se lève pas à l'unisson, la plupart des profs nous obligent à nous rasseoir et à recommencer la manœuvre jusqu'à atteindre la perfection. Un des nombreux principes de la méthode Moore: «Accomplissez chaque tâche consciencieusement, complètement et parfaitement, avec fierté.»

Si tu veux sortir d'ici à l'heure prévue, tu as plutôt intérêt à te lever correctement dès le premier essai.

M. Finley lève deux doigts. Ça veut dire qu'on doit tous se tourner face à la porte. Dès qu'il lève trois doigts, on se range en file, les mains derrière le dos.

–Dyson, un avertissement pour vous, s'écrie-t-il.

Si tes mains ne sont pas bien croisées derrière ton dos, tu chopes un avertissement et le prof te retire des points sur ton «compte».

Dyson hausse les épaules et fait claquer sa langue contre ses dents.

–Ça fait deux avertissements.

Je secoue la tête. Il connaît le règlement, pourtant.

Au début de chaque journée, notre compte est à cent points. Si on se prend un avertissement, le prof nous retire des points dans une appli débile sur sa tablette qui fait un bruit chiant et strident.

On entend ce truc biper sans arrêt dans les couloirs, *bip… bip… bip…* C'est pire que des ongles qui crissent sur un tableau. Là où c'est abusé, c'est qu'on n'a aucun moyen de regagner des points, on peut seulement en perdre. C'est vraiment injuste, cette merde.

Dyson s'en prend un troisième. Je secoue la tête. Il est à deux doigts d'être collé.

Je marche derrière Brandon et j'essaie de me concentrer pour ne commettre aucune erreur. M. Finley aurait pu être indulgent avec Dyson. En général, il ne cause jamais de problèmes. Il doit passer une mauvaise journée. Dans ce lycée, c'est le genre de scènes que je vois tout le temps. Des trucs que les autres élèves et les profs n'ont pas l'air de remarquer.

Mais je ne peux pas vraiment en être certain, puisque j'ai pas beaucoup d'amis ici. J'ai jamais joué au basket ni au foot américain, donc je ne traîne pas avec les sportifs. Bien sûr, je ne traîne pas non plus avec les intellos, ceux qui adorent la Promesse. Ils se baladent ici avec assurance, comme un gang ou je sais pas quoi. Et je ne suis plus trop un fauteur de troubles, donc on ne me trouve jamais avec les «voyous», comme dirait le proviseur Moore. La seule prof que je supporte, c'est Mme Hall, parce qu'elle est plus cool avec nous une fois la porte de sa classe fermée. Quand je suis en cours avec elle, je ne m'inquiète pas pour moi, tant qu'on bosse correctement.

Il faut juste s'en sortir, une journée à la fois, je me répète. Que je m'en tienne à mon plan: garder la tête basse, obtenir de bonnes notes et, en échange, aller à l'université, loin d'ici.

On sort en rang dans le couloir, puis tout le monde se disperse vers son casier.

–Allons, jeunes gens, allons! crie le proviseur Moore qui fait sa patrouille habituelle. Les hommes d'esprit ne perdent jamais de temps. Les rois marchent avec détermination – c'est ce que vous êtes, tous.

C'est un grand mec, comparé à la plupart des élèves. Moi, je mesure un mètre quatre-vingt-dix et je ne fais que quelques centimètres de plus que lui.

–Circulez, allez! Que votre journée soit pleine de surprises, jeunes gens.

Sa voix grave rebondit en écho contre les murs du couloir. Il réajuste sa cravate. C'est le genre de personne à être impeccablement sapé. Toujours. Une voiture de luxe noire parfaite, toujours propre. Une mallette en cuir parfaite avec ses initiales embossées sur le devant. Même ses habits sont parfaits. Son nœud de cravate, sa boucle de ceinture lustrée, le pli de son mouchoir dans la poche de son blazer. Ce type est élégant. Mais putain ce qu'il est désagréable.

«Vos chaussures ne sont pas cirées, Malcolm. Allez demander à Mme Tate le cirage qui se trouve dans mon bureau.»

«KeyShawn, il y a bien trop de plis à votre pantalon. Je ne devrais pas avoir à vous le faire remarquer. Allez emprunter le fer à repasser de M. Hicks. Assurez-vous d'être plus présentable.»

«C'est le moment de passer chez le coiffeur, Hugh. C'est inélégant. On ne peut pas tolérer ça ici. Venez me voir après les cours. Je ressortirai ma tondeuse.»

L'excellence. Encore un principe de la méthode Moore: *perfection, excellence et discipline*. Mais au moins, il se préoccupe de nous.

–Jeune homme, vous ne portez pas votre cravate?

Le proviseur Moore surplombe un élève.

–Non, monsieur, il répond en regardant ses pieds.

–Gardez la tête haute.

Le mec obéit mais évite le regard de Moore.

–Et êtes-vous censé vous présenter en cours sans cravate?

–Non, monsieur.

–Donc vous avez fait le choix délibéré de manquer de respect, non seulement à vous-même, mais aussi à tout l'établissement?

–Non, monsieur. J'voulais manquer de respect à personne.

–*Je ne* voulais, le corrige Moore.

–Ça ne se reproduira plus, marmonne le gars.

–Oh, je sais que ça ne se reproduira plus. Je vous vois tout à l'heure en retenue.

Et Moore s'en va.

On se regarde tous et on a de la peine pour ce gars, mais personne ne peut aller lui demander si ça va, à cause de la règle sur le silence dans les couloirs et tout. Et je ne tiens pas à faire baisser mon compte de points aujourd'hui.

Mais je le connais, ce mec. Solomon. Je ne sais pas si Moore en a quelque chose à foutre, mais comme beaucoup de familles dans cette ville, la famille de Solomon est en galère. Si ça se trouve, il n'a qu'une seule cravate et il a eu un problème avec. Mais ce n'est pas une excuse valable pour Moore. Le pire, en fait, c'est que Solomon fait partie de ces gens qui aiment venir à la Promesse.

Mais j'ai pas le temps de voler au secours de quelqu'un. Je récupère mes affaires dans mon casier et je trace.

Il faut absolument que je sorte d'ici.

Je franchis en soupirant les portes du lycée, mes pieds sont pressés de quitter les files parfaites des couloirs. Mais je ne me précipite pas avant qu'on ait tous atteint le trottoir, pour éviter qu'on ait à recommencer. Le soleil cogne fort, les bruits familiers de la ville nous enveloppent – une bande-son agréable après une journée de silence. Il n'existe aucune sensation plus incroyable que de sortir du lycée de la Promesse. La pesanteur que j'ai éprouvée toute la journée s'envole soudain. Je redresse les épaules.

À mesure que je m'éloigne et que le lycée disparaît peu à peu de mon champ de vision, même ma langue se délie et j'ai l'impression de pouvoir à nouveau parler comme je le fais chez moi, dans le sud-est de la ville. La Promesse est au nord-est. Le coin n'est pas génial mais pas horrible non plus. Rien à voir avec mon quartier de Benning Terrace.

Je desserre ma cravate, j'ai envie de rentrer chez moi et d'enlever cet uniforme. Le blazer bleu marine et le pantalon droit assorti, qui ne doit pas être trop large ni trop lâche à la taille. La chemise bleu marine *impérativement* accompagnée d'une cravate à rayures jaunes et bleues. Sans oublier les chaussures de ville en cuir noir. C'est abusé.

Je me dirige vers l'arrêt de bus puis je reçois un texto de ma mère qui me demande d'acheter des escalopes de poulet et un oignon. Elle a sûrement deviné que j'avais oublié de mettre le poulet à décongeler ce matin.

Je fais demi-tour et je marche en direction de l'épicerie Mariano's. Je croise beaucoup de mecs que je connais. Tout le monde se retrouve à la supérette Rocky's après les cours pour traîner et bavarder un coup. Mais je les ignore et je continue sans les regarder. J'ai pas le temps de me mêler à eux.

Je parcours dix pâtés de maisons et j'essaie de faire le vide dans ma tête. Je ne sais pas pourquoi mais je n'arrête pas de penser à Solomon. À ses yeux et à la façon dont il a eu l'air de se recroqueviller quand Moore l'a engueulé. Donc je mets mes écouteurs et je me passe un nouveau son que j'ai composé, pour chercher les paroles parfaites à y ajouter. J'ai besoin de cette distraction.

La supérette est bondée. Je circule dans les allées avec mon panier et j'essaie de trouver en vitesse ce que ma mère m'a demandé. Je suis dans le rayon des confiseries et je m'apprête à prendre un paquet de bonbons Now and Laters quand j'entends quelqu'un prononcer mon nom. Je retire direct mes écouteurs.

–J.B. ! Souris un peu ! Tu te sentiras mieux ! Tout va bien ?

C'est Mme Hall. Je suis étonné de la voir, surtout ici. Elle fait partie des premiers profs de la Promesse, elle y est depuis la création du lycée. En plus, c'est une des rares profs à être correcte, donc on n'a pas envie de faire les cons avec elle. Même le proviseur Moore fait gaffe à ne pas lui parler sur un sale ton. Quand elle nous a annoncé qu'elle partait en congé maternité longue durée, tout le monde était dégoûté et perplexe. Elle n'avait pas l'air enceinte du tout. Mais bon, qu'est-ce que j'en sais, moi ?

Elle avance vers moi.

–Bonjour, madame Hall. Je vais bien. Qu'est-ce que vous faites ?

Son Caddie déborde de produits diététiques, comme on s'y attendrait pour une personne de son genre, mais des bouteilles de vin s'entrechoquent et tintent dans deux cartons alors qu'elle s'approche avec son chariot. Bizarre. On n'est pas censé boire autant de vin quand on attend un bébé, si ? Mais ma mère me dirait de me mêler de mes affaires.

–Je fais la même chose que toi, visiblement.

Elle a beau sourire, ses yeux débordent de tristesse et elle n'arrête pas de se mordiller la lèvre inférieure.

–Ouais, lui dis-je. J'achète quelques trucs pour ma mère.

–Tout se passe bien, au lycée ? me demande-t-elle avec un regard plus intense.

Je hausse les épaules.

–Comme d'hab, madame.

Les mêmes conneries que d'hab, j'ai envie de lui dire, mais je ravale mes pensées; ma mère dit que c'est une mauvaise habitude, de tout garder.

Elle se balance d'un pied sur l'autre, un peu à l'ouest, peut-être qu'elle pense à autre chose.

–Et *vous*, ça va? lui demandé-je. Vous êtes passée au lycée?

–Oh, ça va, répond-elle. C'est juste que... ça me manque déjà d'enseigner. Je m'inquiète sans arrêt pour vous tous. Je reviens de la Promesse où j'ai eu un entretien avec le proviseur Moore. Et ça s'est passé comme on pouvait s'y attendre.

Elle a une pointe de colère dans la voix.

Un silence gêné s'installe. Je m'apprête à répondre mais elle redresse le dos comme si elle venait de se rappeler où on était et à qui elle s'adressait – à un élève, pas à un adulte. Elle me dit au revoir avant de disparaître dans un autre rayon.

–C'était trop bizarre, murmuré-je.

Je me dirige vers la caisse. Toutes les automatiques sont fermées, je suis obligé de me farcir une employée qui fait sa diva en vérifiant bien longtemps que mon billet de vingt dollars n'est pas faux. J'essaie de garder mon calme. C'est pas grave. J'ai l'habitude. Mais si son petit numéro me fait rater mon bus, je vais péter un câble.

Elle finit par me laisser partir et je me dépêche, j'arrive tout juste à monter dans le bus. Je me faufile dans l'allée, bondée en cette heure de pointe, et j'espère trouver un siège, bien que les chances soient maigres.

J'en repère un tout au fond, et alors que j'avance pour m'y asseoir, je me rends compte qu'Unk, le vieux qui traîne toujours dans le quartier, est assis juste à côté. Je suis pas trop d'humeur à taper la discute avec lui mais heureusement, il est dans les vapes. Il doit probablement dessoûler. S'il était conscient, il serait déjà en train de parler, de partager ses connaissances, d'expliquer son point de vue sur la vie, ou de bavasser sur une conspiration tellement débile qu'elle pourrait être vraie.

Je sors mon portable, j'enfile mes écouteurs et je me concentre sur ma musique. J'écris quelques paroles qui collent bien au rythme.

Miss je t'ai dans la peau, pas en métaphore,
c'est physique.

Ça claque bien, comme début de strophe. Mais c'est pas comme si j'allais rapper ça à la fille qui me l'a inspirée. Keyana. C'est, de très loin, la fille la plus cool de mon quartier. Elle a un teint marron chaud et la peau la plus lisse que j'aie jamais vue. Ses cheveux lui arrivent aux épaules et chaque mèche ondule de manière différente. Des cheveux noir charbon, qui ne virent pas au brun sous le soleil.

Mais ses yeux, si. Quand la lumière les éclaire pile au bon moment, ses iris noisette pétillent; ils sont aussi radieux que son sourire.

Plus important encore, Keyana a le même objectif que moi: l'envie de quitter Benning Terrace et d'accomplir de grandes choses. Des choses plus intéressantes que ce que font les gens par chez nous.

On a traîné ensemble quelques fois mais elle reste toujours sur ses gardes. Elle m'a dit qu'elle ne fait pas trop confiance aux mecs depuis qu'un connard a fait circuler leurs échanges de textos. Je respecte son choix. Je lui ai dit que j'étais prêt à aller le tabasser, mais elle a refusé de me donner son nom. Je sais que c'est un gars de son lycée, Anacostia High School.

Je jette un coup d'œil par la vitre. Le lycée de Keyana est à gauche. Je tends le cou et je la cherche sur les marches, j'espère l'apercevoir mais elle doit déjà être sur le chemin du retour, à l'heure qu'il est. On aurait dû aller dans ce lycée ensemble.

Tout le monde (notamment ma mère) pense que la Promesse est un meilleur établissement, idéal parce qu'il a un excellent taux d'acceptation à l'université. Ce que peu de gens savent, c'est que la Promesse n'hésite pas à renvoyer un élève dès qu'on se rend compte qu'il n'a aucune chance d'intégrer une fac. Ces élèves-là sont virés et rejetés dans leur lycée de secteur pendant leur année de première ou de terminale, sans aucun suivi ni soutien. Et s'ils avaient déjà peu de chances d'entrer à l'université, ils en ont encore moins avec un avis d'exclusion dans leur dossier.

Le bus freine dans un crissement strident. Je saute sur le trottoir et je me dirige vers les immeubles de Benning Terrace. Simple City. Chez moi. La porte du hall d'entrée grince et j'évite l'eau qui dégouline du plafond. Une fuite mystérieuse jamais réparée. C'est un des ensembles HLM les plus vieux de Washington DC et personne ne prend la peine de le rénover. La ville répète qu'ils vont le détruire et le reconstruire, et tout le monde s'énerve. Enfin, les Noirs, surtout. Ceux qui vivent ici. Ceux qui ont bâti ce quartier. Moi, ça ne me dérangerait pas tant que ça. Ça me donnerait une excuse pour aller vivre ailleurs.

Je traverse le bâtiment A d'un pas rapide, puis le parc derrière jusqu'à notre appartement.

C'est là que je repère Bando. Il a quelques années de plus que moi. Je crois. Avec les mecs comme lui, on ne sait jamais trop. De temps en temps, je lui demande de m'acheter une cigarette à l'unité ou une bière, donc il doit avoir environ vingt et un ans, si personne ne lui demande jamais sa carte d'identité. Mais c'est aussi le genre de mec à avoir une fausse carte d'identité, donc j'en sais rien. Et puis, personne ne va risquer de se prendre la tête avec lui. Il a sa réputation. On connaît tous les petites frappes du coin qui roulent pour les billets, et seulement pour les billets.

–J.B. ! Ça va bien ?

On se checke, sa main est super chaude et moite.

–Pas trop mal, je rentre juste de cours.

–Ah ouais. Viens avec moi vite fait.

Bando ne te donne jamais l'occasion de dire non. Il a tellement la tchatche que je l'ai vu baratiner un flic et échapper tout en finesse à un P.V. pour détention de shit. La maîtrise absolue.

Je lui emboîte le pas et on contourne le bâtiment jusque dans la ruelle derrière.

–On va où, là ?

–Tu vas voir.

Bando se faufile entre deux immenses bennes bleues et il fouille dans sa sacoche de marque. Il garde son calme.

–Mate ça.

Il sort un pistolet et le pose dans la paume de sa main d'un geste totalement nonchalant, comme s'il me montrait une carte de base-ball collector ou un truc du genre, un truc sans danger. Il est argenté avec une crosse noire. Petit mais compact. Mon ventre se serre en le regardant. J'ai déjà vu un flingue, mais jamais d'aussi près. Il est vraiment trop près. Je ne laisse rien transparaître sur mon visage – je peux pas montrer que ça m'inquiète.

J'y connais pas grand-chose en armes à feu mais je fais une supposition, juste histoire de dire quelque chose.

– C'est un calibre .38 ?

– Ouais, putain. Je le vends à bon prix, si tu veux. Ça te tente ?

La panique m'envahit brusquement. Je déglutis et je secoue la tête.

– C'est bon, mec. Mais il est cool, ce calibre.

Je déconne pas avec les flingues, moi, j'y touche même pas.

– Ouais, putain, et tu sais que je vends que de la qualité. Bon, tu sais où me trouver si tu changes d'avis. Toujours au même endroit, comme d'hab.

Oui, je sais. C'est plutôt triste, d'ailleurs.

Je quitte la ruelle pendant que Bando pisse.

Alors que je reprends la direction de mon appartement, je la vois. Keyana. Je me fige et je renifle mes aisselles.

Ce que je déteste le plus, chez moi, c'est la transpiration. Chaque fois que je suis nerveux, gêné, agacé, peu importe, j'y ai droit. Ma peau commence à chauffer et mes aisselles partent en vrille. Ma chemise est déjà à moitié trempée depuis que Bando m'a montré le flingue, et maintenant, c'est pire.

Je prends une profonde inspiration et j'essaie de garder mon calme. J'enfourne un chewing-gum dans ma bouche pour être sûr de mon haleine.

–On se détend, murmuré-je.

Keyana ne m'a pas encore vu.

–Regarde par ici, allez, regarde par ici, marmonné-je.

Je veux voir son large sourire lumineux à l'instant où elle m'apercevra. Elle lèvera les yeux au ciel, elle fera style qu'elle est blasée, typique des filles, mais je sais qu'au fond, elle a envie de me voir.

Elle tourne la tête vers moi quand soudain, une BMW noire se range devant elle. La vitre du côté passager s'abaisse.

–Alors, ça va, ma belle?

Keyana ignore le mec et continue de marcher mais il la suit, la voiture avance au ralenti. Elle regarde partout autour d'elle et elle me repère. Au lieu de m'adresser un sourire, elle me lance un regard qui crie: *aide-moi.*

Le mec de la BMW descend.

–Ho, t'as pas entendu?

Un éclat de rire jaillit de l'habitacle. Il y a quelqu'un d'autre à l'intérieur.

Le mec empoigne Keyana par le bras et la fait pivoter brusquement. Elle me tourne le dos.

–Te dépêche pas. Pourquoi tu cours? T'es en retard ou quoi? On peut te déposer. Tu veux aller où?

–Non, merci, c'est bon, répond Keyana.

–T'es sûre?

–Ouais.

Elle fait un pas en arrière.

–Bon, donne-moi au moins ton numéro, que j'aie pas perdu mon temps.

Il se lèche les lèvres en la regardant.

J'arrive en trottinant et je l'interromps.

–Keyana, tu le connais?

Elle tourne le regard vers moi et le mec l'imite. De près, il a l'air un peu plus âgé que je croyais, environ dix-huit ans. Mais je le surplombe quand même. Il me détaille de la tête aux pieds, puis il tressaille légèrement.

Avant, j'avais peur de me battre et je tirais avantage de ma taille pour intimider les autres. Je n'avais jamais eu à jouer des poings avant d'entrer au collège. Et puis j'ai gagné tellement de bastons qu'au bout d'un moment, ça a fini par ne plus me déranger. Enfin, c'était jamais moi qui les déclenchais mais ça ne m'embêtait pas de les terminer.

–T'es qui, toi? demande le type.

–Son copain. Et toi, t'es qui?

Bon, évidemment, je ne suis pas son copain, même si j'aimerais bien. Les filles du quartier me demandent souvent de faire semblant d'être en couple avec elles quand des mecs essaient de les draguer. En vrai, personne n'y croit, on connaît tous le truc.

Le mec fait un pas vers moi.

–C'est à qui que tu parles comme ça?

Alors qu'on s'approche l'un de l'autre, Keyana intervient. Elle me regarde.

–C'est bon, chéri, laisse tomber.

Et on s'en va.

Mais il nous suit en criant:

–Pauvre connasse, t'intéresses personne avec ta sale gueule, de toute façon!

Keyana me serre la main pour me retenir, elle doit sentir que j'ai envie de faire demi-tour.

–Sale crevard, ajoute-t-il.

Je craque.

Je me retourne.

–T'as dit quoi?

–T'as entendu, crevard.

Il me lance un regard assassin.

J'aurais pu gérer le truc de plein de manières différentes, mais c'est peut-être parce que Keyana est juste à côté de moi. Ou parce que j'ai eu une longue journée au lycée. Ou parce que je déteste qu'on me manque de respect. Ou un mélange des trois.

Mais mon poing part tout seul.

Je lui colle une droite puissante et il se plie en deux. Son pote sort de la voiture pour le ramasser au sol. Il n'a clairement pas envie de me chercher, lui.

Keyana me tire par la main. J'ai peur de me retourner et de la regarder, je sais qu'elle va être déçue.

J'ai merdé. J'aurais dû garder mon calme.

Elle me tire la main encore une fois.

–J.B., allez, viens!

Je la regarde droit dans les yeux, je suis prêt à encaisser sa colère. Mais son regard est joyeux, peut-être même surexcité.

–Dépêche, on se casse!

Elle rit presque.

Entre-temps, un petit attroupement s'est formé sur le trottoir. Les gens filment le mec KO que son pote traîne vers la voiture.

Keyana et moi, on part en sens inverse. On marche, puis on trottine, puis on accélère un peu. Et je me remets à transpirer quand je comprends où on va.

On va chez elle.

CHAPITRE 2

COPAIN

J.B.

On est assis sur le lit de Keyana et elle maintient un sachet de glaçons sur ma main droite. La dent du mec m'a bien amoché. J'essaie d'ignorer la douleur. Je n'étais encore jamais entré chez Keyana, encore moins dans sa chambre, mais c'est exactement comme je l'imaginais: ses murs sont couverts de coupures de magazines, de posters de hip-hop vintage, de pochettes d'albums. Tout est propre et ça sent bon.

Alors qu'elle s'occupe de ma main, je détaille son visage, la courbe de ses lèvres, ses cils tellement longs et les minuscules taches de rousseur sur son nez. J'ai envie de l'embrasser. Je veux connaître le goût de sa bouche. Je veux être tout contre elle. J'essaie de détourner les yeux mais je suis bloqué.

Keyana interrompt ma rêverie.

–Ça va?

–Hein? Ouais, ça va. Et toi?

–Hm, hm.

Elle rit.

–T'étais pas obligé de faire tout ça, tu sais. Dans la rue, là-bas.

–Il aurait pas dû te traiter comme ça. Il a vraiment dit de la merde.

–Non c'est vrai, t'as raison, il l'a mérité.

Le soleil est en train de se coucher. Une lumière dorée s'insinue par la fenêtre et éclaire les yeux marron de Keyana. C'est hyper sexy. J'ai envie de l'enlacer et de sentir sa peau douce contre la mienne. J'ai envie qu'elle comprenne combien mon cœur bat fort quand on est ensemble. J'ai envie qu'elle sache ce que je ressens pour elle.

–Et du coup… tu le pensais vraiment, ce que tu as dit? me demande Keyana.

–Quand ça?

Elle arque les sourcils.

–Quand tu as dit que tu étais mon copain. T'étais plutôt convaincant.

–Comment je pouvais le penser vraiment? Tu sais bien que t'es pas ma copine.

–C'est sûrement parce que tu traînes dans la rue. Tu dois avoir l'habitude de parler aux filles.

Je souris et je secoue la tête.

–Nan, pas du tout.

Tout le monde me prend pour un charo. Je ne sais pas trop pourquoi ni comment, vu que je n'ai eu qu'une seule relation. Certains gars de mon quartier parlent de filles 24 heures sur 24. C'est pas mon genre. Pas parce que je ne peux pas. Je plais aux filles, je le sais… mais l'intérêt est rarement réciproque. Jusqu'à ce que je rencontre Keyana.

Je veux plus qu'un joli visage. J'ai besoin d'une fille qui me donne envie d'être quelqu'un de bien. Avec Keyana, c'est le cas. Elle est intelligente, talentueuse, et elle peut être vraiment hyper marrante. Je l'admire, et c'est plutôt rare, une fille comme elle.

Mais chaque fois qu'on se rapproche un peu, elle recule, elle dit que je ne suis pas sérieux, que j'ai d'autres filles dans ma vie. C'est totalement faux. Il faut que j'arrive à le lui prouver.

–Même si c'était le cas, je serais prêt à changer pour toi.

Je me lèche les lèvres, comme le font certains gars plus âgés du quartier. C'est sûrement débile. Je ne sais pas si j'ai l'air cool ou juste con. *Garde ton calme. Détends-toi*, je pense. Si je commence à stresser, je vais aussi me mettre à transpirer.

–Mais ouais, bien sûr.

Keyana écarte sa trousse artisanale de premiers secours.

Si je dois avoir un jour l'occasion de tenter ma chance avec elle, c'est maintenant ou jamais. Je suis assis sur son lit, on est seuls. Mais une petite voix dans ma tête me conseille de ne pas me précipiter. Je dois être certain qu'elle a envie de moi autant que j'ai envie d'elle.

Je veux que l'instant soit parfait.

–J'ai quelque chose pour toi.

Je sors mon portable et je m'efforce d'empêcher mes mains de trembler.

–Ah ouais? C'est quoi?

Il n'y a qu'une seule chose qui prouvera à Keyana à quel point je suis sérieux. La seule chose que je n'ai jamais partagée avec personne. Mes rimes.

Je m'éclaircis la gorge et je commence à lire ce que j'ai écrit tout à l'heure.

–… *Miss je t'ai dans la peau, pas en métaphore, c'est physique,*
Je sais pas si c'est réciproque, trop peur de t'avouer que j'te kiffe,
Impossible d'échapper à mes sentiments, c'est bête,
J'adore ton teint sublime, tes nuances parfaites,
Écoute ma sérénade, mes
Soliloques suaves, t'es à mon goût, c'est pas d'la gueule,
Google peut pas trouver l'amour que j'ai à t'offrir,
Wikipédia peut pas l'décrire, dico point com peut pas l'définir,
À mes yeux, t'es la seule.

Quand je termine, le silence s'installe entre nous. Je suis figé, incapable d'écarter mon téléphone de devant mon visage. Je ne veux pas croiser le regard de Keyana. Une perle de sueur glisse dans mon dos.

Elle a peut-être trouvé ça nul?

Pour finir, je prends mon courage à deux mains et je la regarde. Elle cherche à dissimuler son sourire.

–Non mais sérieux, t'étais même pas capable de l'apprendre par cœur, mec?

On éclate de rire.

–Bon alors, ça te plaît? lui demandé-je.

Elle m'adresse un sourire timide:

–Ouais. T'as bien géré le rythme, ou je sais pas quoi.

–Je l'ai écrit pour toi.

–Ah ouais?

Elle baisse le regard d'un air innocent, presque triste. Je ne sais pas pourquoi mais quelque chose me pousse à l'enlacer. Je la prends par la main et la fais glisser doucement vers moi.

–Tes parents sont chez toi?

–Nan, ils ne seront sûrement pas là avant un moment. Pourquoi?

–Comme ça.

Je prends une profonde inspiration.

Keyana me regarde avec un sourire malicieux. Je crois qu'elle sait à quoi je pense.

Elle se rapproche encore, au bord du lit. Mes mains glissent sur ses hanches, les siennes sur mon torse. Nos regards se croisent pendant un quart de seconde et nos lèvres s'aimantent.

On s'embrasse et je reçois comme une décharge électrique sous la peau. J'essaie de m'imprégner de cette sensation. Je suis en train d'embrasser la fille qui me plaît. C'est vraiment en train d'arriver.

Keyana recule.

Je rouvre brusquement les yeux.

–Tout va bien?

–Ouais, ça va. Désolée.

–T'as pas à t'excuser, dis-moi juste ce que j'ai fait de mal.

Je lui prends la main.

Elle hésite et se mordille la lèvre. Elle ouvre et ferme la bouche plusieurs fois avant que ses paroles arrivent enfin à sortir.

–C'est pas ce que tu as fait, mais ce que tu vas faire.

–Comment ça?! Qu'est-ce que je vais faire?

Mon esprit tourne à mille à l'heure. Qu'est-ce qui l'inquiète? Elle ne comprend pas ce que je ressens pour elle?

Elle rive son regard au mien.

–Tu me plais vraiment, J.B. Plus que n'importe quel garçon jusqu'à maintenant. J'ai un crush sur toi depuis un bout de temps, j'avoue.

Je commence à fondre, impossible de m'empêcher de sourire.

Elle pose la tête sur mon épaule.

–Et j'ai vraiment peur que, genre, on se mette ensemble et que finalement, tu ne m'apprécies pas tant que ça.

C'est dingue de la voir aussi vulnérable. La plus belle fille du monde s'inquiète de ne pas me plaire, à moi.

–Keyana, tu sais que je pense à toi sans arrêt? J'ai jamais autant kiffé une fille. C'est parce que tu es différente et je le vois. Tu dois bien remarquer que je suis différent, moi aussi.

Elle redresse le dos. Elle affiche un regard surpris et pince les lèvres. Je devine qu'elle réfléchit. Qu'elle est en pleine cogitation.

Je l'enlace.

–Je ne te ferai jamais de mal, Keyana. Au contraire, je te protégerai.

Elle lève les yeux vers moi.

–Promis?

–Promis.

Elle m'embrasse à nouveau.

–T'es prête à être ma copine? lui demandé-je.

Elle rougit.

–Ouais.

–Mais, genre, vraiment?

–Ouais, vraiment.

Ça se passe tellement vite, tellement facilement, je ne sais même pas comment enregistrer l'info dans mon cerveau.

Je viens de réussir. Keyana Glenn est ma copine.

Elle m'embrasse encore et me repousse sur le lit, je l'entraîne avec moi.

L'espace d'un instant, j'oublie toutes mes inquiétudes. Je me fous de la Promesse. Je me fous d'être accepté à l'université. Jc mc fous mêmc dc réussir à quitter Benning Terrace un jour. La seule chose qui compte à mes yeux, c'est la fille devant moi. Et j'ai la chance qu'elle me fasse suffisamment confiance pour s'ouvrir à moi.

Quand c'est terminé, on s'observe longuement et on se met à rire.

–Qu'est-ce qu'il y a de drôle ? me questionne-t-elle.

–Rien, t'es mignonne, c'est tout.

Je lui embrasse le front.

–Tu le penses vraiment ?

–Je le sais vraiment.

Elle sourit.

–T'es mignon, toi aussi.

Elle s'approche pour m'embrasser quand soudain, *blam.* La porte d'entrée claque au rez-de-chaussée. Keyana affiche un air paniqué.

–Je crois que c'est ma mère.

Elle saute du lit comme un putain de karatéka et fonce à la fenêtre.

–J.B., vite ! Tu dois t'en aller.

–Tu veux que je saute par la fenêtre ?!

J'attrape mes vêtements au vol et j'essaie de m'habiller en vitesse.

–Mec, t'es hyper grand, tu vas pas tomber de si haut ! dit-elle en me poussant.

Je ris et je fonce vers la fenêtre, mais je me retourne et j'embrasse Keyana une dernière fois avant de me suspendre au chambranle.

–Je t'appelle ce soir, rajoute-t-elle.

Et je lâche prise.

Keyana avait tort pour la chute, mais ça en valait la peine.

Je rentre chez moi juste avant la nuit tombée. Dès que j'ouvre la porte, un parfum alléchant de poulet rôti m'enveloppe. Le poulet rôti de ma mère. Donc j'avais finalement bien mis la viande à décongeler. Elle en prépare seulement quand un truc incroyable s'est produit, ou un truc horrible. Le stress me gagne tandis que je longe le couloir. J'espère qu'elle n'est pas en train de pleurer au-dessus des feux de cuisson. J'espère que c'est un truc bien, un truc à fêter.

–M'man ?

–Dans la cuisine ! me crie-t-elle en réponse.

J'entre dans la pièce et je la vois à peine derrière le rideau de vapeur qui s'élève des casseroles. Elle fredonne un cantique. C'est bon signe. Elle ne fredonne jamais quand il y a un problème.

–Quoi de neuf, m'man?

–Pourquoi tu rentres aussi tard?

Elle plisse les yeux et me toise comme pour lire un mensonge sur mon visage.

–Ah ouuuuuais, le bus est tombé en panne. J'ai dû finir à pied.

Je détourne le regard et j'essaie de dissimuler la vérité.

–Hm, hm. Tu es passé à l'épicerie?

Je sors les articles du sac et les range dans le frigo. Je prie pour que les escalopes soient encore bonnes malgré mon petit détour.

–C'était comment, ta journée au lycée?

–Comme une journée au lycée.

Elle scrute le contenu de sa casserole.

–Bon, va te débarbouiller, le repas est presque prêt.

–OK. Et *toi*, comment tu vas?

Ma mère lève ses yeux remplis d'espoir.

–Ça va bien, mon bébé.

J'acquiesce. Parfois, le truc incroyable à fêter, c'est juste qu'il ne s'est rien produit d'horrible. J'ai l'impression que c'est le cas aujourd'hui.

Je vais dans ma chambre et je me mets à rêver de Keyana. Je me demande si elle aime le poulet rôti. J'ai envie d'apprendre à cuisiner aussi bien que ma mère, pour nous préparer des plats à tous les deux.

Je ne veux pas que Keyana ait une vie comme celle de ma mère. Elle mérite mieux. C'est pour ça que je travaille aussi dur en cours, je dois être capable de prendre soin de ma mère et de ma future femme.

Je contemple la fissure au plafond. Celle dont le proprio se contrefout. Il ignore sans arrêt les appels de ma mère qui veut lui demander de la faire réparer. J'ai hâte de gagner ma vie et de lui permettre de quitter cet endroit.

Je commence à rédiger un texto à Keyana mais je m'interromps. Je ne veux pas avoir l'air trop empressé. Je préférerais que ce soit elle qui m'écrive en premier. Mais si jamais elle pense la même chose et qu'elle ne m'écrit pas non plus ?

J'ai les doigts qui me démangent. Raah. Si j'attends trop longtemps, elle va croire que je ne pense pas à elle. Pourquoi il faut toujours que ce soit aussi compliqué ? C'est ça, l'amour ? Est-ce que je suis amoureux ? Je le suis forcément, non ?

Je lui envoie un texto.

J.B.
Ta mère sait que j'étais chez toi ?

Keyana
Nan c'est bon.

J.B.
Tu m'appelleras quand ?

Keyana
À 20 h quand j'aurai terminé mes devoirs.

Je souris. C'est Keyana tout craché, ça. Déterminée. J'adore. Je me lave les mains et je retourne voir ma mère dans la salle à manger. J'ai faim, maintenant.

J'engouffre le poulet tellement vite que j'ai à peine le temps de le savourer. Je garde les yeux rivés sur mon téléphone et j'attends qu'il affiche 20 heures.

Quand il sonne enfin, je me lève brusquement de table.

– Mon garçon, si tu ne...

Je n'entends pas ma mère m'engueuler. Je suis déjà dans ma chambre et je décroche avant la troisième sonnerie.

– Salut...

J'essaie d'avoir une voix posée, pas essoufflée après mon sprint dans le couloir.

– Salut, répond-elle.

À travers le téléphone, sa voix est agréable. Je pourrais l'écouter des heures entières.

Je m'allonge sur le lit et je lui pose une série de questions. On se dit que c'était le destin, que je l'aie vue marcher près de mon immeuble alors qu'elle venait juste de quitter l'appart de son amie. Elle me traite d'abruti parce que j'ai mis le mec KO, et ça me plaît. Ça me donne l'impression d'être capable de protéger ma copine. On se dit à quel point on se fait du bien l'un à l'autre. On parle de notre avenir, comment on va réussir à quitter Benning Terrace et vivre un jour à Hollywood. Je deviendrai un rappeur connu et Keyana sera avocate. On fera partie des couples célèbres et influents.

– J.B., joue pas avec mes sentiments, sérieusement, elle me dit.

– T'inquiète pas, Key.

Je veux qu'elle entende dans ma voix à quel point je suis sincère.

– Maintenant qu'on est officiellement ensemble, quand est-ce que tu m'emmènes quelque part ?

– Demain, si tu veux ? Y a un match de *play-off* à la Promesse. Je te retrouve à Anacostia et on ira ensemble.

Les matchs de basket, c'est le meilleur endroit où sortir parce que tous les jeunes de la ville y seront, bien sapés pour essayer d'avoir l'air cool et de faire leur petit effet. Mais rien n'est plus cool que d'avoir une fille super stylée à ses côtés. Tout le monde va être jaloux que Keyana soit ma copine.

– Promis ? elle demande.

– Je tiendrai toujours parole. Fais-moi confiance.

– Je te crois.

Ça me fait plaisir d'entendre ça. Je veux être un mec différent des autres. Le mec qui se pointe toujours comme prévu. Le mec fiable. Son mec à elle.

– Tu ronfles ? je lui demande.

– Hein ?

Elle fait claquer sa langue contre ses lèvres comme si elle était fâchée.

– Est-ce que tu ronfles la nuit ?

– Noooon. Pourquoi ?

– Parce qu'on va parler toute la nuit. J'ai plein de questions à te poser et j'ai pas envie de t'entendre ronfler dans mon oreille.

– N'importe quoi. Je parie que toi, t'es un ronfleur de compét. Je parie que tu pourrais gagner la médaille d'or à un championnat de ronflements.

On rit tellement que j'en chope le hoquet.

Keyana et moi, on passe la nuit entière à bavarder, à s'endormir parfois, à écouter la respiration de l'autre. Juste pour se sentir aussi proches que possible.

LE JOUR DU MEURTRE

J.B.

CHAPITRE 3

CALIBRE

J.B.

En cours le lendemain, je ne vaux plus rien. Impossible de me concentrer sur ce que disent les profs. Je suis dans une bulle où je n'entends que le rire de Keyana. Mes yeux deviennent vitreux et je commence à rêver de ses lèvres sur les miennes. De sa peau douce. Du parfum au creux de son cou, quand je l'y embrasse.

Je suis en cours d'histoire américaine, c'est Mme Hall qui l'enseigne habituellement, mais comme elle est en congé maternité, elle est remplacée par M. Finley. La Promesse a beau être un des meilleurs lycées de la ville, les profs n'y restent jamais plus de deux ans. On a l'impression qu'ils sont là, et puis l'instant d'après, ils disparaissent. Je ne sais pas si c'est à cause de nous ou du proviseur Moore. J'ai bien vu comment il leur parle ; il est plus sévère avec eux qu'avec nous.

Le professeur radote d'une voix monocorde. J'aurais préféré faire un de ces jeux interactifs complètement dingues et instructifs que Mme Hall nous proposait pour retenir les dates clés de la Seconde Guerre mondiale. Je repense à notre conversation d'hier, aux nombreuses bouteilles de vin dans son Caddie, à ses yeux hyper tristes. J'espère qu'elle va bien.

–Sortez vos ouvrages de lecture personnelle. Si vous n'en avez pas, j'en ai quelques-uns ici. Je ne veux voir personne faire autre chose que lire ! Les yeux rivés sur la page !

M. Finley crie comme si la classe n'était pas totalement silencieuse et qu'on ne l'entendait pas.

J'ai besoin d'une pause. Je lève trois doigts – le code silencieux qui signifie *toilettes* –et je fais semblant de lire *L'Autobiographie de Malcolm X* en attendant que M. Finley m'autorise à sortir. Je me mords la lèvre, je m'apprête à l'entendre refuser sous prétexte que les allers-retours fréquents aux toilettes « perturbent le temps d'instruction ». C'est un connard, version prof.

Mais à ma grande surprise, il lève les yeux de son sudoku et acquiesce. Il m'accorde la permission de sortir.

Je franchis la porte et je pose les pieds sur la ligne bleue qui s'étire au sol de chaque côté du couloir. Je me concentre pour rester pile dessus et éviter une remarque, si jamais un vigile ou un prof passent dans le coin. « La ligne bleue vous maintient hors de la zone rouge », répète toujours le proviseur Moore. Il nous rappelle que c'est censé nous aider à devenir la meilleure version de nous-mêmes, des jeunes hommes corrects – pas de raffut, pas de bagarre. Et c'est effectivement le cas, j'imagine.

Je tourne à l'angle. Des *bip-bip* glissent sous les portes des classes, rebondissent contre les murs gris et froids du couloir. Le long trajet jusqu'aux toilettes me rappelle toujours les fois où je suis allé voir mon père à la prison de DC. Son uniforme triste, le bruit métallique des portes coulissantes, les aboiements des gardiens, les prisonniers rangés en file indienne. Je ne veux pas devenir comme lui.

Je prends à gauche et m'apprête à descendre aux toilettes du sous-sol. Il y a toujours moins de monde et c'est bien plus propre.

Une voix me fige sur place.

–Je ne vous le dirai pas deux fois!

Je fais volte-face. J'ai cru d'abord qu'on s'adressait à moi mais je ne vois personne.

–Je me montre très raisonnable dans mes demandes...!

Je connais cette voix – celle du conseiller d'éducation, M. Hicks. L'homme de main du proviseur Moore.

–Je vous interdis de me tourner le dos alors que je n'ai pas fini de parler!

Je n'arrive pas à voir à qui il parle. Mais je n'ai pas le temps de devenir la cible de sa colère aujourd'hui. Ce Blanc-là, il adore gâcher la journée des gens. Il ne semble jamais admettre qu'il n'est pas comme *nous*. Pareil avec certains profs: ils savent parfaitement qu'ils sont blancs, ils s'adressent à nous d'un ton bizarre et haut perché, ils tentent de bavarder amicalement. Ils essaient de *s'identifier* à nous, de «s'abaisser» à notre niveau pour paraître cool. Mais on dirait surtout des gens qui parlent à des animaux dans un zoo.

–Bon débarras! aboie M. Hicks.

Je tends l'oreille. Ma curiosité prend le dessus. On dirait qu'il a juste envie de botter le cul de cet élève.

Je me rends compte trop tard que sa voix s'est rapprochée. M. Hicks déboule à l'angle du couloir et me percute presque.

–Pourquoi vous n'êtes pas en cours, Williamson? dit-il d'une voix énervée qui vire au grondement menaçant.

Il a le visage rouge et en sueur, je me demande bien quel élève a pu le mettre dans cet état. Quelqu'un a vraiment dû dépasser les bornes pour qu'il soit aussi à cran.

–Vous n'avez pas entendu ma question?

–Je vais aux toilettes, monsieur.

–Alors pourquoi vous restez planté là? hurle-t-il. Circulez!

J'acquiesce et réponds simplement «Oui, monsieur», car j'ai appris très vite qu'en ponctuant mes phrases d'un «monsieur» ou «madame», ces adultes-là me laissent plus ou moins tranquille.

Je descends l'escalier d'un pas rapide. Je sens la brûlure de son regard furieux dans mon dos. Je lève les yeux au plafond. J'ai une théorie: c'est qu'à mon âge, les mecs comme M. Hicks, le proviseur Moore et M. Reggie étaient des gros losers. Et maintenant, ils ont besoin de se sentir puissants, ils se défoulent en nous gueulant dessus. C'est nul mais je m'en fous.

J'entre dans le dernier box et je fais mon affaire.

J'aimerais bien avoir mon portable pour envoyer un texto à Keyana. Je déteste encore plus leur interdiction de téléphone, maintenant.

Je tire la chasse mais ça ne marche pas. La poignée ne s'abaisse même pas. Je passe la main derrière le réservoir pour essayer de réparer le mécanisme. Y a rien de pire qu'une personne qui ne tire pas la chasse. Le couvercle est très légèrement décalé.

Je le soulève et je tente de le remettre en place. Et je me fige direct.

Je viens de voir un flingue.

Un gros calibre, bien plus gros que celui de Bando hier. Il est noir avec des stries sur le haut. On dirait un putain d'équipement militaire. Un truc qui s'achète avec permis, une arme de mercenaire, un gun qu'on ne voit que dans les jeux vidéo ou dans les films. Mon corps s'engourdit.

C'est un piège ? Comment il a atterri là ? Qui l'y a mis ? Mon visage dégouline de sueur. *Pourquoi quelqu'un apporterait un flingue au lycée ? Nan mais putain !? Qu'est-ce que je vais faire ?*

Je ne peux pas aller en parler aux profs. Si la rumeur se met à circuler que j'ai balancé une info aussi grave, je risque de sérieuses représailles. Mais je ne peux pas le laisser ici non plus parce que si quelqu'un a vraiment prévu de l'utiliser, les conséquences pourraient être terribles.

Merde, merde, merde. Je fais les cent pas. Il faut que je me tire d'ici, et vite. J'ignore les perles de sueur qui coulent sur mon front, mes paumes moites et mon cœur qui part en vrille. Je me lave les mains et je sors. À chacun de mes pas, j'ai l'impression d'avoir des briques à la place des pieds. Je déglutis. *Avance, t'arrête pas,* je pense. *Éloigne-toi autant que tu peux.*

Dans le couloir, je croise un petit latino. J'ai oublié son nom mais il m'adresse un hochement de tête. Je lui réponds pareil. Il brandit un sac.

– ¡ Mirá ! Dis-moi si tu as faim. J'ai des pupusas là-dedans, me dit-il.

Je secoue la tête. Il ne faut pas que je pense à de la nourriture, en ce moment. Ni même que je parle. Je risquerais de vomir. Il lève le pouce vers moi avant de repartir de son côté.

Il est déjà loin dans le couloir quand je me souviens de son nom. Le mec qui essaie toujours de vendre quelque chose. Parfois de la bouffe, parfois des boissons, des bonbons. Il se mettait souvent devant le Rocky's, mais le proprio s'est énervé et lui a interdit de revenir. Il me fait penser à Bando. Toujours à vouloir gagner un peu de thune.

Je retiens mon souffle et je regarde par-dessus mon épaule pour voir s'il descend aux toilettes. Je le vois s'y engouffrer. Au premier abord, je dirais que ce n'est pas le genre de mec à apporter une arme au lycée. Mais bon, je ne le connais pas très bien.

Je dois me sortir ce flingue de la tête. J'essaie de penser à tout ce que je vais dire à Keyana quand on se retrouvera pour le match après les cours. Peut-être qu'on pourra ensuite aller traîner un peu chez elle.

Je me prends un avertissement en cours de maths pour inattention et erreur de calcul, mais je m'en fous complètement. Il faut que je me concentre sur quelque chose, n'importe quoi, sauf ce flingue dans les toilettes.

M. Kim nous libère quelques minutes plus tôt et je sors comme une fusée.

Les couloirs ne sont pas silencieux comme d'habitude, mais aujourd'hui, ce n'est pas à cause de nous. Les élèves de la Promesse marchent en rang sur la ligne tandis que d'autres personnes circulent bruyamment. Ce sont des gens importants qui donnent au proviseur Moore un visage rayonnant, il leur serre la main et il se montre super sympa avec nous. Des mécènes comme M. Ennis qui déambulent et prennent des photos. Des bénévoles qui peignent des banderoles et les accrochent aux murs. C'est dans ces moments-là qu'on voit le plus de Blancs, dans l'école.

J'évite de justesse une fille blanche qui n'a pas compris que la ligne bleue était réservée aux élèves. Elle passe devant moi d'un air impoli et impassible mais je m'en fous. M. Hicks les guide vers un autre couloir et ils disparaissent.

Alors que je récupère mes affaires dans mon casier, mon visage dégouline encore de sueur. Je ferme les yeux de toutes mes forces mais quoi que je fasse, ce flingue me revient en tête, comme s'il m'incitait à le prendre, à m'en débarrasser de façon permanente avant qu'il n'accomplisse son destin: tuer des gens.

Une petite voix intérieur me murmure: *En quoi c'est ta responsabilité?* Et je pense à ce que dirait ma mère. Si on me chope avec, ça risque de foutre ma vie en l'air. Personne ne me croira quand je dirai qu'il n'est pas à moi... ça sera noté dans mon dossier. Putain, je pourrais même finir en taule.

Je consulte mon téléphone pour m'empêcher de prendre une mauvaise décision et comme je l'imaginais, il déborde de textos de Keyana. Je souris en lisant la liste frénétique de tous ses messages.

Keyana

Slt toi, tu viens me retrouver comme prévu, hein?

Keyana

J.B.???

Keyana

T'es sérieux ?????

Keyana

J.B. la vie de ma mère, t'as pas intérêt à m'ignorer... Je dis ça pour ton bien.

C'est plutôt mignon. Je commence à lui répondre pour lui expliquer que je n'avais pas mon portable sur moi et lui confirmer notre rendez-vous de ce soir. Je ne veux pas qu'elle stresse. Je veux qu'elle n'ait jamais à s'inquiéter.

Avant d'avoir pu cliquer sur ENVOYER, on m'arrache mon portable des mains.

Mais put...

Je lève la tête. Le proviseur me dévisage d'un regard noir. Une veine saille sur son front brun. Ses yeux semblent enfoncés dans leurs orbites et ses vêtements sont en vrac, le dernier bouton de sa chemise est défait.

–*Pas* de téléphone pendant les heures de cours. Vous le savez pertinemment ! hurle-t-il tandis que la sueur coule sur son front.

–Vous rigolez ou quoi? Les cours sont terminés! lui rétorqué-je.

La sonnerie retentit. Moore lève l'index.

–*Voilà*, maintenant ils sont terminés. Ce portable est pour moi. La retenue est pour vous.

Il n'est pas sérieux, là. C'est minable, même venant de M. Moore.

La panique me gagne. Je ne peux *pas* aller en retenue. Pas aujourd'hui. Et même si j'y allais, je dois prévenir Keyana. S'il y a bien un truc que je ne veux pas, c'est qu'elle s'imagine que je lui ai mis un vent. S'il y a bien un truc que je ne veux pas non plus, c'est lui poser un lapin.

–Nan, mais vous déconnez, là, vous êtes pas sérieux. Je suis en train de ranger mes affaires pour rentrer chez moi.

J'arrive pas à me contenir. Je suis trop en colère.

–M. Kim nous a laissés sortir en avance. C'est pas juste.

Le proviseur s'approche tout près de mon visage. Tellement près que je sens son haleine. Une odeur d'acide et… d'alcool me pique les narines.

–Faites gaffe à qui vous parlez, petit merdeux. Compris ? Vous n'êtes qu'un gosse. Avisez-vous de me parler encore une fois sur ce ton et je ferai en sorte que vous soyez remis dans un établissement de gosses.

Il parle tout bas, c'est presque un murmure.

Je suis muet de stupeur. La colère bouillonne en moi. Je serre les poings. Plus personne ne bouge dans le couloir. Il se prend pour qui, lui, à me confisquer mon portable ? Mes affaires personnelles ? Je respecte toujours ses règles à la lettre. Je fais tout ce qu'il –et les profs –me demandent.

–C'est bien compris ? beugle-t-il.

Je perds le contrôle. Mon cœur fait un salto arrière. Je crache à la gueule de Moore.

Il m'empoigne par le col et me pousse contre mon casier. Mon crâne heurte le métal.

Je suis bloqué.

–Je vais vous briser, moi, aboie-t-il, et il me postillonne partout sur le visage.

Plusieurs portes s'ouvrent à la volée. Moore me lâche et je m'affale comme une putain de poupée de chiffon.

Les élèves sortent et circulent dans le couloir sans faire attention à ce malade mental. Les profs jettent de discrets coups d'œil depuis le seuil de leur porte.

–On se revoit en retenue. En attendant, je vais préparer les documents d'exclusion.

Son regard furieux me cloue sur place.

Mon cœur se serre. Je pense à ma mère. J'imagine Moore lui téléphoner pour tout lui raconter. J'ouvre la bouche pour m'excuser. Si je me fais renvoyer de ce lycée, elle sera anéantie. Comment je vais pouvoir quitter cette ville et entrer à l'université, si j'ai un avis d'exclusion dans mon dossier?

Mon cœur se met à battre dix fois plus vite, comme s'il voulait sortir de mon torse. La rage s'accumule en moi.

Bam! Je mets un coup de poing dans le casier gris et froid. Le métal ploie sous le choc. Des éclats acérés m'écorchent les articulations et du sang chaud coule lentement le long de ma main et de mon poignet.

Des élèves plus jeunes passent à côté de moi et me dévisagent comme s'ils contemplaient le carnage après un accident de voiture.

– Pas de problème. C'est votre mère qui remboursera les dégâts, gronde le proviseur d'une voix calme et terrifiante.

Il s'éloigne à grands pas.

Je bous de rage.

Dans mon esprit, j'envisage toutes les possibilités pour faire du mal à Moore. Il me suffirait de le suivre jusqu'à son bureau, de verrouiller la porte derrière moi et de me mettre au boulot, de lui péter la gueule une bonne fois pour toutes. Je pense que j'aurais le dessus.

– Il va prendre cher un jour, lui, marmonné-je, et je repense au flingue dans les toilettes du sous-sol.

Il va prendre cher un jour, ça, c'est clair.

DEUXIÈME PARTIE

TREY

LE WASHINGTON POST

LA MÉTHODE MOORE SAUVE DES VIES

Privatisations. Subventionnements massifs. Basculement vers une gestion fédérale. Depuis longtemps, toutes ces solutions ont été envisagées afin d'inverser la vapeur dans le système scolaire public de Washington DC, aux performances globalement abyssales.

Les nombreux défis que rencontrent les établissements urbains – matériel suranné, classes surchargées, corps enseignant massivement découragé – sont accablants, mais ils prennent racine dans une seule réalité tenace et récalcitrante.

« Le gros non-dit dans chaque salle de classe publique, c'est la pauvreté », affirme Wilson Hicks, conseiller d'éducation au lycée de la Promesse urbaine, un établissement qui a peut-être enfin résolu le problème des inégalités d'instruction.

« Les élèves ne manquent pas de potentiel, ajoute Hicks, mais de discipline. Les enfants défavorisés ont moins tendance à apprécier et à comprendre les valeurs de l'instruction. Quand on vit dans un secteur où la survie est une préoccupation quotidienne, il est difficile d'envisager l'éducation comme un processus d'apprentissage sur le long terme. C'est pour cette raison que la méthode Moore fonctionne à merveille. Nous nous axons sur la discipline. »

Hicks remarque que le regretté proviseur, Kenneth Moore, prêchait l'excellence à chacun de ses élèves. Sa philosophie consistait à apprendre aux adolescents à être les meilleures versions d'eux-mêmes, en dépit des difficultés de la vie. Et cela semble avoir fonctionné : la Promesse urbaine obtient les meilleurs résultats aux examens de toute la ville de Washington DC, et ce depuis trois ans d'affilée.

Moore a été récemment abattu dans l'enceinte du lycée de la Promesse urbaine. Bien qu'aucune arrestation officielle n'ait encore eu lieu, la police enquête actuellement sur trois suspects.

AUJOURD'HUI

SOLOMON BEKELE

Élève du lycée privé de la Promesse urbaine

Ouais, je sais qui l'a fait. Et je sais pourquoi, aussi. Tout le monde pense que c'est J.B. le coupable, mais non. C'était un des rares élèves que j'appréciais. OK, il ne parlait pas beaucoup mais au moins, il ne se moquait pas de moi pendant la pause, contrairement à la plupart des mecs du lycée.

Ça ne pouvait pas être Ramón non plus. Commettre un meurtre dans l'enceinte du lycée? Nan, je suis à côté de lui en cours de maths et je sais qu'il est bien trop intelligent pour faire un truc pareil. Il a de grands rêves, il ne se risquerait pas à faire une connerie et à prendre perpète. Non, c'est l'autre. Celui qui se fout de tout.

Trey.

Je ne l'ai jamais aimé, lui. On n'était pas en cours ensemble mais je le voyais tout le temps à la cafétéria ou dans la cour pendant les pauses. Il avait toujours une remarque à faire sur mon accent éthiopien, la nuance de ma peau, l'odeur de mes fringues.

Il se moquait de mes vêtements en permanence. Alors qu'on porte tous le même uniforme ! Dans la ligue des connards, il est au sommet du classement !

En fait, je le déteste. Mais je suis content de ne jamais lui avoir tenu tête parce que en fait, c'est un assassin. Et il n'a pas tué n'importe qui. Il a tué le proviseur Moore.

Faut avoir des couilles. D'une certaine manière, je l'admire juste pour ça. Pour sa volonté de se défendre et de s'affirmer. C'est exactement ce qu'il a fait quelques heures avant le meurtre, quand Moore lui a filé une heure de colle.

Beaucoup d'élèves critiquent Moore mais pas moi. Mes parents m'ont appris le respect, et si on respecte Moore, on s'en sort très bien. C'est son *boulot*, de nous mener à la baguette ; c'est le proviseur du lycée, et son fondateur.

J.B. est respectueux. Ramón est respectueux. Mais Trey... Trey ne respecte rien ni personne. Mes parents me TUERAIENT si j'envisageais une seconde de répondre à un adulte avec insolence.

J'imagine que Trey n'a pas été élevé comme moi.

J'imagine qu'il a été élevé pour tuer.

STANLEY ENNIS

Entrepreneur et mécène du lycée privé de la Promesse urbaine

Personne ne comprenait la vision de Moore aussi bien que moi. À vrai dire, je crois avoir perçu mieux que lui le potentiel de tout ce qu'il a bâti. La Promesse est bien plus qu'un simple lycée… c'est un élan global et, plus important encore, c'est un héritage.

Mais tout le monde n'est pas de cet avis. Les gens sont souvent trop étroits d'esprit… ou juste jaloux… pour comprendre ce qu'il projetait. On entendait toujours quelqu'un se plaindre des méthodes de Moore : les employés, les élèves, les parents, même les gens du quartier.

Bien sûr, Moore n'a jamais laissé ces commentaires le freiner. On parlait d'agrandir la Promesse, de créer un réseau de lycées à l'échelle nationale qui serait calqué sur le système mis en place à Washington DC. On obtiendrait d'excellents résultats qui feraient entrer du cash. Pour mettre ça en place, il fallait du cran et du savoir-faire. Moore avait le savoir-faire et j'avais clairement le cran.

Moore voulait une croissance lente et stable. Mais après le premier chèque que je lui ai signé, son opinion s'est alignée sur la mienne.

La croissance commençait par l'équipe de basket. Un département sportif solide dans un établissement scolaire peut devenir un véritable atout sur le plan national. C'est donc vraiment dommage que ce dénommé Trey ait fait partie de l'équipe. L'année semblait bien s'annoncer. On était destinés à aller jusqu'en finale des championnats, à voir nos gars en photo dans tous les journaux et aux infos nationales. Les donateurs les plus fortunés se seraient laissé convaincre de sortir leurs chéquiers et nous auraient permis de porter le projet de la Promesse à l'étape suivante de son expansion.

Ça ne me dérangeait pas de donner autant d'argent à ces gamins, avec une équipe pareille. Moore avait même pu lancer une nouvelle initiative pour les élèves, la Fondation de la Promesse. La devise était bien trouvée: «Financer les plus grands rêves de nos élèves et leur donner une base solide pour cimenter leur avenir.» Avec tout ce que j'avais investi dans ce projet-là, je lui avais dit qu'il aurait pu le baptiser la Fondation de la Promesse Ennis!

Encore une fois, c'est terriblement dommage qu'il ne soit plus parmi nous. On était sur le point d'accomplir quelque chose d'exceptionnel, et ce n'est peut-être pas encore perdu. Je me demande qui se proposera pour prendre sa succession. Après une tragédie de cette ampleur, je suis certain de pouvoir récolter un soutien financier substantiel autour de moi. On va peut-être finir par rebaptiser la Fondation de la Promesse, qui sait?

BRANDON JENKINS

Élève du lycée privé de la Promesse urbaine

Trey est mon meilleur ami, ici. Je joue au poste de meneur, lui, il est arrière.

Notre équipe de basket n'était pas super forte, avant. Et puis Trey a débarqué de New York. Dès son arrivée, nos résultats ont grimpé. On est devenus bons.

À la fin de notre année de première, Trey était le meilleur marqueur de l'équipe. Putain, il m'a même permis de m'améliorer. Non seulement on faisait notre meilleure saison, mais en plus, on attirait l'attention des recruteurs universitaires du coin. C'est mon plus grand rêve: jouer au basket à la fac.

Le jour du meurtre, c'était aussi celui de notre match de *play-off* contre Dunbar, un autre lycée renommé de la ville. Les rumeurs circulaient qu'il y aurait beaucoup de sélectionneurs dans les gradins. Trey et moi, on avait décortiqué les techniques des meilleurs joueurs de Dunbar et on avait mis au point une tactique plutôt efficace pour les battre. Je me sentais confiant.

Jusqu'à ce que je croise Trey, ce matin-là.

J'ai compris qu'un truc ne tournait pas rond quand j'ai vu qu'il ne souriait pas. Il sourit tous les jours, surtout quand on a un match.

– Ça va, Vieux? lui ai-je demandé.

– Ouais, ouais, m'a-t-il répondu vite fait.

Quand je l'appelle « Vieux », il répond toujours « Gros ». C'est notre rituel. Toujours. Mais pas aujourd'hui.

Il s'est éloigné direct mais je ne l'ai pas lâché.

« Trey, qu'est-ce qui t'arrive? »

« Trey, raconte-moi. »

« Trey, tu bugues ou quoi? »

Il a fini par s'arrêter de marcher. Il lui a fallu, genre, trente secondes pour faire demi-tour et me regarder en face. Il me scrutait avec des yeux bizarres, injectés de sang, et puis il m'a tiré jusqu'aux toilettes pas loin.

Je l'ai suivi.

– Tu dois me PROMETTRE d'en parler à personne, m'a-t-il dit.

J'ai promis.

Mon ami a fermé les yeux, il a pris une profonde inspiration et à l'instant où il a ouvert la bouche pour parler, un flot de mecs a déboulé dans les toilettes. Trey les a regardés, il m'a regardé, puis il est sorti en trombe.

Je ne sais pas ce qu'il comptait me dire à ce moment-là mais je suis allé en cours avec une drôle de sensation dans le ventre, comme... comme s'il allait y avoir des emmerdes.

Et quand je l'ai enfin revu, c'était à l'échauffement avant le match. Il s'est pointé dans le gymnase d'un air encore pire que le matin.

–Rassemblez-vous, a crié l'entraîneur, coach Robinson. Trey doit vous annoncer quelque chose.

Le coach serrait les mâchoires et j'ai su que ce qui allait suivre serait mauvais pour nous.

–Je peux pas jouer, a marmonné Trey.

–Parle plus fort, jeune homme, a déclaré le coach. C'est ton erreur, assume les conséquences.

–J'ai été puni.

Il a bafouillé une explication. Apparemment, le proviseur Moore l'avait collé et il avait interdiction de jouer le match de ce soir. L'équipe a rugi d'une seule voix. Des gémissements déçus, des grognements, certains ont baissé la tête d'un air de défaite. Un chœur de « mais putain, Trey » a résonné dans le gymnase.

Moi, j'ai gardé le silence.

Je ne pouvais même pas le regarder. Je scrutais mes chaussures. Je sentais ses yeux rivés sur moi, il attendait que je dise « c'est pas grave, tout va bien », ou que je rassure l'équipe, « on va quand même gérer, les gars », mais c'était impossible. Je n'ai pas croisé son regard.

Quand j'ai revu Trey la fois suivante, il était menotté et des policiers le poussaient hors du lycée.

Je ne peux pas croire que Trey ait tué le proviseur Moore. Je connais le *vrai* Trey. Je connais une facette de Trey que personne ne voit jamais, et il mérite que je lui accorde le bénéfice du doute. Mais je repense aussi à lui ce matin, comment il avait l'air bizarre. Ça sent mauvais pour lui.

ONCLE T

Oncle de Trey

J'espère sincèrement que Trey n'a pas pris mon pistolet. Pour mon bien, et pour son bien à lui. D'accord, Trey peut être qualifié de plein d'adjectifs, mais il n'est pas idiot. Et c'est pas un tueur. Je le sais, parce que j'en suis un, moi.

J'ai servi dans l'armée pendant vingt ans, dans les opérations spéciales des marines. Trois déploiements. J'ai vécu beaucoup de choses, vu beaucoup de choses. Et le mal dont j'ai été témoin, il ne vit pas en Trey.

Quand je suis allé récupérer mon neveu à New York, il avait tout d'une tête de nœud. J'étais comme lui à son âge, mais je me comportais encore plus mal. Je traînais dans la rue tout le temps, et je n'avais que trois options devant moi: la mort, la taule ou l'armée. La guerre m'a sauvé, en toute honnêteté. Ce qui est étrange, si on y réfléchit bien. Être envoyé à l'étranger, défendre un pays qui ne t'aime pas et où ta seule chance de survie, c'est de tuer des inconnus. Trey, lui, il n'a pas les tripes pour faire la guerre, ça, j'en suis convaincu.

Mais j'avais une dette envers ma sœur, alors j'ai pris son fils chez moi et je me suis assuré qu'il ait un destin plus correct que les mecs avec qui j'ai grandi. Je ne m'attendais pourtant pas à ce que le comportement de Trey soit aussi mauvais que ça. Toujours à répondre, à contester les règles, le genre de choses que les Noirs ne peuvent pas se permettre de faire. C'est sûrement parce que son père est mort jeune. Le cancer l'a emporté et a laissé Trey seul avec sa mère. Donc je me suis donné comme mission de le redresser. Quoi qu'il m'en coûte.

Couvre-feu, routines strictes, je fais en sorte de le savoir soit à l'école, soit chez moi, je limite son temps dans le monde extérieur, je ne lui donne aucune occasion de s'attirer des ennuis. On peut vite se retrouver dans la merde, dans cette ville.

Bien sûr, il nous est arrivé de nous prendre la tête, surtout au début. Les transitions, c'est toujours difficile, pour n'importe qui. Et Trey ne m'a pas aidé, il mettait ma patience à rude épreuve en permanence. Il rentrait tard, il était ingrat, il ne faisait pas ses tâches ménagères. Je lui répétais qu'il existe toujours une manière douce et une manière forte, et qu'elles aboutissent toutes les deux au même résultat. Il choisissait systématiquement la manière forte et j'ai été obligé de lui en coller quelques-unes pour qu'il revienne dans le droit chemin.

Pas que ça me plaisait, mais je ne savais pas comment me débrouiller autrement. Ce n'est pas comme si j'avais déjà élevé un garçon dans l'espoir d'en faire un jeune homme correct. Je sais ce que je suis devenu, et j'ai fini par m'en sortir. Mieux que la plupart des gens, en tout cas.

Quand j'ai compris que mes mains étaient la seule chose qui fonctionne avec lui, je me suis mis à lui mettre une petite droite de temps en temps, pour qu'il comprenne que je ne déconnais pas. Au fil du temps, on a trouvé notre rythme et il s'est mis à suivre les règles chez moi. Sauf qu'il a commencé à avoir des problèmes au lycée.

Je ne sais pas pourquoi mais les adultes de la Promesse ont toujours un truc à reprocher à Trey. Ils m'ont convoqué plusieurs fois pour que j'assiste à un cours avec lui. En ma présence, évidemment, il était sage comme une image.

Chaque fois que je l'engueulais, j'avais l'impression qu'on franchissait une étape. Ça faisait plusieurs semaines que le lycée ne m'avait pas contacté. Je commençais à croire que j'avais vraiment réussi, que j'avais mis mon neveu dans le droit chemin.

Je vais être honnête: je tiens à ce garçon, je tiens vraiment à lui. Il pense que je suis juste là pour le punir, je sais, mais ce qu'il ne pige pas, c'est que ce monde-là va le bouffer tout cru s'il n'a pas la tête sur les épaules. On n'accorde jamais de deuxième chance aux Noirs, mais Trey en a eu une grâce à moi. Je ne peux pas lui permettre de la gâcher.

Et je dois reconnaître qu'il fait des efforts, en ce moment. Je suis fier de lui, de ses progrès en basket. J'ai assisté à quelques-uns de ses matchs et il m'a impressionné. J'avais même invité un copain, un ancien de la Navy, à venir voir le match des *play-off*. Je me suis vanté au sujet de Trey. Je lui ai dit que mon neveu était le joueur phare de l'équipe, un bon gamin. Tout le public attendait dans les gradins de voir le fameux Trey Jackson, future star de la NBA. Mais bien entendu, Trey n'a pas joué ce match. Et c'était sa faute. Et il m'a bien collé la honte.

Je sais que Trey n'a fait aucun mal au proviseur, mais je ne peux pas fermer les yeux sur la disparition de mon pistolet. Pourquoi Trey ne pouvait pas juste bien se comporter ? S'il n'avait pas été en retenue, il aurait participé au match et son innocence ne serait pas mise en question. C'est exactement ce que je me tue à lui expliquer. On ne nous accorde jamais le bénéfice du doute, quand on est noir. Il faut toujours être du bon côté.

C'est le bordel dans ma tête. Je cogite sans arrêt sur ce que j'aurais pu mieux faire. J'ai tellement essayé de le faire changer, de le remettre dans la bonne direction, mais il s'est quand même fait avaler par ce système pourri. C'est trop dur pour les Noirs.

Et puis, je ne sais pas, j'ai peut-être été trop dur avec lui, moi aussi.

COACH ROBINSON

Entraîneur de basket au lycée privé de la Promesse urbaine

Je ne vais pas mentir, cette nouvelle m'a bien mis KO. À la fois sur le terrain professionnel et personnel. Le proviseur Moore m'a tendu la main quand personne d'autre ne s'intéressait à moi. J'étais entraîneur dans une association de quartier avant de bosser ici. Pour l'amour du sport, parce que ça ne me rapportait vraiment rien du tout.

Moore et moi, ça remonte à loin. On était ensemble à Hampton University. Je me suis attiré des ennuis en dehors du campus et j'ai été viré de l'équipe de basket. J'ai foutu en l'air mes chances d'intégrer la NBA. Devenir entraîneur, c'était ma meilleure option. Ça m'a permis de rester près des terrains.

Quand Moore a décidé de monter une équipe de basket à la Promesse urbaine, c'est moi qu'il a appelé en premier. C'est Moore tout craché, ça. Toujours à veiller sur les autres. Toujours à s'assurer que les gens mangent à leur faim autour de lui. Même certains des joueurs de cette équipe.

Moore expliquait que plus l'équipe aurait du succès et plus elle attirerait les mécènes. Il nous a demandé, à moi et à l'équipe du département sportif, de repérer des bons joueurs, même jusqu'à New York. Et il les a contactés personnellement pour leur proposer de venir à la Promesse. Il leur donnait même de l'argent liquide s'ils n'avaient pas les moyens de faire le voyage. Cet homme a aidé tellement de familles.

Au bout de plusieurs années, on est vraiment devenus performants, on a arrêté de perdre systématiquement chacun de nos matchs. Et puis, un jour, on a récupéré un élève, Brandon, et là, l'équipe a connu un véritable tournant.

Puis Trey est arrivé.

Ce garçon me fait tellement penser à moi-même, mais avec plus de talent. C'est ça qui est triste. Trop de gamins bourrés de potentiel sont écrasés par la pression du système. Une masse invisible qui les cloue au sol. Ils ne la voient même pas.

Mais Trey n'est pas coupable. Trey ne ferait jamais de mal à une mouche. Trey est l'un des garçons les plus gentils que je connaisse. Voilà un exemple : un jour, Moore s'est fâché et s'en est pris à un gamin – pas un de mes joueurs. Un gamin discret. Omar, je crois. Ou Omari. Enfin bref, il ne portait pas sa ceinture et il allait recevoir un avertissement. Et vous savez ce qui s'est passé ? Trey s'est approché de lui et il lui a donné sa ceinture. Il portait sa tenue de basket, donc Moore n'a rien pu dire, et Trey a protégé l'autre élève, sans rien demander en retour. Il est comme ça, Trey. C'est dans sa nature.

Mais même s'il est innocent, je pense que cette histoire va le bousiller. Ça va le traumatiser, et c'est bien ça le défaut de notre système. Une fois que vous êtes touchés, vous êtes entachés à jamais, que vous soyez coupable ou non. Il m'est arrivé la même chose.

Et maintenant, Moore n'est plus là. Trey n'est plus là.

Franchement, je sais plus trop où j'en suis.

ANTOINE BETTS

Élève du lycée privé de la Promesse urbaine

J'ai tout vu, eh ouais. Tout ce qui s'est passé.

Trey est arrivé au premier service à la cafétéria, groupe A. Il paraît qu'il y a que des élèves bruyants dans le groupe A, mais c'est mon préféré. Ils sont tellement marrants, ces cons, je rigole non-stop avec eux.

J'étais présent parce que je fais partie de l'ICT (Initiative en Cuisine pour les Terminales) : j'obtiens des points bonus quand je prépare les repas, et ça me donnera peut-être la possibilité de bosser dans un restau après le lycée.

Apparemment, l'ICT est une idée de ce mec, là, Ramón. Ça plaît beaucoup aux employés de la cantine parce qu'ils sont en sous-effectif, alors quand moi et les autres gars de l'ICT on s'occupe d'un poste en cuisine, ça leur facilite bien la tâche. Et on sait comment gérer les autres lycéens.

Bref, la journée était bien intense. Les élèves sont entrés en file indienne, mains derrière le dos, tête baissée, comme d'habitude.

Pendant un moment, la salle était plutôt tranquille. Pas de disputes, pas de nourriture qui vole, pas de mec qui tente de griller la queue. C'est parce qu'on avait fait des pizzas, je pense.

Si les élèves font une connerie pendant l'heure du déjeuner, ils se font virer de la cafétéria sans manger, donc les jours où on sert leur plat préféré, ils se tiennent à carreau. Tout le monde aime la pizza, non ?

Donc ils mangeaient en silence, l'interdiction de parler était bien respectée quand, tout à coup, un mec s'est mis à rire. J'ai jeté un coup d'œil. Je ne rate jamais une occasion d'assister à un truc comique.

Un prof s'est approché, il a fait une première mise en garde à toute la table, puis au gars qui racontait des blagues. Trey. Ils se sont tous calmés, après ça. Trey n'a jamais été quelqu'un de mauvais.

Mais à peine cinq minutes se sont écoulées et le groupe s'est remis à rire. Cette fois-ci, parce que Trey faisait le con en jouant avec sa bouffe. Mais il a mal calculé son coup parce que Moore est entré pile à ce moment-là.

Le prof est retourné à la table et il a collé un avertissement à Trey. Quand il est retourné près de ses collègues, le proviseur est arrivé à grands pas.

– Celui-ci vous cause des ennuis ? a-t-il demandé.

– Vous savez comment il est, a répondu le prof.

Moore est resté dans la salle un moment à tourner autour des tables, bras croisés, le regard mauvais. Tous les élèves se tenaient bien droits. C'était comme s'il nous envoûtait chaque fois. Et on ne voulait pas se prendre la tête avec lui si on pouvait éviter. Il était du genre à partir en vrille au quart de tour.

Moore a fini par sortir, du moins il a fait comme si. Et là, pas croyable mais pile à ce moment, Trey a lâché une autre vanne, à voix haute, et sur Moore en plus: «Son front ressemble tellement à une piste d'atterrissage.»

Les gars ont éclaté de rire jusqu'à ce que Moore repasse la tête par la porte de la cafétéria.

C'est là que c'est devenu intéressant.

J'ai vu un truc que j'avais encore jamais vu, un truc que j'aurais jamais pu imaginer. Il a complètement perdu son sang-froid.

Il a traversé la salle en trombe.

–Qu'est-ce que vous avez dit, là?

Trey a gardé les lèvres pincées, évidemment.

–Vous voulez faire le clown, alors allez-y, faites le clown. Racontez une blague, a aboyé Moore.

Mais Trey n'a pas ouvert la bouche.

–Racontez une blague, Jackson! a gueulé Moore.

Trey l'a ignoré.

Je pensais qu'il s'arrêterait là mais Moore s'est penché juste devant lui et il a hurlé:

–J'ai dit, racontez une putain de blague!

Des mecs ont ricané, le genre de petit rire qu'on lâche pour éviter de pleurer. D'autres se sont goinfrés de pizza, terrifiés.

Trey avait l'air humilié. Il jetait des coups d'œil partout autour de lui. Et il a répondu d'un ton sec:

–Lâchez-moi, là, dégagez!

–Ou sinon quoi? a rugi Moore.

–Sinon? Je vais vous buter!

La salle est devenue brusquement silencieuse. Même les employés de la cafétéria n'osaient plus bouger. J'ai senti comme une décharge électrique me parcourir la colonne vertébrale.

Sur le moment, je n'ai pas pensé qu'il était sincère. Ça ressemblait plus à un réflexe défensif. Mais maintenant que j'en sais plus... je crois qu'il parlait sérieusement.

Une fois la stupeur passée, Moore a chopé Trey par le col et il l'a presque traîné hors de la cafétéria.

La suite, vous la connaissez.

MME HALL

Professeure au lycée privé de la Promesse urbaine

Mes pauvres élèves. Mes pauvres bébés. J'ai commencé à enseigner à la Promesse urbaine dès l'année d'ouverture. J'y suis encore.

Cet endroit était magique quand nous avons ouvert les portes pour la première fois. Des garçons de toute la ville, des garçons qu'on avait oubliés et qui trouvaient enfin un lieu rien qu'à eux. Un lieu où l'administration tenait absolument à leur offrir une chance. Moore le souhaitait sincèrement. Certes, il était toujours un peu sévère mais il le faut avec ces garçons-là. Il le faut vraiment. Et il ne le faisait pas par peur, ni par haine ou ignorance : il le faisait par amour.

Pendant les deux premières années, la Promesse urbaine n'a pas été aussi efficace que nous l'espérions, du moins pas aux yeux de Moore. Moi, je trouvais que nous avions progressé. On peut toujours s'améliorer, oui, mais Moore voulait être le meilleur.

Donc nous avons visité d'autres établissements, nous avons assisté à des conférences, à des formations, à toutes sortes d'événements pour apprendre les meilleures méthodes. Un petit changement par-ci, un autre par-là, et avant même de nous en rendre compte, voilà que nous traitions les élèves comme du bétail. Ce n'étaient plus des enfants, c'étaient des prisonniers.

Il y a peu de temps, je suis allée exprimer à Moore mon désaccord sur ces nouveaux processus dans l'établissement et vous savez ce qu'il m'a dit ? De prendre mes affaires et de partir, si ça ne me plaisait pas. Il avait changé, c'était un homme totalement différent de celui avec qui j'avais accepté de travailler. Furieux. Glacial. Après tout le temps, toute l'énergie, tous les efforts, le sang, la sueur et les larmes versés dans ce lycée, et il avait le toupet de me jeter comme une vieille chaussette ?

Je commence à m'énerver rien qu'à y penser.

Oh, et Trey parmi les suspects ? Ce garçon ne ferait pas de mal à une mouche. Il joue aux durs, ça oui, mais je vois au-delà de son petit jeu. Tous ces garçons jouent aux durs. Mais accordez-leur un peu d'amour et ils fondent aussitôt. Ce sont encore des enfants. Tout le monde semble l'oublier. Peu importe leur taille. Peu importe la couleur de leur peau. Peu importe leur attitude.

Trey n'a jamais eu sa chance, pas même à la Promesse. L'administration a décrété, de manière légale, qu'il a besoin d'un accompagnement spécifique pour lui fournir des conditions d'apprentissage optimales. Mais Moore a tout bonnement refusé. Il a déclaré que cela coûterait trop cher d'embaucher un assistant scolaire. Que l'école avait déjà suffisamment de soucis financiers pour s'endetter davantage. Je n'en croyais pas mes oreilles.

Je ne sais pas exactement ce qui a changé chez Moore. On entend toujours circuler des rumeurs: une infidélité conjugale et une épouse mécontente, un divorce difficile, des investissements malavisés, des difficultés financières.

Quoi qu'il en soit, les turbulences de sa vie personnelle ont commencé à affecter son travail. Il arrivait au lycée mal habillé, en retard, ou s'absentait même pour raisons de santé. Il se défoulait sur les élèves, et aussi sur l'équipe encadrante. Mais j'en avais plus qu'assez de me faire crier dessus.

J'étais présente à la Promesse, le jour du drame. J'avais prévu d'entrer d'un pas décidé dans son bureau pour lui remettre ma lettre de démission. J'étais au bout du rouleau. Et quand j'ai appris que Moore était mort, ma première pensée a été: *oh mon Dieu, il l'a fait. Il s'est suicidé.*

INTERROGATOIRE DE TREY

(Transcription officielle de garde à vue)

INSPECTEUR BO: Décline ton identité pour le procès-verbal, s'il te plaît.

TREY: Trey.

INSPECTEUR ASH: Ton nom en entier.

TREY: C'est mon nom en entier.

INSPECTEUR ASH: Et tu trouves ça marrant, tes conneries ? Tu veux qu'on te foute direct en taule ?

TREY: Jackson. Trey Jackson.

INSPECTEUR BO: Tu habites où ?

TREY: Au sud-est, près du Navy Yard.

INSPECTEUR BO: Ah oui, c'est vrai. Ton oncle est un ancien marine.

TREY: Vous avez parlé à mon oncle ?

INSPECTEUR ASH: C'est nous qui posons les questions. Où étais-tu le 10 octobre aux alentours de 18 h 30 ?

TREY : Vous savez très bien où j'étais.

INSPECTEUR BO : Ah, donc tu étais dans le bureau de Moore ? Tu pointais un flingue sur sa tête ?

TREY : Non, j'étais en retenue. Comme je vous l'ai déjà dit un million de fois.

INSPECTEUR BO : Pourquoi tu étais en retenue ? T'es un fouteur de merde ?

TREY : Vas-y, vieux, est-ce que j'ai l'air d'un fouteur de merde ?

INSPECTEUR BO : Eh bien à vrai dire, tu as l'air du genre à bien aimer foutre la merde, oui.

INSPECTEUR ASH : D'après les profs de ton lycée, c'est le cas.

TREY : Tout ça parce que les profs m'aiment pas.

INSPECTEUR BO : Ils doivent avoir une bonne raison, non ?

TREY : Mais ouais, c'est ça…

INSPECTEUR ASH : Tu as entendu quelque chose, pendant ton heure de retenue ?

TREY : J'ai entendu dire que j'avais droit à un avocat, surtout.

INSPECTEUR BO : Pourquoi tu aurais besoin d'un avocat ? Tu n'as rien fait de mal, si ?

TREY : Non.

INSPECTEUR ASH : Alors parle-nous, tu peux nous faire confiance. On peut t'aider.

TREY : J'ai pas besoin de votre aide. J'ai besoin d'un avocat.

INSPECTEUR BO : Peu importe. L'autre type t'a déjà balancé, tu sais.

TREY : Hein ? Il a balancé quoi ?!

INSPECTEUR BO : Il nous a expliqué ce que tu avais fait.

TREY : Mais j'ai rien fait ! Qu'est-ce qu'il a dit ?

INSPECTEUR BO : C'est pas ce qu'on a entendu cru comprendre, nous. Dis-nous simplement la vérité, raconte-nous les faits de ton point de vue. Peut-être que tu sais quelque chose à propos des autres gars.

TREY : ...

INSPECTEUR ASH : Si tu veux jouer les durs avec nous, on sait jouer à ce jeu-là nous aussi, et ça risque de pas te plaire.

TREY : ...

INSPECTEUR ASH : OK, comme tu voudras.

LA VEILLE DU MEURTRE

TREY

CHAPITRE 4

EN RETARD

Trey

– Groooooos, je vais te fumer! hurlé-je à Brandon, mon pote et mon coéquipier.

Il joue au poste de meneur et moi, je suis arrière. Et puis c'est le seul membre dans l'équipe qui arrive à capter mes blagues. Sûrement parce que c'est le mec le plus cool de la terre, et qu'il ne se vexe jamais.

– Ta tête, on dirait le capot d'une PT Cruiser.

Toute l'équipe éclate de rire, même le coach. J'adore faire des blagues dans les vestiaires. Il y a un truc avec l'écho de la pièce, ça donne l'impression que le lycée tout entier se marre avec moi. Je me demande ce que ça donnerait, si tout le lycée rigolait en même temps à mes blagues. Ce serait énorme. Je pourrais devenir un putain de comédien, si jamais je réussis pas en basket.

– OK, on se calme, les gars, on se calme, dit le coach. Le plus gros match de la saison nous attend demain. Donc on va tout donner. On pense même pas encore au championnat, compris?

C'est demain, notre championnat. On sera à fond sur le terrain parce que si on gagne pas, si on se qualifie pas, on rentre chez nous les mains vides. C'est compris ?

– Oui, m'sieur ! crie-t-on tous en chœur.

– Bravo pour l'entraînement aujourd'hui. Rentrez chez vous, soyez prudents, reposez-vous et soyez au taquet demain. Rassemblement.

On se regroupe en cercle et on met nos mains au milieu. Brandon est notre capitaine donc c'est lui qui lance le cri de guerre, comme d'hab.

– On va tout donner !

– ON VA TOUT DONNER !

– On va tout péter !

– ON VA TOUT PÉTER !

– On va tout donner !

– ON VA TOUT DONNER !

– C'est notre promesse !

– C'EST NOTRE PROMESSE !!!

Nos mains s'élèvent ensemble vers le plafond, puis on va se doucher.

– Yo, Trey, viens qu'on cause un coup, me crie le coach.

Je trottine jusqu'à lui. On se glisse derrière la dernière rangée de casiers, juste assez loin pour que mes coéquipiers n'entendent pas la conversation.

– Trey, on va avoir besoin de toi demain, donc reste concentré, pigé ?

– Ouais, m'sieur, comptez sur moi.

– Impec, mon pote, c'est la bonne attitude. Allez, va te laver.

Y a rien de plus satisfaisant au monde que d'entendre le coach me dire que l'équipe a besoin de moi, surtout parce que je ne suis doué qu'à une seule chose: au basket. Je crois que c'est la première fois qu'on me dit qu'on a besoin de moi.

Je traverse le vestiaire aux couleurs de l'équipe, bleu et doré, jusqu'aux douches où il reste encore quelques gars.

–Yo, B, lancé-je à Brandon.

–Qu'est-ce qu'il voulait, le coach?

–Il m'a juste dit d'être prêt pour demain.

–T'as intérêt, on a un match à gagner.

–C'est clair. Je me dépêche, je dois choper mon bus. À demain, Gros.

–À demain, vieux.

Brandon et moi, on échange notre poignée de main spéciale et je sors. Je zappe la douche parce que je n'ai pas beaucoup de marge pour prendre mon bus et je ne peux pas me permettre de le louper. Mon oncle T m'impose des horaires stricts et si je suis en retard à la maison, même de quelques minutes, il risque de péter un câble. Je ne veux pas d'emmerdes avec lui ce soir.

Je m'arrête à la première fontaine à eau que je trouve et je bois tout ce que je peux, j'ai la bouche hyper sèche après l'entraînement. On n'a pas le droit de rester plus de trois secondes aux fontaines mais puisque les cours sont finis, il n'y a plus personne pour me presser de boire.

Dans mon lycée d'avant, dans le Bronx, on avait à peine l'eau courante. Les fontaines ne marchaient jamais, les chasses d'eau non plus, et parfois il n'y avait pas de chauffage en hiver – la merde. Ça me soûlait. Mais le côté positif, c'était que les profs n'en avaient rien à foutre des élèves, alors je pouvais faire à peu près tout ce que je voulais.

La Promesse urbaine, c'est pile l'inverse.

Tout est propre, luisant, au top de la technologie. Mais ils nous font tellement chier ici que ça pue presque littéralement la merde.

En cours, on n'a même pas le droit de s'adosser à nos chaises. En plus, ils osent nous faire venir en cours de, genre, 7 heures à 17 heures. Qui est capable de rester assis sans broncher pendant dix heures?! Pas moi. Mais évidemment, quand je ne m'assieds pas dans la position réglementaire, je me prends une semonce. Trois semonces, c'est un avertissement et je perds des points. Ça a fini par arriver souvent du coup je suis devenu le mec à problèmes que personne ne veut dans sa classe.

C'est ça, le point commun entre la Promesse et mon ancien lycée. La façon dont les profs me perçoivent. Leur façon de me regarder. Leur façon de me parler. La façon dont ils parlent de moi. Pour une raison qui m'échappe, le combo Trey Jackson et les profs, ça ne colle jamais, et c'est toujours moi qui suis en tort.

Ils disent des trucs du genre: «Trey fait partie de nos élèves *particuliers*», «Bonne chance avec *celui-là*».

Ou leur phrase préférée: «Il a besoin d'un peu plus d'amour et d'attention...»

Ce genre de commentaires habiles.

Mais je ne suis pas débile. Je sais que c'est un code entre profs, et ce qu'ils disent vraiment, c'est plutôt:

«On aimerait bien que Trey ne soit pas là.»

« On aimerait bien que Trey n'existe pas. »

J'essuie l'eau qui me coule sur le menton et je vais récupérer mes affaires dans mon casier. La Promesse, c'est beaucoup moins stressant après les cours. Il n'y a plus d'élèves, plus de profs chiants. Ça semble presque normal. J'attrape le cadenas de mon casier quand j'entends soudain mon nom.

Je me retourne et je vois M. Finley qui jette un coup d'œil par la porte de sa classe. Avec son cou étiré et blanc comme un cul, on dirait une putain d'autruche.

– Oui ?

J'essaie de prendre un ton poli.

– Pourquoi vous ne circulez pas sur la ligne ? me demande-t-il.

Quand les gens me posent des questions connes, il me faut toujours un temps supplémentaire pour répondre, donc je m'accorde une seconde.

– Les cours sont finis. Y a même plus personne dans le couloir.

– Donc comme personne n'est là pour vous surveiller, vous choisissez de mal vous comporter ? Citez-moi la règle numéro quatre de nos valeurs.

Il croise les bras.

Je soupire.

– L'intégrité.

– D'où venez-vous ?

– De l'entraînement.

– Alors retournez au gymnase et refaites le trajet correctement.

Je retiens un cri.

– M. Finley, vous êtes pas sérieux, là. Je vais rater mon bus.

– Alors apprenez à faire les bons choix.

Je lâche un grognement qui ne lui plaît pas et je m'éloigne en tapant des pieds pour l'énerver encore plus.

Je me place sur la ligne et je marche aussi vite que je peux. J'aurais bien couru mais M. Finley m'obligerait à recommencer, encore et encore.

Il est connu pour obliger les élèves à tout recommencer en boucle. Une vraie torture. Parfois, j'ai l'impression qu'il ne m'aime juste pas, je le jure. On devrait interdire d'enseigner aux profs qui n'aiment pas les enfants.

Je tourne la tête et, évidemment, il est encore en train de m'observer, comme s'il n'avait rien d'autre à foutre, pas de copies à corriger, de parents à appeler, de pomme à manger ou je sais pas quoi.

Je marche jusqu'à apercevoir la porte du gymnase, puis je fais demi-tour. Je jette un coup d'œil à la pendule du couloir et je vois que j'ai déjà deux minutes de retard, du coup ça me stresse. Je n'ai pas manqué un couvre-feu depuis deux semaines et je n'ai pas envie de mettre oncle T en colère la veille d'un gros match. Impossible de savoir de quoi il serait capable. Il faut que je fasse un match parfait demain, donc je dois garder la tête froide.

Je ne sais pas ce qu'on lui a dit sur moi, au tribunal, mais mon oncle a l'air de croire que j'étais un gros fouteur de merde, à New York. Je me suis fait exclure plusieurs fois du lycée, d'accord, mais je ne faisais pas partie d'un gang. Je ne vendais pas de drogue comme certains de mes potes. Je suis un mec normal.

Je me dépêche, je passe devant la classe de M. Finley en chemin vers mon casier. On dirait qu'il est parti à la seconde même où je suis sorti de son champ de vision.

Je range mes affaires en vitesse et je quitte le bâtiment, le cœur battant.

Dehors, un bon air frais s'insinue dans mes poumons.

Mais quand j'arrive à l'angle de la rue, mon cauchemar devient réalité : je vois le bus s'éloigner de l'arrêt juste devant moi.

– NON ! Attendez, attendez !

Je pique un sprint vers le bus numéro 90. Mais est-ce que le chauffeur peut m'entendre ?

Bien sûr que non. Il continue sa route sans ralentir.

J'ai l'estomac noué en pensant à ce que va dire oncle T... ou à ce qu'il va faire.

CHAPITRE 5

COINCÉ

Trey

Quand je rentre, la nuit est en train de tomber, et oncle T ne va pas apprécier.

Il habite dans le sud-est de la ville, près du Navy Yard. C'est un quartier plutôt pas mal avec un stade assez proche et tout. Il a une maison, donc il doit être riche mais il ne le montre pas trop. Il me fait toujours remarquer combien je lui coûte. «Éteins la lumière quand tu quittes une pièce, arrête de toucher au thermostat, pas de rab au dîner.»

Je retiens mon souffle et j'entre. Je l'aperçois dans le canapé du salon, une bière à la main – une 211 comme d'habitude. J'essaie de me faufiler dans le couloir dans l'espoir qu'il ne me remarque pas. Je repense à *Peter Pan*, à ce passage où le héros se bat avec son ombre. Je me concentre pour devenir cette ombre.

J'approche enfin de l'escalier quand j'entends sa voix.

–T'étais où, Trey?

On dirait un démon.

–Nulle part, je rentre juste de l'entraînement.

–L'entraînement finit à 18 h 30. Il te faut seulement une heure pour rentrer. Pourquoi est-ce qu'il est presque 21 heures, alors?

–J'ai loupé mon bus.

–Pourquoi?

Je baisse la tête.

–Le bus est passé en avance.

–Viens ici! crie-t-il, sachant très bien que je mens – il le devine toujours.

J'ai l'impression d'avoir deux parpaings à la place des pieds alors que j'avance vers lui. Je déteste quand il m'ordonne de venir. Il se fâche quand je marche trop lentement mais pourquoi j'irais vite? Je ne comprends jamais les adultes.

–Oui?

–Oui, qui?

–Oui, oncle T ?

–Tu me mens ou quoi, mon gars?

–Non, oncl...

Avant d'avoir pu finir, j'ai le souffle coupé. C'est comme si mon torse venait de toucher ma colonne vertébrale et je recule malgré moi de trois pas.

Je déteste prendre des coups de poing dans le torse.

Pire encore, je déteste savoir qu'oncle T s'est déjà fait sa propre opinion, quoi que je lui dise. Exactement comme les profs de la Promesse.

Déménager de New York à Washington DC et intégrer la Promesse, ça a changé ma vie de plusieurs manières. Surtout en bien. Chez moi dans le Bronx, je voyais rarement ma mère.

C'était sympa d'être libre, pendant un temps, mais elle s'est mise à ramener des mecs chelous à la maison. J'ai eu quelques expériences désagréables et je voulais me tirer de là.

Quand le tribunal a décidé que je ne pouvais plus vivre avec elle, j'étais soulagé. Et quand j'ai appris qu'oncle T allait m'accueillir, j'étais content. Je l'avais croisé quelques fois et je l'avais trouvé cool. Il roulait en Cadillac et c'était trop stylé, mais quand il est devenu mon tuteur, j'ai découvert un autre aspect de sa personnalité.

Oncle T a un grave problème avec l'alcool. Je sais qu'il a fait partie des marines et je crois qu'il a encore l'impression d'être soldat. Il a tous les jours la même routine. Il va au boulot, il fait de la muscu, il boit de la bière, il regarde la télé et il nettoie son flingue. Et quand il ne fait pas un de ces trucs-là, il me donne des ordres. C'est comme s'il m'entraînait à devenir militaire. Il appelle ça de la discipline, il dit qu'il fait de moi un homme.

Je suis parfois tenté de lui rendre ses coups mais je me dégonfle chaque fois quand je vois ses muscles.

– T'as pas intérêt à me mentir, Trey.

– Je mens pas, oncle T. J'ai loupé mon bus.

– Pourquoi ?

Je cherche une réponse éloignée de la vérité. Je ne peux pas lui dire que j'ai été puni pour ne pas avoir marché correctement dans le couloir, sinon ça prouvera que je suis fautif.

– L'entraînement a duré un peu plus tard que d'habitude. On a un match important demain.

Quand j'évoque mon match, son visage se détend. Ça lui plaît que je sois doué en basket.

–C'est demain, c'est ça?

J'acquiesce. Il soupire. C'est ce qui se rapproche le plus d'une excuse, dans son langage.

–Pourquoi tu l'as pas dit tout de suite, Trey?

–Je sais pas, je viens de m'en souvenir.

Il me regarde et secoue la tête.

–Viens t'asseoir une minute.

Je m'affale à l'autre bout du canapé. Aussi loin de lui que possible.

–Tu sais que je suis dur avec toi pour une bonne raison. Je veux pas que tu prennes la même voie que ta mère.

Quand il a trop bu, il commence à radoter et à dire des trucs méchants très facilement, comme si ça n'allait pas me blesser.

–D'ailleurs, j'ai même invité un vieil ami à venir te voir jouer, un ancien de la Navy. On sait jamais, il pourrait t'aider à obtenir une bourse pour aller étudier à leur académie.

Je déteste la Navy. Les couleurs des uniformes et des maillots sont moches.

–Merci, oncle T.

–Remercie-moi en assurant demain, pigé?

–Oui, oncle T.

–Très bien. Il y a des plats à réchauffer dans la cuisine. Va manger.

Je quitte le salon d'un pas lourd et je monte dans ma chambre. Pas envie de dîner.

Plus vite je m'endormirai, et plus vite demain arrivera. Je n'ai qu'une chose en tête, participer à ce match de basket.

Ouais. Tout ira mieux demain.

LE JOUR DU MEURTRE

TREY

CHAPITRE 6

PROBLÈMES !

Trey

Je saute presque au plafond quand l'alarme de mon téléphone se met à sonner.

Je me lève en vitesse et j'enfile le même uniforme qu'hier, pour gagner du temps. Si je suis en retard au lycée, c'est une retenue automatique. Et ça, pas question, je ne manquerais mon match de basket pour rien au monde.

Je cherche mon sac de cours mais je ne le vois nulle part. À la Promesse, si tu te pointes en cours sans sac, ils ne te laissent pas franchir la porte d'entrée. Et si ça arrive trop souvent, ils te virent.

Je cours dans le salon et j'aperçois mon sac près du canapé. Je le ramasse en coup de vent et je sors. Heureusement qu'oncle T est déjà sorti faire son footing matinal.

Je trottine dans la rue et je prie pour ne pas avoir encore loupé mon bus. Après la journée que j'ai passée hier, impossible de savoir ce qui pourrait encore me tomber dessus. Quand je tourne à l'angle de la rue, les gens montent déjà dans le bus à deux rues de là. Je commence à flipper mais je remarque une vieille dame en fauteuil roulant, au bout de la file des passagers. Ça va me permettre de gagner un peu de temps.

J'accélère, je traverse en vrac les deux intersections et j'arrive en courant juste au moment où les passagers finissent de monter à bord.

Un peu de chance dès le matin, le jour du match de basket le plus important de ma carrière. Je me repasse les tactiques de jeu en boucle, je révise tout ce qu'on a préparé avec Brandon. J'imagine la dernière action du match, une passe décisive de Brandon et le panier de la victoire pour moi. Ou l'inverse, c'est moi qui lui lance le ballon et lui qui marque les derniers points. Quoi qu'il arrive, on se soutient et l'idée est rassurante.

Quand on arrive aux abords de la Promesse, j'appuie sur le bouton près de la porte arrière, j'attends que le bus ralentisse et s'arrête enfin. Les portes s'ouvrent et je descends.

Tandis que je marche vers la Promesse et que je cherche ma carte de lycéen, je repense au coach et à ce qu'il m'a dit, qu'il avait besoin de moi. Si je joue bien aujourd'hui, il sera fier de moi. Je pense à l'ami de mon oncle, l'ancien de la Navy; j'ai l'occasion aussi de rendre mon oncle fier. Et je pense à Brandon, qui fera la fierté de ses parents.

Je ne trouve pas ma carte de lycéen dans mes poches, alors je fouille dans mon sac. Et quand je regarde à l'intérieur, j'en reste bouche bée.

Putain. De. Merde.

Au lieu de ma carte, de mes vêtements de sport et de mes affaires de cours, j'y trouve... le flingue d'oncle T. Je me rappelle avoir posé mon sac à côté du sien, près du canapé. Ils se ressemblent, j'ai dû prendre le sien sans faire gaffe.

Mon estomac se serre et j'ai l'impression que mon cœur va exploser.

Je bugue totalement. Je ne peux pas aller en cours avec ça, je vais être arrêté au portique de détection à l'entrée!

Je ne peux pas rentrer à la maison, je vais louper la moitié des cours et je n'aurai pas le droit de jouer le match. J'aimerais bien pouvoir téléphoner à oncle T, lui expliquer que je me suis trompé et lui demander de m'aider. Mais ça se passe pas comme ça, dans ma vie. Il va croire que je l'ai fait exprès. Il ne m'accorde jamais le bénéfice du doute. Il n'accepte ni les erreurs ni les excuses.

Qu'est-ce que je vais faire, putain?

TROISIÈME PARTIE

RAMÓN

AUJOURD'HUI

RACHEL BARNES

Sœur aînée d'Anthony Barnes, élève du lycée privé de la Promesse urbaine

Je pense qu'un de ces trois élèves est coupable, oui. Mais ce n'est pas un Noir.

Vous savez, j'habite dans le même quartier que Ramón, dans Columbia Heights. Je le vois de temps en temps avec les gars du coin, des *vrais* membres de gang. Ceux qui font peur. Les Dioses del Humo.

Ce gang latino est très présent dans mon quartier, et ils ne sont pas du genre à déconner, croyez-moi. Commettre un meurtre, ça ne les dérange pas. Régulièrement quand j'allume la télé, on parle aux infos d'actes de violence qu'ils ont commis. Quand j'étais gamine, j'ai connu des mecs qui traînaient dans la rue, mais eux, ils sont différents. On dirait qu'ils *aiment* tuer.

Récemment, j'ai vu Ramón passer de plus en plus de temps avec eux et, au début, je n'y ai pas trop réfléchi. Et puis il y a quelques semaines, j'ai vu le cousin de Ramón venir le chercher au lycée, quand je passais moi-même récupérer mon frère.

Le cousin de Ramón est un des chefs du gang.

Je ne suis pas une balance, hein, mais je fais partie de cette communauté et je me sens concernée, alors je me suis dit qu'il serait plus prudent d'aller en parler à Moore. Inutile que ces conneries viennent entacher un lycée privé comme la Promesse urbaine. Enfin quoi, mon frère y est élève. Je veux qu'il soit en sécurité.

Moore m'a dit qu'il garderait l'œil ouvert. Je n'y ai plus trop pensé, après. Mais la veille de la mort du proviseur, j'ai vu le cousin de Ramón se faire arrêter par la police devant le lycée.

Moore était le genre d'homme à prendre toutes les dispositions nécessaires pour protéger ses élèves, et quand je dis toutes, c'est toutes.

Le lendemain, il a été assassiné.

Donc je pense que c'est Ramón qui a fait ça par vengeance. Il s'en est pris à un homme qui tentait de le sauver de lui-même.

De toute façon, comme je vous l'ai dit, commettre un meurtre, ça ne les dérange pas.

ANTHONY "TONY" BARNES

Élève du lycée privé de la Promesse urbaine

C'est typique, à la Promesse, soit on adore, soit on déteste. Si on adore, on respecte les règles et tout va bien. Si on déteste, eh ben, je ne sais pas. Je suis du genre à utiliser mes ressources pour obtenir ce que je veux. Et même si je ne compte pas aller à l'université, je sais qu'à Washington DC, c'est bien vu d'avoir étudié dans ce lycée. Je voudrais vraiment faire un travail manuel – devenir soudeur, comme mon père. Mais ne le dites pas à ma sœur Rachel. Elle ne parle que de l'université, et à la Promesse, c'est pareil.

«C'est ta chance de réussir dans la vie, Tony! Prends soin de la Promesse et elle prendra soin de toi en échange.» Et j'imagine qu'elle a raison... Le proviseur Moore prend soin de nous, à sa manière. Mais il existe plus d'une seule manière d'obtenir ce qu'on veut.

Ramón en est l'exemple parfait, même si Rachel trouve qu'il n'attire que des ennuis. Elle, elle le voit seulement traîner dans la rue. Le quartier n'est pas facile, parfois. Mais si elle venait à la Promesse, elle verrait ce qu'elle ne voit jamais par chez nous.

On le surnomme Chef Ramón. Il sait vraiment bien cuisiner, ce mec! Sans lui, on devrait aller jusqu'au nord de la ville pour goûter aux pupusas de son abuelita. Mais il est malin: il les apporte au lycée. En douce, évidemment, parce que Moore ne tolère pas ce genre de choses.

Mais bon, nous on veut manger correctement et les employés de la cafétéria sont en sous-effectif. Tout cet argent des mécènes et des politiques, et pourtant, la seule association que le proviseur n'a pas supprimée, c'est celle des terminales qui aident à préparer les repas en cuisine. Moore n'a pas envie de dépenser les subventions pour embaucher des employés supplémentaires en cuisine, et ça, même Rachel l'admet.

Les profs s'en plaignent tout le temps. Je les ai entendus chuchoter, dire que le lycée est censé investir ces subventions dans différents domaines mais que Moore s'y oppose – d'après lui, il faut réserver l'argent à autre chose. Et c'est lui qui gère les finances, personne d'autre. J'aimerais bien savoir où va tout cet argent, moi.

Chef Ramón ne se contente pas de préparer des pupusas de fou, il cuisine d'autres trucs. Il expérimente en permanence. Parfois, il te glisse un échantillon en marchant sur la ligne bleue. Il a l'air de gagner pas mal. Son pote Luis l'aide. Si je me faisais autant de thune que Ramón, je porterais tout le temps des chaussures neuves. Mais il dit que l'argent est destiné à son abuelita et à sa boutique, et qu'il en garde aussi pour sa *réserve personnelle* à lui, allez savoir ce que ça veut dire.

Enfin bref, je ne pense pas qu'il soit aussi mauvais que Rachel le croit.

Ramón et moi, on est sortis des cours ensemble un jour et elle m'a pratiquement chopé par l'oreille en s'imaginant que je m'apprêtais à rejoindre les Dioses del Humo là, direct sur les marches de la Promesse. En plus, c'est pas comme ça que ça se passe.

Rachel a beaucoup de pain sur la planche. Nos parents ont chacun deux ou trois boulots, donc c'est elle qui se retrouve avec pas mal de responsabilités – aller aux réunions parents-profs, ce genre de trucs. Parfois, j'ai l'impression qu'elle prend ça un peu trop au sérieux.

Mais c'est peut-être elle qui a raison. Maintenant que le proviseur Moore est mort, ça me fait bizarre de revenir au lycée. Chaque petit truc qui s'est passé avant semble avoir de l'importance : comme les fois où Moore interdisait à Ramón de vendre ses gâteaux. « On forge des hommes, ici, on forge des rois, pas des voyous ! » Je ne sais pas pourquoi il faisait ça.

J'ai passé beaucoup de temps à analyser et à tirer des conclusions sur la mort de Moore. Quand je repense à ce que Ramón a dit, ce jour-là – qu'il gardait son argent pour sa réserve personnelle –je me demande ce que ça signifiait. Il vendait de la drogue ? Quelqu'un a dit que le meurtrier avait caché le flingue dans le lycée.

Qui sait ce que Ramón avait dans sa réserve... Et si je l'avais aidé à se procurer un flingue, en lui achetant ses pupusas ? Est-ce que ça fait de moi son complice ?

N'en parlez pas à Rachel, s'il vous plaît.

CÉSAR

Cousin de Ramón

J'ai rien à dire.

Parce que je sais que les gens déforment mes paroles. Si je dis que j'aime mon primo, on va transformer ça en «il s'est servi de son amour pour l'obliger à...» Si je dis qu'on n'était pas très proches, ça deviendra «il ment pour protéger Ramón parce qu'ils appartiennent au même gang. Les racailles se couvrent toujours entre elles.»

Qui je suis, c'est un secret pour personne. Vous voulez vraiment que je le dise? Pas la peine. Mes tatouages parlent d'eux-mêmes. C'est pour ça que je les ai faits – pour qu'on sache qui je suis. Il ne faut pas longtemps dans ce monde pour comprendre que les gens te voient exactement comme ils ont envie de te voir, puis qu'ils font ce qu'ils ont envie de faire. Au moins avec ces tatouages, certains trucs sont clairs et nets. Je sais qui est avec moi, et qui est contre moi.

Mon cousin, il ne peut pas en dire autant, hein? Notre abuela l'a inscrit dans ce lycée pour qu'il soit en sécurité. Et il est en sécurité, là ? Il a fini par avoir des problèmes comme il en aurait eu s'il avait traîné dans la rue. La seule différence, c'est que tout le monde est choqué parce que ça s'est passé dans *un endroit comme la Promesse.*

J'ai vu des caméras passer à toute vitesse dans mon quartier et filmer les vitres cassées et les mecs postés à l'angle des rues. À la télé, le même genre de reportages montrent les couloirs du lycée – chaque fois, on nous fait passer pour des animaux; mais les lycéens y paraissent mieux apprivoisés.

Ces couloirs ont beau avoir l'air luxueux, les gens ne comprennent pas qu'il ne suffit pas de mettre des gamins pauvres dans une école et de s'attendre à ce qu'ils deviennent ce qu'ils ne sont pas. Je ne suis pas proviseur mais même moi, je sais que ça n'a aucun sens. Quand t'as besoin d'argent, quand tu dois survivre, ça génère automatiquement de la violence. La seule différence entre ces gars et moi, c'est l'uniforme qu'on porte. Ils ont le leur, j'ai le mien, mais on est tous pareils. Comme des lions dans une jungle, on se bat pour devenir le roi.

DOÑA GLORIA

Abuela de Ramón

Mon Ramón n'est pas coupable.

Quand ces choses-là arrivent aux enfants de couleur, on diffuse systématiquement leur visage à la télé, on trouve la seule photo parmi des milliers qui leur donne des airs de criminels. Mais si c'était le cas avec Ramón, ça voudrait dire que je ne connais pas du tout mon petit-fils.

Mais si. Je le connais. Au plus profond de mon cœur, je le connais.

Mon petit-fils est tendre comme une pâte à beignets. Mon petit-fils est doux comme un agneau. Il n'aurait jamais fait une chose pareille. Il choisit de se lever plus tôt pour m'aider à préparer les pupusas. Il me demande les recettes de tous les plats de mon enfance. Chaque gosse a des rêves d'avenir, avant que le monde extérieur ne les lui arrache et les lui détruise. Mais le monde n'a pas encore détruit les rêves de mon Ramón. Non, pas encore, malgré ses tentatives acharnées.

Les gens ont tous leurs idées reçues sur l'immigration. On dit que c'est facile. Que de faire ses valises, de quitter son foyer et de recommencer à zéro ailleurs, c'est facile. Que d'apprendre l'anglais, c'est facile. Ça ne l'est pas. Quitter le Salvador pour venir ici, ça a demandé beaucoup de sacrifices. C'était encore plus difficile avec un adolescent, comme l'était Ramón quand il est arrivé. On a peiné à apprendre la langue d'ici, surtout lui. Je voyais les efforts qu'il faisait, même plus petit. La honte, aussi. Et la honte peut se changer en colère.

Oui, il était en retenue. Mais ça, ce sont toujours des mots qui circulent vite. *Retenue. Problèmes. Exclusion. Renvoi.* Ce qui circule plus lentement, c'est la vérité : en retenue pour avoir vendu des pupusas au sein du lycée. Oui, on le lui avait interdit. Il s'était donc installé dans la cafétéria. Il avait trouvé un moyen de faire ce qu'il aimait, tout en restant dans le cadre légal. À la Promesse, ils répètent toujours qu'ils récompensent l'esprit d'initiative et d'innovation.

Là d'où je viens, les hommes rient, dansent et se donnent l'accolade. C'est dans notre culture. Pourquoi le proviseur Moore veut-il lui arracher cette joie de vivre ?

Je vais vous dire la vérité, moi : j'ai réfléchi longuement et j'ai envisagé de désinscrire Ramón de ce lycée. Il était devenu tellement stressé, ces derniers temps. Mon gentil garçon qui devenait furieux, comme son tío. Il ne voyait pas souvent son oncle. Mais il fréquentait César et il avait conscience que ce n'était pas la voie à suivre, je pense.

Je n'ai jamais eu à le lui expliquer.

Il le savait, tout simplement.

Mais ça n'a pas empêché César de pousser Ramón à rejoindre les Dioses del Humo. César avait dû comprendre que les Dioses n'allaient pas lâcher Ramón. Parfois, un loup ne peut protéger son congénère que s'ils restent ensemble dans la meute. Sinon, la meute se retourne contre lui. Mais c'est bien ça, le problème – Ramón n'est pas un loup. C'est un gentil garçon! J'ai même été obligée de le pousser à se défendre si quelqu'un venait lui faire du mal.

Certains jours, il est remonté et furieux contre ce lycée. Il économise de l'argent pour un restaurant avec une belle vitrine. Ses rêves sont tellement grands qu'ils ne rentrent pas dans notre maison, ni même dans cette ville. Il fait le nécessaire pour les réaliser. Un jour, il est rentré les larmes aux yeux, le visage rouge. Je lui ai demandé ce qui s'était passé, il m'a juste répondu «Moore...» puis il s'est interrompu. Il a ajouté que j'avais déjà assez de sujets d'inquiétude comme ça.

Pourquoi nos enfants ne comprennent-ils pas que la seule chose qui nous importe, ce sont eux? Que tous les autres soucis sont insignifiants, qu'on peut facilement les écarter? Je n'ai pas réussi à le faire parler, et voilà où nous en sommes.

Je lui ai toujours dit de se défendre, peu importe qui lui faisait du mal.

MAGDALENA PEÑA

Cousine de Ramón

Quand tu es la sœur d'un garçon comme César, tout le monde te prend aussi pour sa mère. «Pourquoi tu ne l'empêches pas de faire tout ça?», «Pourquoi tu ne discutes pas avec lui?» Si les gens connaissaient César aussi bien que moi, ils sauraient qu'il a bâti une forteresse autour de lui avec toutes les blessures de sa vie, et que rien au monde ne le pousserait à en sortir tant qu'il ne serait pas prêt. Ni sa mère, ni son père, ni moi. Donc je garde mes distances et ça me rend triste. Mais je lui envoie toujours des textos, je lui répète que je suis là pour lui, quand il sera prêt à discuter.

Je pense que Ramón sait exactement de quoi je parle. À l'exception de mes parents, Ramón est la seule personne à aimer César autant que moi. Il sait ce que c'est, de voir quelqu'un qu'on aime souffrir en silence. Les gens regardent César et ils ne voient que les Dioses del Humo. Quand ils pensent aux Dioses, ils imaginent des flingues, des lames de rasoir. Mais les flingues et les lames de rasoir, c'est rapide et c'est brutal. Il y a d'autres manières, plus lentes et plus terribles, de blesser quelqu'un.

Parfois, Ramón rentrait tard après avoir aidé abuelita à la boulangerie. Il portait toujours un T-shirt noir quand il n'était pas à la Promesse, et il était souvent sale, couvert de petits morceaux de pâte séchée. Comme il passait devant chez nous pour rentrer, il s'arrêtait souvent pour bavarder un moment avec César. C'était une des rares occasions où ils pouvaient parler en tête à tête – quand César discutait avec quelqu'un, il était généralement accompagné d'autres membres des Dioses et la conversation était très différente.

Ces soirées-là, ce sont les seules fois où j'ai vu mon frangin se détendre et rire. Ramón le faisait toujours rire. Notre voisin, don José, passait parfois la tête dehors et leur râlait dessus mais ils rigolaient encore plus. Don José nous connaît depuis des années. C'est une des seules personnes, en dehors de la famille, à ne pas paraître effrayée devant César.

Si Ramón admirait César, ça ne les empêchait pas de se disputer parfois. Un soir, j'étais allée les écouter en douce et César répétait: « Pourquoi tu penses que je cherche à te faire prendre la mauvaise voie? Je sais bien que tu galères! Laisse-moi t'aider! »

Et Ramón secouait la tête sans rien dire, encore et encore, jusqu'à ce que César hausse le ton et lâche: « Tu crois que je suis un gars dangereux, hein? Que mes frères sont des gars dangereux, eux aussi? » et Ramón a fini par crier: « Ouais, c'est ce que je crois! »

Ils se sont disputés, ce soir-là. Mais ça, c'était avant que Moore ne fasse arrêter César. Quand César a été embarqué, la rumeur s'est répandue dans le quartier et quand j'ai revu Ramón, tout semblait très différent. Il subissait déjà une pression immense, mais j'ai eu l'impression qu'il avait atteint ses limites. Don José a dit à ma mère qu'il avait vu Ramón à l'angle de la rue avec des gars des Dioses, le jour où César a été arrêté. Il a dit qu'ils semblaient motiver Ramón et que, pour la première fois, Ramón avait l'air à l'aise.

Dans le dernier texto que Ramón m'a envoyé la veille du meurtre de Moore, il m'écrivait :

> Qu'est-ce qu'on fait, quand on n'a plus aucun choix ? Quand on a l'impression que ceux en qui on avait confiance ne sont finalement pas fiables ?

Encore aujourd'hui, j'ignore s'il parlait de Moore ou de César.

PERSONNE

Élève du lycée privé de la Promesse urbaine

Il paraît que le tueur semblait sur le point de craquer d'un moment à l'autre.

Mais on ne se concentre jamais sur la bonne personne. Tout le monde est perturbé par les bruits parasites.

INTERROGATOIRE DE RAMÓN

(Transcription officielle de garde à vue)

INSPECTEUR BO: Décline ton identité pour le procès-verbal, s'il te plaît.

RAMÓN: Ramón. Ramón Antonio Torres Zambrano.

INSPECTEUR BO: Ça fait beaucoup de noms, ça.

RAMÓN: Ouais, sûrement, on n'a pas l'habitude si on n'est pas latino.

INSPECTEUR ASH: Tu t'es montré très coopératif jusqu'à présent. C'est appréciable. Sois certain que tu ne cours aucun danger à nous dire la vérité.

INSPECTEUR BO: Peu importe ce que tu as fait, on peut t'assurer qu'il ne t'arrivera rien.

RAMÓN: Je vous l'ai dit, j'ai rien fait.

INSPECTEUR BO: Ramón. Ramón. Tout va bien. On est dans le même camp que toi. Le proviseur Moore était souvent sur ton dos.

INSPECTEUR ASH: Je péterais un plomb, moi, si j'avais quelqu'un sur le dos comme ça en permanence. Je craquerais sûrement.

RAMÓN: Je n'ai pas tué le proviseur Moore. J'étais en retenue. Je ne pourrais jamais tuer personne.

INSPECTEUR BO: Arrête tes conneries, petit. Tu ne pourrais jamais tuer personne ? Va pas me faire croire que tu roules pas déjà pour les Dioses. Prouve-moi le contraire.

RAMÓN: Je suis pas un Dios ! Parlez pas de ce que vous connaissez pas.

INSPECTEUR BO: Calmos. Tu ressembles un peu à ton cousin, là.

RAMÓN: Vous savez que dalle sur mon primo.

INSPECTEUR ASH: Je me doutais bien qu'il devait avoir un peu le sang chaud, celui-là. Pas vrai, Bo ?

INSPECTEUR BO: Tu l'avais parié, oui. Surveille ton langage, petit. Pour l'instant, on est sympas, mais ça peut changer d'une minute à l'autre. Et crois-moi, fiston, ça te plaira pas du tout.

RAMÓN: J'arrête de parler.

INSPECTEUR ASH: Bon, allez, on se détend tous, d'accord ? On va s'assurer de ta sécurité. Tu veux t'assurer aussi de la sécurité de ta grand-mère, non ?

RAMÓN: Qu'est-ce qu'elle a, mon abuela ?

INSPECTEUR BO: Rien... enfin, pour l'instant. Mais tu sais comment ça se passe, avec les Dioses.

Personne n'est jamais en sécurité. S'ils entendent que tu es ici, à nous parler, ils pourraient se faire des fausses idées.

RAMÓN : Mais j'ai pas parlé, moi. J'ai rien dit !

INSPECTEUR BO : Donc tu es au courant de quelque chose.

RAMÓN : Hein ? Mais vous m'embrouillez, là ! Arrêtez de me parler !

INSPECTEUR ASH : Écoute, si tu nous donnes ce qu'on cherche, on pourra peut-être passer un marché avec toi à propos de Moore. S'assurer que tu sortes plus tôt pour t'occuper de ton abuela.

RAMÓN : J'ai rien fait ! Pourquoi tout le monde s'imagine que je suis un Dios ? J'ai rien fait avec eux et j'ai rien fait à Moore ! Lâchez-moi !

INSPECTEUR ASH : Donc tu te foutais bien de savoir que Moore avait fait arrêter ton cousin ?

RAMÓN : J'ai pas dit que je m'en foutais. Et je vous ai déjà demandé d'arrêter de parler de mon primo !

INSPECTEUR BO : Revoilà son sale caractère ! T'es bien en colère, tout à coup. Tu devais être en colère aussi, à ce moment-là.

RAMÓN : J'étais en colère, oui, mais...

INSPECTEUR ASH : Je sais pas pour toi, Bo, mais moi quand je suis en rogne, je fais parfois des trucs dont je suis pas fier, après.

INSPECTEUR BO : Oh, moi aussi. Tu étais en colère, Ramón. C'est humain. Donc, qu'est-ce qu'ils ont dit, les Dioses del Humo ? Ce sont eux qui t'ont aidé à trouver l'arme, ou tu t'es débrouillé tout seul ?

RAMÓN : J'ai jamais tiré un seul coup de feu de toute ma vie. J'ai même jamais tenu un pistolet de toute ma vie !

INSPECTEUR ASH : Allez, Ramón. Je trouve ça assez difficile à croire. Dans ton quartier ?

RAMÓN : Mais pourquoi vous me croyez pas ?!

INSPECTEUR ASH : Petit, tes affaires ont été retrouvées sur les lieux du crime. Donc c'est le moment de passer aux aveux.

RAMÓN : J'étais en retenue !

INSPECTEUR BO : On peut continuer comme ça toute la journée, Ramón. Mais crois-moi, on va finir par découvrir la vérité, quoi qu'il en coûte.

LA VEILLE DU MEURTRE

RAMÓN

CHAPITRE 7

COUPABLE

Ramón

Bip bip.

Mes rêves sont toujours interrompus. C'est parce que je ne dors pas assez. Les nuits sont bruyantes dans mon quartier. Voitures de police, ambulances, camions de pompiers, klaxons, hélicoptères, la totale. Il n'y a jamais de silence complet, et ce n'est jamais calme. En fait, mes seuls moments de calme, c'est au lycée. À la Promesse.

Mon abuela était si heureuse d'avoir réussi à m'inscrire là-bas. Plus je m'éloigne de César, et mieux c'est. Elle l'aime autant qu'elle m'aime mais c'est un amour plein de déception. Peut-être que s'il était aussi proche d'elle que moi, cette déception pourrait l'aider à prendre les bonnes décisions. Quand elle regarde César, elle a l'air tellement déçue et moi, je ne supporterais jamais de faire un truc qui la pousse à me regarder avec cette expression-là sur le visage. Enfin peu importe, on fait partie de la même famille. Elle nous aime tous.

Mais abuela et moi, on a toujours été proches. On n'a pas eu le choix, je crois. Et c'est pas seulement parce qu'on habite ensemble. C'est parce qu'on a beaucoup de choses en commun.

J'en serais où, si je ne cuisinais pas avec mon abuela? Tous mes rêves d'avenir sont faits à base de farine de maïs.

Mais mon alarme me réveille alors que j'allais enfin plonger dans un sommeil profond et elle tue toutes mes chances de rêver, aujourd'hui. Je me lève lentement et je m'efforce de chasser la frustration qui s'insinue peu à peu dans mes os. Je me rappelle la raison qui me motive à me réveiller si tôt: passer plus de temps avec abuela et l'aider à faire ses préparations pour la boulangerie. Chaque matin, je la retrouve dans la cuisine, où elle est déjà au travail.

Aujourd'hui, pourtant, elle refuse mon aide. Elle me pousse gentiment hors de la cuisine.

–Non, non, pas ce matin, dit-elle. Il va pleuvoir. Ton bus est toujours en retard quand il pleut, donc tu dois prendre celui d'avant.

–Abuela...

–Allez, vas-y! Ne sois pas en retard au lycée! Tu pourrais manquer quelque chose d'important!

Abuela prend les études très au sérieux. Elle n'a pas eu la chance d'aller à l'université, au Salvador. Elle voit la Promesse comme une excellente opportunité que je devrais saisir sans hésiter. C'est aussi mon avis, mais y a intérêt à ce que j'obtienne mon diplôme.

Enfin, je n'ai pas de souci, je me débrouille plutôt bien à la Promesse. Mais j'ai entendu dire qu'ils viraient parfois des élèves de terminale parce qu'ils n'avaient pas les résultats suffisants pour obtenir leur diplôme. Je culpabilise parfois de ne pas tout raconter à mon abuela. Quand j'ai une mauvaise note, ou que je chope une heure de retenue. Parfois, j'évite même de la prévenir des réunions parents-profs pour éviter qu'on lui donne mon bulletin en mains propres. Lui mentir, c'est douloureux, mais je le fais quand même.

Par exemple, je lui ai dit que j'étais en retard en cours à cause de mon bus mais c'est faux. C'est juste que, parfois, je descends à un autre arrêt et je fais un détour par le quartier d'Adams Morgan pour admirer mon futur restaurant. Bon, c'est encore un simple rêve. Mais tant que la vitrine reste vide, j'ai l'impression qu'il m'attend. Il attend que j'obtienne mon diplôme. Que je m'inscrive dans une excellente école de cuisine. Que je donne vie à tous mes rêves.

Je dépose une bise sur la joue d'abuela même si je sens la culpabilité peser dans mon estomac. Parce qu'elle a raison – je devrais aller en cours sans trainer. Mais la vitrine du resto m'appelle. Je marche vers l'arrêt de bus et la culpabilité fond aussitôt, remplacée par de l'excitation.

Biiip biiip.

Un bus à proximité – pas le mien – abaisse la rampe d'accès pour qu'un vieil homme puisse monter sans trop de difficulté. C'est sûrement l'abuelo de quelqu'un et il a besoin d'aide, mais je n'ai malheureusement pas le temps. Je secoue la tête pour chasser les bips stridents de mon esprit. C'est à ce moment que j'entends quelqu'un prononcer mon nom.

– Primo, tu m'as pas entendu ou quoi ?

Mon cœur se serre quand je reconnais cette voix. Mais en pleine rue, elle est différente de celle que j'entends quand on parle en tête à tête, dans l'intimité de notre famille.

–Salut, César, lui réponds-je en me tournant vers lui.

Il parcourt à grandes enjambées la distance qui nous sépare, mains dans les poches. Il ne sourit pas beaucoup, ces derniers temps. Je me souviens qu'il était toujours super joyeux quand on était petits.

–T'avise pas de m'ignorer, hein, dit-il.

Il affiche un petit rictus mais ses yeux ne pétillent pas. Je vois bien qu'il attend une réponse sincère – est-ce que je l'ignorais? Le César que j'ai face à moi en ce moment, c'est la version officielle de mon cousin pendant la journée: chef des Dioses avant tout, et mon cousin en option.

–Je t'avais pas entendu. Je suis concentré, je dois aller en cours.

–Mais ton arrêt de bus, il est pas dans l'autre sens? remarque-t-il avec un geste du menton en direction de la rue.

–Euh, je fais un petit détour. Je veux aller voir un truc.

–Une fille?

–Non, pas une fille.

Mon cousin regarde autour de lui, avant de rétorquer:

–Bon, ben fais gaffe à toi. Y a eu des emmerdes l'autre jour et il pourrait y avoir des représailles.

Je me contente d'acquiescer. Je déteste l'idée que les choix de César se répercutent sur toute notre famille, mais je sais aussi qu'il ferait n'importe quoi pour nous protéger. Et je dis bien *n'importe quoi*.

Il me dévisage attentivement et je sens tous mes muscles se contracter. Il va me faire sa fameuse proposition. Il me la fait toujours.

–Tu te balades tout seul, lâche-t-il d'un air renfrogné. Tu serais plus en sécurité avec nous. Sois malin, un peu, rejoins-moi dans les Dioses.

–T'inquiète pas pour moi, primo. Je vais juste en cours.

–Mais tu viens pas de me dire que tu faisais un détour avant d'y aller? rétorque-t-il, avec les yeux qui pétillent.

–Si. Je vais en cours. Je passe juste quelque part avant.

César plisse les paupières comme quand il regarde quelqu'un dont il se méfie.

– OK, je venais juste vérifier que tout va bien. On est de la même famille.

On est de la même famille. Par beaucoup de côtés, je considère César comme mon frère aîné plus que mon cousin. Et du coup, Magda, la petite sœur de César, est aussi comme ma sœur. C'est un truc qu'on a en commun, lui et moi: on se montre très protecteurs envers Magda. À mon avis, c'est une des raisons qui poussent César à s'impliquer autant dans les Dioses – il sait que tous les mecs du groupe feraient n'importe quoi pour protéger Magda. Moi aussi, à leur place.

–T'as quoi dans ton sac? me demande-t-il d'un ton autoritaire.

–Mes affaires de cours.

–Ça sent les pupusas. Tu les refourgues toujours là-bas?

Je sens mes joues rougir. Je n'ai pas honte d'aimer cuisiner – surtout pas devant César. Il cuisinait toujours avec moi quand on était petits. Lui, il préférait préparer des pâtisseries. Et il se débrouillait bien. Il doit penser que la cuisine, c'est un des obstacles qui m'empêchent de rejoindre les rangs des Dioses.

–Ouais, j'admets.

Il affiche un sourire en coin.

–Et t'as aussi de l'horchata là-dedans? m'interroge-t-il avant d'attraper mon sac.

–Mais non, jodás! m'exclamé-je en le lui arrachant des mains.

Quand il comprend que je ne suis pas d'humeur à déconner, il redresse le dos. Les mecs comme César te respectent quand tu leur tiens tête. Ça leur prouve que tu as des tripes.

–OK, OK, t'as organisé ton petit trafic dans ton coin, à ce que je vois.

Et pendant une seconde, je vois qu'il est fier de moi. À la façon dont il me regarde, j'ai l'impression qu'il n'y a plus que nous deux dans la rue. Mais l'instant ne dure pas longtemps parce que dehors, il y a toujours des yeux et des oreilles qui traînent.

–Eh ouais. Même que je compte ouvrir mon propre resto...

Je n'avais pas prévu d'en parler à voix haute. Je me suis emballé, j'ai baissé la garde. Dès que les paroles quittent mes lèvres, César éclate de rire.

–Un resto? Genre, un vrai resto?

Je me sens gêné, maintenant.

–Ouais, je réponds. Un jour, plus tard.

Il rit encore plus fort. Avant, ça m'énervait mais je me suis habitué à entendre les gens se moquer de mes rêves. Partager ses rêves dans le quartier, c'est toujours une prise de risque parce que personne ne croit aux mêmes opportunités que moi.

Mais quand ça vient de César, c'est encore plus douloureux. Mes lèvres s'étirent en un rictus mauvais.

– Bref, on s'en fout. Je me casse.

Je m'éloigne mais je me rends compte que j'ai encore un truc à lui dire, alors je fais demi-tour.

–Tu sais, tu pourrais nous aider, abuela et moi. Elle a toujours besoin d'un coup de main pour vendre ses pâtisseries. Moi, je compte étudier pour apprendre à gérer une entreprise de la bonne manière et…

César me coupe la parole.

–Tu crois que tu vaux mieux que moi parce que tu fais des études ? C'est quoi, la bonne manière de gérer une entreprise ? Je vais t'expliquer un truc que t'apprendras pas en classe mais dans la rue. Dans ce monde, y a pas de *bonne manière* de faire. C'est chacun pour soi. Ce lycée de tapettes t'a donné l'impression que le monde est juste et que si tu bosses assez, tes rêves se réaliseront.

Il secoue la tête.

–Les gens comme nous, ils possèdent jamais de restaurant, primo. Tu connais quelqu'un dans le coin qui a assez de thune pour s'acheter un local ? De la thune réglo ? Alors ouais, on a filé un coup de pouce à doña Elena et à don Marco après l'incendie, et on aide tous ceux qui en ont besoin dans le quartier. Mais on essaie pas de se faire passer pour des anges. On essaie juste de s'en sortir.

J'ai l'impression d'étouffer. Je fais en sorte que ma voix ne tremble pas.

–Et qui a dit qu'on ne pouvait pas être proprios, hein ? Qu'est-ce qui te fait croire que je pourrai jamais posséder mon propre resto ?

J'ai le visage plus brûlant que jamais. César est comme un grand frère pour moi et j'ai toujours l'impression d'être un môme quand je parle avec lui. Mais aujourd'hui, je me sens vieux – un vieillard qui tente d'en raisonner un autre. Chacun reste bloqué sur ses positions.

– On peut, répond-il. Mais c'est pas en allant au lycée et en essayant de se couler dans le moule d'un système merdique qui nous déteste, c'est pas comme ça qu'on y arrive. Il faut qu'on s'allie pour créer notre propre système. Ils ne nous laissent aucun autre choix.

Je comprends ce qu'il dit mais je ne suis pas d'accord. Je ne conçois pas qu'on ne puisse avoir qu'un seul choix dans la vie. Mais bon, je ne suis pas à sa place. Peut-être que pour lui, il n'y a vraiment qu'une seule solution.

– Si tu te répètes qu'il n'y a qu'un seul choix, tu ne verras jamais les choses différemment, primo. Et ça, je l'ai appris au lycée.

Une Dodge Hellcat rouge se range à côté de nous, elle freine en grinçant. L'espace d'une seconde, mon cœur s'arrête de battre, mais César garde son calme, donc je me détends. La vitre s'abaisse et j'aperçois Ever, le bras droit de mon cousin.

– Hey, bouffon, ça commence à chauffer là-bas.

Je regarde le nouveau venu mais je sens les yeux de César rivés sur moi. Ever m'adresse un hochement de tête et je lui réponds de la même façon.

– On finira cette conversation plus tard, me dit mon primo.

Je retiens mon souffle et j'espère sincèrement qu'il y aura un « plus tard ».

J'ai toujours fermé les yeux sur ce que faisaient César et les Dioses. J'ai entendu des rumeurs sur ce qui se passe quand ils règlent leurs comptes. Je sais ce que les autres Dioses pensent de leur chef – et je sais ce qu'il a dû faire pour gagner leur respect.

–Ouais, d'accord, à bientôt, lui dis-je avant de m'élancer sur le trottoir.

J'essaie d'oublier la conversation qu'on vient d'avoir et je reste concentré sur mon futur restaurant.

Mais quand j'arrive devant la façade du bâtiment, je reste bouche bée. Le panneau À VENDRE a disparu derrière la vitrine. Il a été remplacé par un autre qui annonce VENDU. Mon cœur se serre. Je remarque une affichette fixée à la porte d'entrée et je m'approche pour la lire.

OUVERTURE PROCHAINE : À DÉCOUVRIR BIENTÔT, FUSION LATINO-ASIATIQUE ! VOTRE CHEF FRAÎCHEMENT DÉBARQUÉ DE SAN FRANCISCO A HÂTE DE VOUS PRÉSENTER SON NOUVEL ÉTABLISSEMENT.

Un portrait montre un Blanc coiffé d'une toque, sourire aux lèvres, une paire de baguettes chinoises dans une main et un taco dans l'autre. Il n'en faut pas plus pour que mon cœur s'enflamme. Je ne croyais pas vraiment que ce serait moi qui allais louer ce local pour ouvrir mon restaurant. Mais... un peu quand même. Les rêves n'ont pas toujours de logique. Je scrute le gars sur l'affichette. Fusion latino-asiatique. Si je reste encore ici, je vais finir par exploser cette putain de vitrine. Donc je m'éloigne aussi vite que possible.

Mon bus approche, je sors ma carte SmarTrip et je grimpe à bord. Je me sens encore plus fatigué qu'avant. Le chauffeur grogne et je circule vers l'arrière du bus, les yeux rivés sur le siège que je vise. Mais alors que j'avance, quelque chose attire mon regard – un visage familier.

M. Reggie.

C'est un vigile du lycée et malgré moi, j'entends *biip biip biip* dans ma tête. Comme s'il pouvait sortir sa tablette et me coller un avertissement dans le bus. Putain, si ça se trouve, il peut. Vu que je porte cet uniforme à la con de la Promesse, je sais qu'il m'a remarqué. Je ne vois pas comment cette journée pourrait encore empirer...

M. Reggie et moi, on s'est déjà pris la tête. La semaine dernière, quelqu'un m'a balancé et lui a dit que je vendais des pupusas. Je n'arrivais pas y croire.

Bref, M. Reggie a fouillé mon casier et il a remis cette « contrebande », comme il dit, au proviseur Moore, même s'il le faisait visiblement à contrecœur. Moore a ce genre d'influence sur les profs et les employés, je sais pas comment il arrive à les convaincre de faire des trucs contraires à leurs principes, juste pour le satisfaire. Je ne déteste pas la Promesse autant que certains élèves mais parfois, c'est franchement lourd.

Je me dirige vers le fond du bus, où M. Reggie ne pourra pas me regarder pendant tout le trajet. Je sors mon portable et j'envoie un message à Magda.

Ramón

Je viens de croiser César à l'arrêt de bus.

Magda

Rah. Je suis déjà en route pour le lycée, sinon je serais venue l'engueuler et lui dire de te laisser tranquille. Désolée.

Ramón

Il t'a dit à toi aussi qu'il n'y avait toujours qu'un seul choix dans la vie ??

Magda

Hein ?

Ramón

Je sais pas trop, il était un peu bizarre ce matin. Comme s'il voulait me dire un truc mais qu'il a pas eu le temps. Et j'arrivais pas à savoir si c'était un truc mauvais ou pas.

Magda

Ben, on sait jamais trop, avec lui. Et toi, tout va bien ? J'ai entendu dire que tu t'étais fait choper à vendre des pupusas et d'autres trucs au lycée.

Ramón

Putain, mais y a jamais aucun secret à la Promesse !! Comment t'as pu entendre parler de ça ?

Magda

Tu veux vraiment le savoir ?

Ramón
Évidemment.

Magda
Cette petite fouine de Becca en parlait hier, en cours.

Magda est inscrite à la Miséricorde, un lycée pour filles pas très loin de la Promesse. Les élèves sont super intelligentes, bien plus que les mecs de la Promesse. Mais parfois, elles se la pètent et nous regardent de haut. Bien sûr, Magda est totalement différente des filles de la Miséricorde.

–C'est pas votre arrêt, là? crie quelqu'un, et je lève brusquement la tête en comprenant qu'on s'adresse à moi.

C'est M. Reggie, le vigile, qui se tient à la porte de derrière et me dévisage d'un air mauvais.

–Vous ne comptez pas sécher les cours, hein?

–N-non, je bégaie.

Le regard insistant de M. Reggie me met la pression et me rend nerveux. S'il me chope avec mes pupusas, je suis mort. Je me taperai une heure de colle avant même d'avoir franchi les portes du lycée.

J'espère qu'il ne prend pas mon inquiétude pour de la culpabilité.

–Eh bien, c'est l'arrêt où vous devez descendre si vous comptez aller en cours.

–Oui, j'y vais, je devais être perdu dans mes pensées.

–Mouais, c'est bien votre problème, à vous les jeunes. Vous avez toujours le nez sur votre téléphone ou la tête dans les nuages. (Il attend que je descende avant de m'emboîter le pas.) Et vous essayez toujours de vous en tirer à bon compte, l'air de rien.

Je n'ai pas d'autre choix que de le suivre jusqu'au lycée, et mon abuela avait raison: il se met à pleuvoir. Je n'ai pas de quoi rester au sec alors je m'abrite sous mon sac. M. Reggie me jette un coup d'œil sous son parapluie. Il ne lui vient même pas à l'idée de me proposer de partager son refuge. Mais ça ne m'étonne pas.

Quand on gravit enfin les marches de la Promesse, il pleut des cordes et on s'engouffre dans le lycée.

–Allez directement en salle de permanence, marmonne M. Reggie en secouant son parapluie. Je ne comprends pas pourquoi vous êtes arrivé si tôt.

Inutile de discuter. Je me rends à la salle de perm et la pluie dégouline de mon sac. Je regarde derrière moi et j'aperçois une traînée de pluie dans mon sillage. C'est peut-être nul mais je souris. Je jette un coup d'œil aux alentours pour vérifier que je suis bien seul avant d'ouvrir mon sac à dos. À l'intérieur, ma réserve de pupusas est intacte malgré le mauvais temps.

Je suis presque arrivé à la salle quand j'entends quelqu'un lâcher un juron. Pas une insulte contre quelqu'un, mais plutôt comme le fait mon abuela quand elle ne retrouve pas ses clés de voiture. Sauf que cette personne-là ne jure pas en espagnol, ses jurons sont graves et rauques, comme des grognements, et suffisamment forts pour que je les entende. Je marche à pas de loup, surpris qu'il y ait déjà quelqu'un dans les locaux. Les bureaux administratifs sont encore plongés dans le noir. Mon cœur se serre à l'idée que ce soit Moore. Je vais me taper un avertissement à tous les coups, s'il me voit répandre de l'eau partout dans le couloir. J'essaie de marcher plus vite.

Mais quand je passe devant les bureaux, le conseiller d'éducation, M. Hicks, sort et me fonce dedans.

– Où vous croyez aller comme ça ? crie-t-il. (Sa voix est presque aussi puissante que celle de Moore. Je sursaute.) Et pourquoi vous êtes déjà là, à cette heure-ci ?

– Je suis désolé, monsieur… J'ai pris le mauvais bus. M. Reggie m'a dit que je pouvais aller en…

Je déteste quand ce genre de choses arrive. Je sais parfaitement ce que je veux dire. Mais quand je stresse, c'est comme si tous les mots s'envolaient et quittaient mon cerveau.

– Aller où ? demande-t-il d'un ton autoritaire.

– Euh, aller en… en…

– OUI ?!

– En salle de permanence.

C'était si simple. Comment ces mots ont pu s'effacer de ma mémoire ?

– Bien, alors qu'est-ce que vous fichez ici ? À fouiner comme ça dans les couloirs ? Un avertissement pour vous.

Biip biip biip.

Je ne connais pas le verbe *fouiner*. Mais c'est un de ces mots dont la sonorité transmet le sens, je trouve. Ça me fait penser à *fuite*. Ou à *fouiller*. Je ne suis pas du genre à fuir ni à fourrer mon nez partout. Je sens la colère monter en moi. Sauf que la colère n'a pas sa place ici. Je me contente d'acquiescer et je m'éloigne du bureau obscur.

La pluie se déchaîne et les gouttes d'eau tambourinent contre le toit du lycée silencieux. Quand je m'affale sur ma chaise et que je retire mon blazer, je n'entends que l'averse autour de moi. Les plafonds sont hauts et le bruit semble lointain. Mes vêtements vont peut-être sécher avant le début des cours dans une heure. Et je vais pouvoir m'avancer dans mes devoirs, ou juste rêver en paix à mon futur restaurant.

J'espère que la journée va s'améliorer.

CHAPITRE 8

POLICE

Ramón

Après la matinée que je viens de passer, je reprends un peu espoir en vendant tout mon stock de pupusas. Mon sac est léger, mes poches sont pleines, et à part mes vêtements humides, je me sens plutôt bien. Je vais à mon casier pour ranger mes affaires et prendre celles dont j'ai besoin. Quand je sors, il ne pleut plus. Tout va bien jusqu'à ce que j'aperçoive une voiture que je reconnais.

La voiture de César, argentée et rutilante, et son propriétaire qui passe la tête par la fenêtre, sourire aux lèvres tandis que je descends les marches. Qu'est-ce qu'il fait ici ? Un mélange de surprise et d'inquiétude bouillonne en moi. Je cherche du regard le proviseur Moore. Parmi ses nombreuses règles, il y en a plusieurs qui concernent les interactions avec des membres d'un gang aux abords du lycée. Tout le monde prend ça très au sérieux. Je ne pensais pas revoir mon cousin aussi vite. César était venu me chercher quelques semaines plus tôt et j'avais vu Moore en prendre note, donc je lui avais demandé de ne plus venir. Je voulais éviter d'attirer trop l'attention.

–Primo ! crie-t-il tandis que je marche lentement vers lui.

Je vois des gars mater sa voiture et nous observer. Ils savent qui est César, j'en suis sûr. Certains se contentent de nous dévisager, d'autres froncent les sourcils et quelques-uns ont l'air effrayé. Mon cœur tambourine dans ma poitrine. J'espère que le proviseur ne nous a pas vus.

–Qu'est-ce que tu fais ici ?

–Je t'avais dit qu'on reprendrait notre discussion plus tard. Comment vont les affaires ? Tu as vendu toutes tes pupusas ?

J'acquiesce mais je ne me rends pas à la portière passager. Il remarque mon hésitation et son sourire s'efface.

–C'est quoi, le problème ?

–Je suis juste… Qu'est-ce que tu fais ici, César ?

Il marque une pause.

–Je voulais que tu me montres le local, dit-il. Le petit resto de tes rêves dont tu me parlais. Je me suis dit qu'on irait plus vite en voiture qu'en bus.

Je baisse la tête et je me sens envahi de déception en me souvenant que le resto n'est plus disponible.

–T'as peut-être raison. Peut-être qu'on ne peut pas posséder ce genre de commerces. Le resto a été vendu. À un Blanc de la côte ouest.

–Ben je voulais justement te parler de ça.

Il garde les yeux rivés sur son volant plutôt que sur moi, il grimace presque méchamment.

–J'avais peut-être tort. J'ai repensé à ce que tu as dit. Il y a peut-être un autre choix, après tout. Un autre local, un autre resto, tu vois ?

Une vague de chaleur me submerge. César, le frère aîné que je n'ai jamais eu. Il sait toujours quoi dire quand je me retrouve dans une situation merdique.

–C'est clair.

Je souris et je me sens soudain super motivé.

–On pourrait aller dans le quartier d'Adams Morgan. Rouler un peu et voir ce qu'il y a encore de dispo.

–Ça me va, mon petit couz', allez, grimpe.

À l'instant où j'atteins la portière, l'air s'emplit d'un hurlement de sirènes. Des gyrophares bleu et rouge arrivent de tous les côtés. Dans la vitre, je vois mon visage se refléter sur celui de mon cousin : on est tous les deux choqués, perdus, effrayés.

Trois voitures de flics déboulent autour de nous et bloquent celle de César, une à l'avant, une à l'arrière et une dernière qui s'arrête à quelques centimètres de son flanc, emboutissant presque la carrosserie.

–Les mains en évidence ! Sortez du véhicule !

Des flics descendent en trombe des voitures ; certains sont armés. Je ne suis pas sûr que les gens sachent à quel point c'est terrifiant d'avoir un flingue pointé sur soi. C'est encore pire quand c'est un flic parce que, contrairement à un braquage, on sait que la personne en uniforme peut faire ce qu'elle veut, sans que personne n'y trouve rien à redire. Quand ce flingue-là est braqué sur toi, c'est encore plus flippant parce qu'il n'est pas régi par les mêmes lois que les autres.

–Sortez du véhicule ! Écartez-vous d'un pas ! Les mains sur la tête !

Tout se passe tellement vite, mais aussi tellement lentement. Ils jettent César au sol. L'un d'eux me tire violemment sur le côté et me traîne jusqu'à la pelouse devant la Promesse. Ils prennent la voiture d'assaut, ils fouillent chaque recoin et chaque siège. César est plaqué à terre, un genou de flic sur son dos, une main qui lui écrase le visage contre le trottoir.

–César, qu'est-ce qui se passe ?! Lâchez-moi ! César !

Je me débats entre les bras du flic.

–J'ai trouvé quelque chose ! crie un de ceux qui inspectent la voiture.

Il sort la main du côté passager, il tient un objet métallique et luisant. Un flingue.

–C'est pas à moi ! s'écrie César en relevant la tête.

–J'ai bien l'impression que si, dit le flic qui le bloque avec son genou.

Il appuie sur l'arrière du crâne de César et la mâchoire de mon cousin heurte le ciment. Il se débat et le flic recommence. Je devrais lui crier quelque chose mais les mots restent coincés dans ma gorge.

Ils m'interrogent, ils me fouillent mais c'est évident qu'ils sont venus pour César. Je ne sais pas trop comment ils étaient au courant de sa présence ici. Est-ce qu'ils le suivaient ? Est-ce que quelqu'un l'a dénoncé ?

Je les regarde l'embarquer à l'arrière d'un 4 × 4, le menton en sang. Je fais un pas hésitant mais un flic me repousse brusquement à deux mains.

–Ne dis rien à Magda ! crie César juste avant qu'ils ne lui claquent la portière au nez.

Immobile, je regarde les flics s'engouffrer dans leurs voitures. Une dépanneuse arrive pour emporter la bagnole de mon primo. En quelques minutes à peine, c'est comme si on n'avait jamais été là.

Je me fous de savoir qui me regarde ; mes yeux s'embuent. Mais je vois très clairement à travers mes larmes. Devant le lycée, le proviseur Moore est posté sur les marches, bras croisés, et il acquiesce comme l'air de dire : *parfait*.

LE JOUR DU MEURTRE

RAMÓN

CHAPITRE 9

SOIF DE VENGEANCE

Ramón

Je passe la nuit à planifier.

J'ai veillé tard pour tout organiser, j'ai essayé de canaliser la rage qui enflait en moi comme un immense feu de camp. Abuela m'a même aidé. Quatre mains valent mieux que deux, elle m'a dit. Et elle avait raison. Avec son aide pour calculer les proportions, j'ai préparé quatre fois plus de pupusas que d'habitude, j'ai tout rangé dans mon sac et dans une poche isotherme supplémentaire.

Entre ça et ce qu'abuela arrive à gagner à la boulangerie, on devrait réussir à mettre notre argent en commun avec celui de notre tío et payer la caution pour faire sortir César. Abuela n'est pas d'accord avec les agissements de mon cousin mais je lui ai raconté la scène en détail et comment le proviseur Moore avait appelé les flics pour arrêter César alors qu'il ne faisait rien de mal. Abuela critique rarement un prof ou un employé du lycée mais elle a pincé les lèvres en entendant mon récit. Et elle ne compte pas laisser son neveu moisir en cellule.

Mon sac rempli de nourriture est lourd tandis que je marche vers l'abribus. Aujourd'hui, je ne vais pas partir plus tôt au lycée et risquer de croiser M. Reggie. Je me surprends à inspecter derrière les vitres de chaque bus qui passe. La Promesse commence à me rendre parano.

Je suis encore là, à bouillonner de colère, quand on m'attrape soudain par l'épaule et je suis tellement énervé que je fais volte-face, je laisse tomber mon sac par terre et j'arme mon poing.

–Oh, calme-toi, gamin, dit le mec qui m'a chopé par l'épaule.

Il lève les mains pour signifier qu'il ne me veut aucun mal, mais il me décoche aussi un regard mauvais qui m'avertit de ne pas le chercher non plus.

–J'essaie pas de te voler tes affaires de cours.

C'est Ever. On le voit presque toujours avec César, dans le quartier. Aujourd'hui, il a trois mecs derrière lui qui me dévisagent avec intensité.

–Il paraît que tu étais présent, hier, dit Ever. Quand ils ont embarqué César.

J'acquiesce et mon cœur bat la chamade. Ils ne croient quand même pas que c'est à cause de moi ? Mon abuela m'a appris à n'avoir peur de personne mais je sais parfaitement qu'il ne faut pas les prendre à la légère, Ever et les Dioses. Je dois toujours être sur mes gardes quand je suis avec eux. Mon primo a beau être intimidant pour les autres, ça reste un membre de ma famille. Mais pas Ever. Je me mets à transpirer.

– Il paraît que c'est Moore qui a appelé les flics, déclare Ever, les yeux rivés sur moi.

– T'as entendu ça où ? demandé-je.

– Un peu partout, me répond-il en haussant les épaules.

Je pense à tous les mecs qui sont passés près de César et de moi en sortant du lycée. Je n'avais jamais imaginé que certains pouvaient faire partie des Dioses del Humo. Ma paranoïa grandit et je comprends que je n'ai pas intérêt à mentir à Ever.

J'acquiesce.

– Ouais. Je suis quasi sûr que c'est Moore.

– Ça fait des années qu'il nous pose problème, Moore, dit un des gars, Jorgito. Il a fait coffrer mon oncle, aussi. Les gens comme lui, ils se prennent pour des flics, c'est un trip d'ego.

– Proviseur, flic, c'est pareil, réplique un autre dont je ne connais pas le nom.

Il a une cicatrice sur le visage et des yeux tristes. Comme ceux de César à l'arrière de la voiture de police.

– On déclare la guerre à tout le monde, nous.

– Et c'est pour ça qu'il faut qu'on cause, toi et moi, ajoute Ever.

Il me fixe d'un regard qui me cloue sur place. C'est comme mater un serpent droit dans les yeux.

– César m'a dit qu'il t'avait déjà parlé de rejoindre les Dioses. C'est peut-être le moment idéal. Tu es sur place dans le lycée ; si quelque chose pouvait arriver à Moore... ça serait considéré comme une épreuve d'initiation.

Mon cœur s'arrête de battre. Le monde autour de moi semble soudain très bruyant. Le bus gronde devant l'arrêt, lâche un nuage de gaz d'échappement autour de nous. On écarte tous la fumée d'un geste de la main et quand elle se dissipe, Ever ne m'a pas lâché des yeux.

– Réfléchis-y, insiste-t-il en jetant un regard autour de lui pour s'assurer que personne ne nous observe. On te fournira ce que tu veux, il te suffit de demander.

On se dévisage. J'entends presque mon sang battre dans mes oreilles; la terreur et l'angoisse tambourinent dans mon cœur. Mais ce qu'il dit m'intéresse. Ma colère ressemble à une flamme qui n'arrête pas de grandir dans mon ventre. Comme une soif de vengeance.

– Va prendre ton bus, dit Ever en reculant d'un pas, signe que je suis libre de partir.

Je détourne enfin le regard.

– Et préviens-nous quand tu auras pris ta décision.

– Je... je vous préviendrai, bafouillé-je.

Puis je monte dans le bus qui m'emmène vers la Promesse mais quand je jette un coup d'œil par la fenêtre arrière, Ever est encore là, à me dévisager. Quelque chose semble changer en moi. Comme si un volcan se réveillait lentement. Je ne sais pas combien de temps je peux encore contenir l'éruption.

Luis me retrouve devant mon casier.

– J'ai essayé de t'appeler hier soir, me dit-il. Ça m'énerve tellement, ce qu'ils ont fait à César. Je suis désolé. Ça va, toi?

Je secoue la tête. Luis est mon meilleur ami depuis longtemps, mais en ce moment, il est souvent pris par le basket, et je me suis un peu replié sur moi-même – je me concentre sur l'avenir, j'essaie de passer inaperçu. Mais certaines personnes sont vos amis pour la vie, peu importe ce que vous traversez. Et même si tout le monde me dévisage d'un œil mauvais dans mon quartier, si les gens tirent des conclusions hâtives et me comparent à mon primo, je sais que Luis n'est pas comme ça. Il me connaît.

Mais est-ce que je me connais vraiment? Aujourd'hui, j'ai dû mal à oublier les paroles d'Ever, quand il m'a proposé de me fournir ce dont j'avais besoin pour me venger du proviseur Moore. Cette brève étincelle qui disait *oui* quand je me voyais braquer un flingue sur ce mec, celui qui a fait coffrer mon cousin sans raison, celui qui nous gueule dessus en permanence, qui nous oblige à nous excuser, à bégayer de peur… Je m'imaginais le forcer à s'excuser à son tour, pour une fois.

–Oh là, mais c'est quoi tout ça? s'exclame Luis en jetant un coup d'œil dans mon sac isotherme.

Je chasse toutes les mauvaises pensées de flingues et de Moore, et je m'efforce de sourire à mon pote.

–C'est l'argent pour payer la caution de César, je lui réponds en essayant de paraître confiant. Je n'avais encore jamais essayé de vendre autant de pupusas. Ça va être difficile, vu que je me suis fait choper la semaine dernière. Mais aux grands maux, les grands remèdes – je ne peux pas laisser César croupir en prison. On commençait tout juste à se parler en toute sincérité. Alors pour une fois, c'est à moi d'être le cousin protecteur.

–Tu vas avoir besoin d'aide, me répond Luis et je sais déjà à quoi il pense.

Quand on est amis depuis aussi longtemps que Luis et moi, on connaît l'autre. Il va faire ce qu'il a déjà fait plusieurs fois:

vendre autant de pupusas que possible. Il s'entend bien avec les sportifs du lycée et je sais que ces mecs-là mangent plus que n'importe qui au monde. Il devrait pouvoir en vendre au moins cinquante, à lui tout seul. Mais je ne peux pas accepter.

–Nan, Luis, lui dis-je en secouant la tête. Si quelqu'un te voit, tu risques d'avoir des emmerdes, toi aussi.

–Détends-toi. Ils ne me feront rien aujourd'hui, on a le match. Ils veulent que je brille sur le terrain, comme tous les donateurs seront là pour nous regarder jouer. Ils me mettront sûrement un avertissement et m'enlèveront des points, mais rien de plus. Je m'en fous. Ça me dérange pas, ça. Allez, file-m'en quelques-unes. Et n'oublie pas de passer par la salle de Mme García: c'est, genre, la seule personne qui s'en tape de savoir que tu vends des trucs. Si ça se trouve, elle t'en achètera même un peu.

Il a raison, on peut toujours compter sur Mme García. C'est pareil avec certains employés de la cantine. Donc je lui donne un tiers de mon stock et on se sépare. La journée va être stressante et j'ai l'impression d'être un dealer, à me trimballer autant de produits de contrebande dans le lycée. *Bip bip bip*. J'entends déjà les avertissements tomber. Et mes points disparaître.

Mais bon, c'est pour César. Il ne faisait rien de mal. Qui me dit que les flics n'ont pas planqué le flingue eux-mêmes dans sa voiture? Ils font ça tout le temps. Et en quoi c'est mal, de vendre des pupusas?

On n'est pas censés parler entre nous mais on trouve toujours d'autres manières de communiquer. Certains élèves ont même une langue des signes spécifique à la Promesse. Bref, la rumeur circule que j'essaie de rassembler assez d'argent pour payer la caution de César et, en un rien de temps, je vends déjà mes pupusas à la chaîne – on me les arrache presque. Un mec qui vit pas loin de chez moi en achète assez pour nourrir une famille entière. Je me demande s'il fait partie des Dioses mais je ne lui pose pas la question. Je lui glisse juste la bouffe en douce et il me paye tout aussi discrètement.

C'est peut-être le fruit de mon imagination mais quand midi sonne, j'ai l'impression que le parfum de la recette secrète de mon abuela flotte dans tout le lycée. Et tout va bien jusqu'à ce qu'un gars, Victor, déchire son pantalon dans la cafétéria pile au moment où le proviseur Moore entre pour l'inspection des lieux.

Victor est assis comme tout le monde et quand il se relève, son passant de ceinture se coince sans doute quelque part parce que j'entends le *criiiiish*, alors que je suis installé à deux tables de lui. Ça lui déchire le passant de la ceinture et la poche arrière, et quelque chose tombe par terre. Je sais déjà ce que c'est et mon estomac se retourne parce que Moore passe juste à côté de lui.

Il entend le bruit, il tourne la tête d'un coup. Je vois ses yeux lasers se poser sur Victor qui affiche un air super choqué. Il ne peut pas lui échapper. Moore lui fonce dessus.

–Qu'est-ce qui se passe ici ? Qui fait le mariole ? Je vois votre visage à l'instant et… c'est vous qui faites l'idiot ? Comportement perturbateur ?

Il continue à s'énerver sur Victor et je prie pour qu'il ne remarque pas ce qui est tombé par terre. Mais tout d'un coup, Moore devient hyper silencieux. Je le vois baisser les yeux et regarder par-dessus ses lunettes. Eh merde.

C'est une pupusa enveloppée dans une feuille d'alu. Moore la scrute pendant une éternité, puis il parcourt la cafétéria du regard. Je sais qu'il me cherche. Et quand il me trouve, il se précipite vers moi à la vitesse de l'éclair.

–Vous avez cru que je plaisantais, quand je vous ai averti que je ne voulais plus jamais voir ces choses-là dans l'enceinte de l'établissement ? hurle-t-il. Vous croyez que nos mécènes ont envie de voir ces merdes circuler dans le lycée ? Ces saloperies de street food bas de gamme ? À cause de vous, l'établissement tout entier empeste, c'est pire qu'une fête de quartier minable. J'aurais dû m'en douter. Où est votre sac ? Je sais qu'il est ici.

–Je... Je...

Mais je ne trouve plus mes mots. Toutes mes connaissances en anglais s'envolent. Et ma langue maternelle aussi. Je n'éprouve plus que de la colère. Elle pulse dans tout mon corps.

–Et voilà, vous ne savez que bégayer, se moque-t-il. Je me demande pourquoi nous vous gardons dans ce lycée ; on dirait bien que les cours de soutien ne suffisent pas, à entendre votre charabia. Bon, donnez-moi ce...

Je n'arrive pas à parler mais quand je le vois approcher de sous ma chaise, je me précipite pour stopper son geste, j'écarte sa main et j'attrape mes affaires. Il m'empoigne par l'arrière de mon blazer et il me soulève de ma chaise avant de me pousser. Il s'empare de mon sac. Il reste encore quelque pupusas à l'intérieur, et Moore le secoue en tendant l'oreille.

–C'est bien ce que je pensais.

Je tends la main encore une fois, bouillonnant de colère, mais mon voisin de table me prend par le bras et me maintient en place.

Je regarde Moore se rendre à la poubelle devant toute la cafétéria silencieuse. Il sort les pupusas une à une et les jette. J'ai envie de hurler et de vomir en même temps. Quand il a terminé, il prend la bouteille de jus d'un élève près de lui et il en verse tout le contenu dans la poubelle. Puis il confisque l'argent de mes ventes qu'il fourre dans sa poche. Personne n'a prononcé le moindre mot.

– Cet argent est à moi, puisque vos ventes ont eu lieu dans l'enceinte du lycée. Quant à vous, ajoute-t-il, l'index pointé sur moi, vous serez collé pour les six prochaines semaines. Et si vous croyez que je vais maintenir l'ICT ne serait-ce qu'un jour de plus, vous vous fourrez le doigt dans l'œil. C'est fini.

Il se tourne vers le self et les cuisines, où deux gars qui participent à l'initiative écoutent la conversation. Je vois Mme Adams, l'employée de la cafétéria, lui jeter un regard noir comme si elle souhaitait voir Moore tomber en poussière sous ses yeux.

– C'est votre dernier jour à ce poste, les gars, crie-t-il aux mecs coiffés de leur charlotte. Vous pouvez remercier votre copain. Chef Ramón, c'est ça ? Qui sait, vous deviendrez peut-être chef cuistot en prison ?

Il prend mon sac et s'en va. Après son départ, les gens recommencent peu à peu à parler. Mais pas moi. Je ne pense qu'à une seule chose, à l'argent que je ne pourrai plus utiliser pour payer la caution de César. La colère déferle en moi et prend le contrôle de chaque centimètre de mon corps. J'ai besoin de trouver un endroit où la déverser. Le moment est venu de l'utiliser. Je vais aux toilettes et je sors mon téléphone. Je parcours la liste de mes contacts pour trouver le numéro d'Ever.

QUATRIÈME PARTIE

MENSONGES

APRÈS LE MEURTRE

CHAPITRE 10

PUNI

J.B.

Je crois que j'avais encore jamais vu ma mère pleurer en public.

À Benning Terrace, il faut absolument afficher un masque impassible, et ma mère est une pro dans ce domaine. L'air tranquille, concentrée sur ses affaires. J'ai toujours admiré ça, chez elle. Mais quand je sors de ma garde à vue, elle a les yeux rouges et n'a même pas pris la peine d'essuyer ses larmes. C'est déchirant.

–Nous libérons votre fils, qui sera sous votre responsabilité, lui explique l'un des inspecteurs d'un ton qui se veut super attentionné.

–Pourquoi je n'ai pas eu le droit de l'accompagner? l'attaque ma mère en l'ignorant royalement. Mon fils est mineur. Je suis censée être avec lui, dans des circonstances pareilles.

–Madame, nous sommes du côté de votre fils. Nous voulons juste l'aider.

Son mensonge me donne envie d'attraper son flingue, de le lui coller contre la tempe et de l'obliger à s'excuser. Pas pour m'avoir malmené quand il m'a arrêté, ni pour m'avoir enfermé dans une pièce avec une seule lampe et une vitre teintée. Ni pour m'avoir gueulé dessus, avoir cherché à me faire avouer un meurtre que je n'ai pas commis.

Je veux qu'il s'excuse de mentir à ma mère. De m'avoir traité comme il l'a fait mais d'avoir l'audace de la regarder en face et de lui déballer des conneries.

Je ravale ma colère et mon estomac se met à bouillonner.

J'ai envie de dire la vérité à ma mère mais je risque d'empirer la situation. Donc je reste planté là, en silence, et j'essaie de ne pas laisser transparaître ma peur.

Quand elle a enfin rempli toute la paperasse de la police, il est déjà tard et j'ai du mal à garder les yeux ouverts. Je somnole, la vitre froide de la voiture est comme un oreiller agréable après avoir passé des heures en salle d'interrogatoire et en cellule de détention. Mais la portière de ma mère claque et je me réveille en sursaut.

–J.B., chuchote-t-elle, d'une voix tellement basse que je l'entends à peine. S'il y a bien un moment où je vais te demander d'être honnête, c'est maintenant. Regarde-moi dans les yeux.

Je lui obéis. Je plonge mon regard dans le sien et j'attends qu'elle me pose *la* question, mais c'est trop difficile pour elle.

–J'ai rien fait, maman, lui dis-je pour l'aider.

Elle laisse échapper un long soupir comme si elle retenait sa respiration depuis qu'on a quitté le poste.

–Évidemment, que tu n'as rien fait, mon bébé. Je le sais, bien sûr.

Je suis envahi de soulagement, elle sait que je n'ai pas tué le proviseur Moore. Avec tout ce qui s'est passé aujourd'hui – j'ai encore du sang séché sous les ongles –je suis content qu'elle voie encore un garçon innocent quand elle me regarde. Je suis innocent.

–Je sais que ta relation avec le proviseur Moore était compliquée, ajoute-t-elle.

Et toute ma colère se remet à bouillonner. Ces sentiments que j'ai ravalés depuis que tout a commencé.

J'étais tellement énervé contre Moore. Qu'il me confisque mon portable aussi injustement et qu'il m'oblige à poser un lapin à Keyana, qu'il foute en l'air notre relation. Qu'il me prenne la tête et qu'il me chope par le col comme un chien qu'on corrige, qu'il me mette la honte devant la moitié de ce foutu lycée. Mais j'ai jamais voulu qu'il soit assassiné. J'ai jamais voulu qu'il meure. Et maintenant, je fais partie des suspects?!

J'ai vu tellement de mecs mineurs se retrouver en taule, j'ai vite compris que les flics avaient besoin de trois trucs, pas plus: un corps, une arme et un mobile. Et là, ils ont presque tout trouvé. Ils peuvent employer la manière forte pour obtenir des aveux, terroriser les gens et les obliger à plaider coupables.

Le fait que j'ai donné un coup de poing dans mon casier, ça ne joue pas en ma faveur. Mais le pire dans tout ça, c'est... le flingue.

Je n'arrête pas d'y penser. La journée me repasse en boucle dans la tête, une boucle terrible et désordonnée. Pile le jour où je trouve un flingue au lycée, le proviseur Moore se fait tirer dessus. Ça ne peut pas être une coïncidence. Un calibre que j'ai déplacé pour protéger les gens, mais sur lequel j'ai laissé mes empreintes! Je me sens tellement con.

Il faut que je retrouve ce flingue et son propriétaire avant que les flics ne mettent la main dessus – et sur mes empreintes. Ce serait un coup de bol pour eux. Une condamnation facile.

Je colle mon poing contre mes lèvres pour empêcher les sons de sortir. J'ai envie de pleurer. Mon cerveau part en vrille. Un avenir terrible défile devant moi: des années enfermé en taule, ma mère condamnée à vieillir seule pendant mon absence. Ma gorge se noue.

Ma mère se retourne à l'angle de la rue.

–J.B., je ne sais vraiment pas quoi te dire. Je t'ai inscrit dans ce lycée pour que tu n'aies pas d'ennuis mais tu arrives quand même à en avoir.

Comment lui expliquer que ce n'est pas moi qui cherche les emmerdes, ce sont elles qui me trouvent? Que le simple fait d'être jeune *et* noir me transforme en aimant à emmerdes? J'ai toujours essayé de passer inaperçu mais même ça, c'est pas suffisant. Surtout quand un mec comme Moore traîne dans les parages; un mec qui sème les emmerdes à la volée autour de lui. C'est comme s'il portait les problèmes dans un seau et qu'il n'hésitait pas à asperger la cible de son choix.

Je repense à ce gars, Solomon, celui qui s'en est pris plein la gueule parce qu'il ne portait pas sa cravate. Et aux deux autres suspects, Ramón et Trey. Il paraît que Moore les a eux aussi humiliés le jour du meurtre. Putain, il doit y avoir plus de cent mecs à la Promesse qui rêveraient de lui coller un flingue sur la tempe.

Et c'est pile à ce moment-là que l'idée me vient brusquement.

Quelqu'un a tué Moore, ça, c'est certain. Un autre truc qui est certain ? Il y a une tonne de mecs qui doivent être ravis de sa mort. Je suis un suspect évident, mais le coupable est sûrement un suspect-pas-si-évident.

La meilleure façon de prouver mon innocence, la seule façon peut-être, ce serait de découvrir qui l'a tué. Je serre les poings. Le temps presse. Je dois trouver le coupable avant que les gens commencent à accumuler les preuves contre moi.

Ma mère me jette un coup d'œil. L'espace d'un instant, son visage se détend.

– Tout va bien ?

– Oui, ça va.

Mais ma réponse est trop empressée, trop enjouée.

– On va s'en sortir, affirme-t-elle.

C'est presque comme si elle se parlait à elle-même plutôt qu'à moi. « On va s'en sortir. »

Je ne le dis pas à voix haute mais je le pense sincèrement : *putain, j'espère bien*. Et puis mon esprit se concentre sur autre chose. Sur Keyana.

– Maman, je peux t'emprunter ton portable pour...

Je reste scotché sur place quand elle m'interrompt d'un rire sonore et sarcastique.

– Alors là, mon garçon, si tu crois vraiment que je vais te laisser *téléphoner* à qui que ce soit, tu te fourres le doigt dans l'œil. Tu n'es peut-être pas un assassin, mais tu es *puni*, pigé ? Jusqu'à nouvel ordre.

Je n'essaie même pas de discuter. Je ne peux pas lui en vouloir. Au moins, elle ne me croit pas coupable. J'espère que Keyana est du même avis.

De retour chez nous, ma mère semble s'être calmée mais je vois que son esprit mouline. Non seulement elle a perdu de l'argent en venant me chercher au poste de police, mais elle pense sûrement à tout l'argent qu'elle va encore perdre à cause de ce désastre. Comme on vit seuls tous les deux, le temps c'est de l'argent, et on risque d'en perdre pas mal.

Il s'est passé la même chose avec mon père. Les avocats, les amendes, les comparutions au tribunal et les audiences, toutes ces conneries. Raison de plus pour rétablir ma réputation. Ma mère a porté trop de fardeaux pendant trop longtemps. Un truc pareil risquerait de la briser. Je refuse que ça arrive.

Elle fait réchauffer un reste de tourte qu'on partage et qu'on mange en silence autour de la table. J'engouffre ma part en quelques bouchées – je ne m'étais pas rendu compte que j'étais aussi affamé. Mais j'ai encore l'impression d'avoir l'estomac vide. Je pourrais presque dévorer l'assiette, et ça ne me remplirait quand même pas. L'inquiétude me ronge.

–Je ne comprends pas comment ça a pu arriver, murmure-t-elle. J'ai fait de mon mieux.

–C'est pas ta faute, maman.

Et j'ai envie d'ajouter: *c'est pas la mienne non plus.* Mais je pense à la voix puissante de Moore qui s'élève dans le couloir, à Hicks et son regard méchant. Aux avertissements qui pleuvent. Aux points perdus. À toutes ces heures de colle. Quoi que tu fasses, c'est toujours ta faute, à la Promesse.

–Tu ne le détestais pas, hein? me questionne-t-elle, en me toisant, le regard brillant.

Et c'est plus douloureux que le reste : elle a beau être convaincue de mon innocence, elle est terrifiée à l'idée de se tromper.

Le pire, c'est que si je lui réponds « non », je ne suis pas sûr de lui dire la vérité. Heureusement, elle continue :

– Tu ne ferais jamais un truc pareil. Un des deux autres garçons, à la rigueur. Je ne sais pas comment ils ont été élevés, eux. Des gamins qui ne respectent pas l'autorité...

La tourte me reste sur l'estomac. Ma mère ne comprend pas. Je scrute mes articulations lacérées par le métal. Moore m'a regardé comme si j'étais un criminel, quand j'ai frappé mon casier. Est-ce que c'était le geste d'un criminel ? Ou juste d'un être humain ? Afficher ses émotions à la Promesse, ça revient presque à enfreindre une règle.

– Qu'est-ce que tu t'es fait à la main, J.B. ?

Elle a suivi mon regard et elle contemple mon poing, les yeux écarquillés.

– Je... Je... Je me suis énervé.

– Tu as frappé quelqu'un ?

– Non, maman.

Elle me fixe droit dans les yeux.

– Tu m'en fais la promesse, hein ?

– Oui.

Mais en cet instant, je n'entends plus que le credo du lycée :

C'est notre promesse.
Nous sommes les jeunes hommes de la Promesse urbaine.
Nous sommes destinés à l'excellence.

Les mots tournent dans mon esprit et m'obsèdent. Suis-je destiné à l'excellence, ou à un avenir terrible ?

Plus tard, je suis couché dans le noir, les yeux rivés au plafond de ma chambre. Depuis que je suis rentré, j'ai l'impression d'être vidé de mon énergie. Et soudain, la porte s'entrouvre. Ma mère entre.

–J.B., tu es réveillé ?

–Plus ou moins.

–J'ai appelé Ross, mon supérieur. Il m'a dit que si je vais au boulot maintenant, il peut me proposer des heures sup pour rattraper ma journée. Je rentrerai dans la matinée.

Mon cœur se serre. Rester seul ici me donne l'impression d'être plus isolé et insignifiant que jamais.

–D'accord, réponds-je.

–N'oublie pas que tu es puni.

–Oui, maman.

La maison était déjà calme mais après son départ, c'est comme si j'étais sur une autre planète –je suis entouré d'un silence absolu, dans une solitude absolue.

J'aimerais que Keyana soit ici.

Je me demande quelles rumeurs elle a entendues à mon sujet. Je me demande si elle y croit. Elle vit à quelques rues d'ici – si ça se trouve, elle regarde par sa fenêtre, cette fenêtre par laquelle j'ai sauté, et elle se demande ce que je fais. Si je vais bien.

Ou alors elle se demande quel genre de mec l'a embrassée. Elle regrette. Elle croit qu'elle a encore choisi le mauvais...

Je me redresse dans mon lit. Ma mère m'a puni et ce qu'elle ne veut pas, c'est que j'utilise l'ordinateur ou mon portable, que je n'ai pas récupéré. Mais je dois absolument parler à Keyana. Elle pourra peut-être me raconter ce qui se dit dans le quartier, s'il y a des rumeurs qui circulent et qui pourraient m'aider à prouver mon innocence.

Je n'y réfléchis même pas à deux fois – j'enfile mes chaussures et je sors.

CHAPITRE 11

SUSPECTS

Trey

J'aurais jamais pensé dire un truc pareil, mais je suis content que ma mère soit là.

Elle est venue de New York dès qu'elle a appris la nouvelle et elle a l'air clean – plus clean qu'elle ne l'a jamais été. C'est dur de la côtoyer dans les périodes où elle se drogue, et d'un autre côté, c'est encore plus dur quand elle est clean. J'ai envie de passer du temps avec elle mais ça engendre une grosse anxiété aussi – je suis toujours stressé d'être brusquement arraché à elle. Bref, peu importe, je suis content qu'elle soit là parce que j'aurais jamais supporté d'affronter oncle T tout seul.

Il ne lèvera jamais la main sur moi devant ma mère; enfin, je pense pas. Mais je suis sous totale surveillance, confiné. Les portes de la maison pourraient tout aussi bien être verrouillées comme en prison. Dès que je vais aux toilettes, il est dans le couloir à m'observer fixement. Quand je vais dans la cuisine, il est assis là comme s'il m'attendait. Même une fois, j'ai regardé par la fenêtre de ma chambre et il était près de la boîte aux lettres, les yeux rivés sur moi. Mais je n'irai nulle part. Je préfère être cloîtré comme ça. Dehors, j'ai l'impression qu'il n'y a rien d'autre que des problèmes.

Et puis, il y a eu l'avocat. Un mec qui était dans l'armée avec oncle T et qui vit quasiment dans notre salle à manger, qui parle non-stop à voix basse, qui manipule un tas de documents. Il porte des grosses chaussures moches et j'ai envie de me foutre de sa gueule mais je sais que le moment est mal choisi.

On ne me propose jamais de me joindre aux conversations. Maman ne dit pas grand-chose, elle se contente d'écouter en silence. Oncle T reste assis, immobile, la mâchoire serrée et dure comme un roc. Il engrange toutes les informations. Je ne leur ai pas demandé de quoi ils parlaient. J'ai peur de leurs explications. J'ai peur des questions qu'ils me poseraient, et de mes réponses aussi.

Jusqu'à présent, les seuls mots que mon oncle m'a adressés, c'était: «Je te l'avais dit, bordel. Je te l'avais bien dit. Après tout ce que j'ai fait pour toi...»

Il me croit coupable.

Il croit que j'ai pris son flingue et que j'ai tué le proviseur Moore.

Et le pire, dans tout ça, c'est que j'ai peut-être tué Moore, d'une certaine manière. Et si quelqu'un avait trouvé l'arme par hasard et avait décidé que le jour était venu de passer à l'acte? C'est ma faute, si le flingue était sur place. J'aurais dû le rapporter à la maison et faire face aux conséquences, accepter le destin que m'aurait réservé oncle T. À la Promesse et à la maison, je n'ai jamais aucune marge d'erreur. Où que j'aille, je suis toujours coupable jusqu'à preuve du contraire.

Oncle T ne m'a rien demandé à propos du flingue, mais il a forcément remarqué sa disparition. Il passe son temps à le nettoyer. S'il ne m'en parle pas, c'est qu'il est convaincu que je l'ai pris volontairement. Il essaie peut-être même de me protéger. Par son silence.

– Trey, ramène-toi ! crie-t-il depuis la salle à manger.

Je saute de mon lit. J'ouvre la porte et chacun de mes muscles livre bataille – une moitié de mon corps veut se cacher sous le lit comme un môme pour échapper au croquemitaine. L'autre moitié veut piquer un sprint jusqu'à eux et les entendre me dire que tout n'est qu'un horrible malentendu. Avant, je blaguais toujours dans les situations graves ou sérieuses, mais là je ne trouve rien de marrant. J'ai l'impression que je n'arriverai plus jamais à sortir une blague de ma vie.

J'entre dans la salle à manger et tous les regards sont braqués sur moi.

– Trey, je vais être franc avec toi, m'explique l'avocat. (Il retire ses lunettes et me dévisage.) Ça va être compliqué. Tu n'as aucun alibi.

Je me sens sur le point d'étouffer.

– C'est toi qui as fait ça, bébé ? murmure ma mère.

Elle n'a pas l'air d'avoir pleuré mais semble sur le point d'éclater en sanglots d'une seconde à l'autre. Quand je vois son visage, j'ai envie de me mettre à pleurer, moi aussi, et pas seulement à cause de cette situation merdique, mais à cause de tout ce qui nous y a conduits. Tout ce qui s'est passé dans le Bronx. Quand je l'ai perdue. Quand on m'a envoyé ici. Je garde les yeux rivés au sol.

–Non, je lui réponds.

–La police essaie de retracer la chronologie des événements, me résume l'avocat d'un air triste. Et on n'a pas beaucoup d'informations à leur fournir. Tu étais présent après les cours. Tu étais à proximité de la scène. Tu as proféré des menaces à l'encontre du proviseur, et il y a des témoins qui l'ont confirmé. La seule chose qui leur manque, c'est... l'arme du crime.

Je ne peux m'empêcher de remarquer le léger tressaillement d'oncle T. L'arme. Son flingue à lui que j'ai caché dans le sous-sol du lycée, avec mes empreintes dessus. Et les siennes aussi. Ce n'est qu'une question de temps avant qu'ils ne le retrouvent. Il faut que je mette la main dessus avant eux.

Je me dépêche de leur dire:

–Mais j'étais pas seul. Y avait deux autres mecs. L'un d'eux s'était battu, plus tôt dans la journée. Je suis allé aux toilettes, alors qui sait ce qu'ils ont fait pendant mon absence!

–C'est bien ça, le problème. Visiblement, aucun de vous ne peut attester des faits et gestes des deux autres, ce qui complique encore plus les choses, me rappelle l'avocat.

–Tu ne pourras pas toujours rejeter la faute sur les autres, gronde oncle T. Les flics veulent du concret, ils se foutent de savoir ce que les autres *pourraient* avoir fait.

–Je rejette la faute sur personne, crié-je. Je dis juste que j'ai rien fait, moi!

Oncle T recule brusquement sa chaise dans un crissement et se lève. Ma mère pose la main sur son poing serré et le visage de mon oncle se radoucit.

Il se tourne vers moi.

–Il faut qu'on discute encore tous les trois en privé, lâche mon oncle en me regardant, les yeux plissés. Retourne dans ta chambre. On t'appellera quand on aura d'autres questions.

Je repars dans le couloir en traînant des pieds. Je me jette sur mon lit et je consulte mon téléphone. Brandon m'a envoyé un ou deux textos, et puis il a interrompu notre conversation. Je soupçonne sa mère de l'avoir empêché de m'écrire. On m'a relâché hier soir et je suis exclu du lycée jusqu'à ce que cette histoire soit résolue.

J'imagine Brandon et les autres assis en cours, silencieux, ou mains croisées dans le dos, à marcher sur la ligne bleue. Je suis tellement soulagé de ne pas être là-bas avec eux. Ne pas aller à la Promesse m'enlève un poids de la poitrine. Mais un autre fardeau a pris sa place, lourd comme le cadavre du proviseur Moore. D'une galère à une autre.

Je scrolle dans les fils d'actualités et les réseaux sociaux, j'essaie de me changer les idées. Mais je n'y trouve rien qui puisse me distraire. Malgré moi, j'y découvre ici et là de petites allusions aux événements qui se sont déroulés à la Promesse.

Je comprends qu'on puisse détester ce mec mais putain – le buter, sérieux?

Ils ont arrêté les trois gars. Ils devaient être complices.

Nan, il paraît que l'un d'eux a agi seul. Il aurait piégé les deux autres qui étaient en colle avec lui pour qu'ils plongent à sa place.

Mon estomac se retourne quand je lis ça. Tout le monde tire ses propres conclusions à partir de quasiment rien. Enfin, c'est pas rien ; on a été trois à passer en garde à vue, c'est vrai. Les gens ont tendance à inventer des conneries. Mais bon, moi j'ai vu un mec couvert de sang – J.B. –, ils doivent bien savoir que c'est lui, le tueur, et pas moi ! Si un homme se fait tuer et qu'un mec s'enfuit juste après avec du sang plein les vêtements, je crois que le coupable est tout désigné, non ?

Je me demande ce qu'en pensent les profs – je me demande si Mme Hall est au courant de mon arrestation. C'était une de mes profs préférées avant qu'elle parte en congé maternité.

Pourquoi j'appréciais Mme Hall ? C'est la seule que j'aie jamais vue hausser le ton avec le proviseur Moore. Tous les profs, même Hicks, semblent s'écraser devant lui. Sauf Mme Hall. Elle est minuscule à côté de lui mais je l'ai vue lui gueuler dessus un jour, lui dire de « se sortir les doigts du cul, de redescendre sur terre et de ne pas oublier ce qui l'avait motivé à fonder ce lycée ». Il avait gardé les yeux rivés sur ses chaussures, à ce moment-là.

Je cherche si elle est sur les réseaux sociaux – j'ai déjà trouvé un ou deux profs comme ça. Ils essaient toujours de faire profil bas mais ils ont beau être profs, ce sont aussi des êtres humains. Je finis par la trouver : elle a commencé à poster il y a presque dix ans. La plupart de ses photos sont en privé mais j'en dégote une où elle s'est fait taguer deux semaines plus tôt. On la voit assise à un comptoir, elle trinque avec quelqu'un qui porte une toque de diplômé.

Je repère le verre dans sa main. Je me redresse d'un seul coup sur mon lit. Je ne suis pas expert mais je suis plutôt sûr que les femmes enceintes ne sont pas censées boire d'alcool. Et elle n'a pas l'air du genre à faire un truc pareil.

Ça attise ma curiosité alors je creuse un peu plus. Au fil des derniers mois, je ne vois aucune allusion à sa grossesse.

Elle aurait menti ? Mais pourquoi ?

Je laisse tomber mon portable sur mon lit et je cogite. Je ne comprends pas pourquoi elle mentirait. Je repense à ce jour où elle a engueulé le proviseur Moore. Mme Hall est pourtant si gentille – qu'est-ce qu'il avait bien pu faire pour la mettre aussi en colère ? Ou bien c'était l'inverse, et c'est elle qui l'avait mis en colère ? Est-ce qu'il l'avait *virée* ? Je continue à creuser la question sur les réseaux.

De l'autre côté de ma porte, j'entends les voix indistinctes de mon oncle, de ma mère et de l'avocat. J'ai envie de débouler dans la salle à manger et de les obliger à m'inclure à leur conversation – c'est ma vie, après tout. Mais une autre part de moi-même préférerait rester cachée dans cette chambre pour toujours.

Quoi que je fasse, tout le monde me croit déjà coupable. Mais c'est pas nouveau. J'ai l'impression d'avoir toujours eu le mot *coupable* écrit en travers du dos. Sauf que cette fois, il est peint en lettres de sang.

PERSONNE

Élève du lycée privé de la Promesse urbaine

Il paraît qu'*évident* n'est pas toujours synonyme de *visible*. Parfois, il faut un certain temps pour voir enfin ce qui est évident – une personne qui appuie sur la détente d'un flingue ne peut pas simplement disparaître par magie dans l'obscurité. On comprend qu'elle est parmi nous, dès qu'on se décide à remettre en question toutes nos certitudes. Ces gens-là sont toujours bien plus proches de nous qu'on ne le pense. Il paraît que le coupable passe inaperçu et qu'il le sait parfaitement. Et que si vous le regardez, il sera transparent à vos yeux.

Il paraît que la vérité n'est pas toujours bonne à partager.

CHAPITRE 12

LE PIÈGE

Ramón

Je suis assis à la table de la cuisine, les yeux fermés pendant qu'abuela fait rouler un œuf lisse sur mon visage et mon cou. C'est un œuf de poule ordinaire mais abuela l'a purifié avec du sel et du citron, et elle le passe doucement sur ma peau. Elle effectue ma quatrième *limpia* de la semaine. Je ne vais plus au lycée depuis quatre jours et dès qu'elle a fini de vendre ses pupusas, elle tient absolument à venir faire ce rituel de purification.

Elle marmonne des prières qui se joignent au bourdonnement des ampoules de la cuisine.

–Padre nuestro que estás en el cielo, santificado sea Tu nombre; venga a nosotros Tu reino...

Je garde les yeux fermés quand elle passe l'œuf sur mon cœur. À cet endroit, elle prononce des prières spécifiques: elle prie pour le salut de mon âme, pour la pureté de mon esprit. Elle prie et elle prie encore, et moi aussi; elle, à voix haute, moi dans ma tête.

Je n'ai jamais rien voulu de tout ça. Je n'aurais jamais pensé que ça puisse arriver. Mais c'est arrivé.

Quand elle est venue me chercher au poste de police, elle n'a rien dit. Moi non plus. Elle a pleuré en silence et j'ai scruté le paysage par la vitre de la voiture. J'essayais de trouver quoi dire, de trouver les mots justes. Et quand on est enfin arrivés à la maison, je me suis rendu compte qu'il n'y avait rien à dire, qu'il n'existait aucun mot juste. Il n'y avait que la laideur de cette journée et des journées précédentes, avec une bande-son composée des *bip bip bip* des avertissements distribués à la Promesse et la détonation d'un flingue. Je n'arrive pas à me sortir ça de la tête. Et ils me soupçonnent d'être coupable.

La voix d'abuela diminue puis se tait, et c'est seulement quand le silence se fait que j'ouvre les yeux. Elle scrute l'œuf comme si elle avait peur de ce qu'il avait pu absorber. Elle attrape un saladier et, de ses doigts tremblants, y casse la coquille.

On retient tous les deux un cri.

Le jaune est constellé de taches de sang, probablement des caillots écarlates. Je ferme les yeux de toutes mes forces, pris de nausée.

J'aimerais tellement revenir en arrière. Remonter dans le temps. Mais où irais-je? Pour éviter l'incident avec Moore qui m'a valu une heure de colle, il aurait fallu que je n'aie jamais préparé de pupusas ce jour-là. Et pour ne pas avoir eu à en préparer, il aurait fallu que César n'ait pas été arrêté. Et pour qu'il n'ait pas été arrêté, il aurait fallu que je ne sois pas son cousin. Et ainsi de suite. Comment détisser toute ma vie?

J'aurais peut-être dû rejoindre les rangs des Dioses bien plus tôt; laisser tomber les cours à la Promesse. Mon abuela aurait été tellement déçue, mais sûrement moins qu'en ce moment, en voyant le sang dans le jaune d'œuf.

Elle vide tout dans les toilettes, elle tire la chasse et purifie la cuvette avec du sel.

–Ramón, dit-elle quand elle revient dans la cuisine.

Elle s'assied à côté de moi et pose les mains sur mon genou.

–Je sais que tu n'aurais jamais pu faire une chose pareille.

–C'est pas moi, abuela, je...

–Tu n'as pas besoin de te justifier. Je te connais. Mais on a de sérieux ennuis. C'est très mauvais. Il s'est passé autre chose? Avec César, peut-être? Tu as dit quelque chose aux Dioses qui les aurait fait...

–Non, l'interromps-je fermement avant qu'elle ait le temps de poser la question.

Je ne peux pas lui dire la vérité. Je ne peux pas lui raconter ma conversation au téléphone avec Ever, l'autre jour; je ne peux pas lui expliquer ce que je lui ai demandé de faire après ma dispute avec Moore.

Elle me considère d'un air triste.

–Il ne faut pas que tu sortes d'ici, m'ordonne-t-elle. C'est bien compris? C'est dangereux de quitter la maison, en ce moment. La police et les gens du quartier s'inventent toutes sortes d'histoires. Il ne faut pas que tu t'en mêles, tu dois faire profil bas jusqu'à ce que tout soit résolu. Jusqu'à ce que tu sois en sécurité.

Je vois bien qu'elle ne me dit pas tout, loin de là. Mon abuela, toujours à vouloir me protéger. Comme César est devenu dur, elle a toujours essayé de faire en sorte que je reste doux. Elle s'y efforçait parfois tellement que ça me mettait en colère. Pour la première fois, je me demande ce qu'a ressenti César, à toujours être considéré comme le dur de la famille. Je revois ses yeux juste avant que la police ne débarque à la Promesse. Il n'avait pas l'air d'un dur, à ce moment précis. Il ressemblait au cousin que j'avais toujours connu.

–Qu'est-ce qui se passe, abuela? Qu'est-ce que tu as entendu dire?

Elle secoue la tête. Malgré ma frustration, je sais que j'aurai beau faire, je n'arriverai jamais à la convaincre d'avouer ce qu'elle retient au plus profond d'elle-même.

Je cherche mon peigne dans ma poche – c'est un réflexe quand j'ai besoin de me détendre.

Mais il n'y est pas. C'est pourtant là que je le range toujours. Il n'est nulle part. Ni dans mon sac à dos. Ni sur le guéridon près de la porte. Et c'est alors que ça me revient. La police l'a mystérieusement trouvé sur la scène du crime. Je ne sais pas exactement comment il est arrivé là-bas mais j'ai bien l'impression qu'on m'a piégé. Il devait être dans le sac à dos que Moore m'a confisqué.

Abuela me voit fouiller dans mes poches et fait *tsk* entre ses lèvres.

–Viens regarder une novela à la télé avec moi, me propose-t-elle.

Mais j'ai du mal à garder les yeux ouverts, le stress m'a pompé toute mon énergie. On regarde un peu la série, puis elle me conseille d'aller me reposer. Une fois dans ma chambre, je reçois un message de Luis:

Luis

Ça va ?

Ramón

Si on veut, oui. Ça se passe comment au lycée ?

Luis

Difficile à dire, mec. Tout le monde a sa propre théorie.

Ramón

C'était pas moi, mec.

Luis

Je sais que c'était pas toi. C'est forcément ce gars, là, J.B.

Ramón

Je pense pas, non. Je crois que c'est Trey.

Luis

Ça peut pas être Trey. Il aurait jamais fait un truc pareil. Mais J.B., lui, il parlait jamais à personne. Faut toujours se méfier des gens silencieux, tu sais.

Je réfléchis un moment. « Se méfier des gens silencieux ». Mais le lycée tout entier est plongé en permanence dans le silence. Moore nous a éduqués comme ça. Si on part de ce principe, alors n'importe quel élève de la Promesse pourrait être l'assassin.

Avant de pouvoir lui répondre, je reçois un autre message. Ça vient de Magda.

Magda
Ça va ? J'aurais bien aimé passer te voir. Mais je suis censée garder un œil sur César depuis que les Dioses ont payé sa caution et qu'il est sorti. Il porte un bracelet électronique, donc bon, c'est pas comme s'il risquait de partir en vadrouille.

Ramón
Je suis content qu'il soit rentré. J'arrive pas à croire que tout ça soit arrivé. C'est pas possible.

Magda
Si tu entendais tout ce qui se dit à la Miséricorde !

Ramón
Laisse-moi deviner – Becca a organisé un cercle de prière pour le salut de nos âmes ?

Magda
Alors, clairement, oui. Mais j'ai aussi entendu des rumeurs.

Ramón
Comme quoi ?

Magda
Tu connais un certain Nico qui bosse à la cafétéria de la Promesse ?

Ramón

M. Martinez, tu veux dire ?

Magda

Yep, Nico Martinez.

Je vois exactement de qui elle parle – c'est un des rares mecs en cuisine à qui je n'ai jamais trop adressé la parole. Il est discret et pas très sociable, mais ce qui le démarque le plus du lot, c'est ses tatouages des Dioses.

Ramón

Je le connais, oui. Je crois qu'il a grandi ici, il a des tatouages des Humo.

Magda

Yep. Les gens disent que c'était des représailles après l'arrestation de César.

Je laisse tomber mon portable sur mon lit et je me frotte les yeux. Putain. C'est trop, je n'arrive pas à encaisser. J'avais dit aux gars de ne pas intervenir. À un moment, j'avais envisagé de leur demander de faire payer à Moore, mais je m'étais retenu. Et voilà que je découvre qu'ils sont peut-être intervenus, malgré tout. Si un de leurs membres bossait déjà sur place dans le lycée, alors ça se peut.

Abuela veut que je fasse profil bas, que je ne me mêle de rien, mais si le meurtrier fait justement le contraire? Si ça se trouve, il se balade dans la rue l'air innocent, pendant que je me terre ici comme si j'étais coupable. Qui que ce soit, je parie que les flics n'ont trouvé aucun objet à lui sur la scène du crime, comme pour moi. Crétins.

J'ouvre un nouveau message de groupe adressé à Luis et à Magda.

Ramón
On peut se voir demain ?
J'ai besoin d'aide pour réfléchir à un truc.

Magda
T'es sûr qu'abuela sera d'accord ?

Ramón
Ça ira. On peut se voir pendant qu'elle est au travail.

Luis
Tu veux qu'on se retrouve où ?

Magda
Et pourquoi ?

Ramón
Je peux pas juste rester assis les bras croisés
à attendre qu'ils me condamnent.

Luis

T'as un plan ?

Ramón

Plus ou moins. À demain. 17 h 30. Chez moi.

DOÑA GLORIA

Je prie tous les saints que je connais. J'allume une douzaine de velas. Je devrais être en train d'émincer le chou pour préparer le curtido mais je ne peux rien faire d'autre que prier.

Mon petit-fils n'est pas celui qu'on croit, même si les gens sont visiblement prêts à placarder sa photo de garde à vue sur tous les murs. Ils font circuler des histoires sur lui comme s'il était mort, comme si c'était plus intéressant que de raconter la vérité.

Il y a des années de ça, j'aurais sûrement rejeté la faute sur César. Certaines personnes le font encore, je le sais. Et beaucoup d'entre elles accuseront Ramón, quoi qu'il arrive. Certains se souviennent sûrement du Ramón d'autrefois, celui qui était si furieux qu'il avait fait un trou dans le mur de notre premier appartement après y avoir collé un coup de poing. Mais il avait treize ans dans un pays inconnu, où les gens fronçaient les sourcils quand il peinait à articuler quelques mots de leur langue... Sa frustration s'était muée en rage, et cette rage l'aurait consumé tout entier s'il ne s'était pas mis à cuisiner avec moi

– à s'occuper, à apaiser son esprit. Et voilà que l'injustice de ce monde le transforme une fois encore en ce garçon furieux d'autrefois. J'en suis submergée de peur et de tristesse.

Mais le temps n'est plus aux accusations. Je cherche à comprendre. La dernière limpia m'a révélé la vérité : l'âme pure et bonne de mon plus jeune petit-fils est injectée de sang, des milliers de minuscules plaies ensanglantées, et c'est parce qu'il vit dans un monde comme celui-ci, peut-être aussi parce qu'il va à un lycée comme la Promesse. Ce n'était pas le sang de Moore dans le saladier, c'était celui de Ramón.

Nous lâchons nos enfants dans ce monde, où on leur inflige chaque jour des milliers de minuscules entailles. Et j'aurai beau faire des limpias, rien ne pourra le purifier car ce sont des plaies ouvertes.

Quand je réfléchis à qui a fait quoi, et quand, et à qui, je pense systématiquement à ces blessures. Qui souffre des plus grosses blessures ? Qui a été meurtri par cet homme désormais mort ? Qui a infligé des milliers de minuscules entailles ? Qui a tiré la balle ? Qui l'a tué ?

Le tueur avait-il été blessé dans sa fierté ? La seule fierté de mon petit-fils, c'est de faire quelque chose de ses deux mains, des plats qui nourrissent ses semblables. Un cœur comme le sien ne porte pas le fardeau d'une fierté maladive qui le pousserait à ôter la vie d'un autre humain.

Enfin, c'est ce que je me dis.

Quand je finis par ranger les cierges, quand je sors enfin la masa et le queso, je repère le courrier posé sur la table. Tant de factures, que nos pupusas nous permettent de payer – et plus tard, que les rêves de mon petit-fils pourront aussi acquitter, du moins c'est ce qu'il espère. Parmi les enveloppes, je repère des cartes postales colorées du lycée de la Promesse qui appellent aux dons, qui nous invitent à la vente aux enchères annuelle, qui présentent les nouveaux mécènes – tout cet argent qui entre et qui sort du lycée, qui le rend plus grand, plus radieux aux yeux du monde. Plus intéressant pour mon petit-fils et les autres élèves, paraît-il.

Moi, je veux que ce soit mon petit-fils qui soit grand, qui soit radieux. Je veux qu'il s'en sorte.

CHAPITRE 13

TRAÎTRISE

Trey

Je ne suis pas censé quitter la maison – mais ça fait cinq jours que je ne vais plus au lycée et que je suis confiné dans ma chambre. J'ai arrêté de scroller sur les réseaux sociaux; ça me déprime encore plus. Je déteste que les mensonges se répandent plus vite que la vérité.

On a l'impression qu'en ce moment tout le monde se prend pour un foutu flic: à s'imaginer des scénarios, à inventer les plans super élaborés que j'aurais mis en place pour assassiner le proviseur Moore. Pourquoi personne n'emploie sa créativité et son énergie pour, je sais pas moi… pour prouver que j'ai *rien* fait? Et le plus dur, c'est de ne plus avoir de nouvelles de Brandon. C'est sûrement à cause de sa mère, je le sais, mais me retrouver enfermé dans cette maison avec mes cauchemars et oncle T pour seule compagnie, c'est pire que tout. Au moins, j'ai ma mère. Pour l'instant.

Avant, quand je voulais décompresser, ça m'arrivait de faire de longues balades. Je donnerais n'importe quoi pour pouvoir marcher à l'air libre. Et plus j'y pense, moins ça me semble ridicule. Le Rocky's est à quelques rues d'ici, et je ne compte pas aller plus loin. Je ferai juste l'aller-retour. Un peu de marche et un cigare, ça devrait suffire à décompresser.

Je me faufile par la fenêtre avant d'avoir le temps de changer d'avis, et effectivement, je me sens tout de suite mieux dehors. Je mets ma capuche pour éviter d'être reconnu, je marche vite, mais c'est quand même agréable de pouvoir enfin se balader. La nuit tombe, ce qui aide aussi. Les ombres ont quelque chose de réconfortant.

Ça fait déjà un petit moment que je marche quand j'entends soudain des voix énervées. Je me fige en pensant d'abord qu'elles s'adressent à moi. Mais c'est une dispute et, même si ma mère me conseille toujours de ne pas fourrer mon nez dans les affaires des autres, je ralentis et jette un coup d'œil en coin sous ma capuche.

Je trébuche presque. C'est Mme Hall.

Et elle se dispute avec l'inspecteur Bo.

Mon cœur s'emballe mais mon instinct prend le dessus et je me jette derrière une benne à ordures. L'écho de leurs voix rebondit autour de moi pendant qu'ils marchent jusqu'à une voiture.

– Vous n'avez aucune piste ? Je t'affirme, moi, qu'aucun de ces garçons n'est coupable ! s'écrie-t-elle.

– Tu sais bien que je dois faire attention à...

– Bo, c'est *moi* ! Tu dois absolument m'en parler ! Il y a trop de choses en jeu !

– Tu connais les règles, Carla ! C'est compliqué. Il faut prendre certaines choses en considération et...

–C'est exactement ce que je suis en train de faire, je te demande de prendre mon avis en considération ! hurle-t-elle.

Je tente un coup d'œil de l'autre côté de la poubelle et je vois sa petite silhouette qui agite les bras. Elle n'a vraiment pas l'air enceinte – ça fait plusieurs mois, maintenant, elle devrait au moins avoir *un peu* de ventre, non ? Ou si elle a déjà accouché, pourquoi je n'ai trouvé aucune photo sur les réseaux sociaux ?

–Carla, Carla, murmure l'inspecteur Bo si bas que j'arrive à peine à l'entendre. On n'a pas d'autres suspects pour l'instant mais il y a un employé de la Promesse qui a un casier judiciaire. Un dénommé Nico Quelque-Chose. Il bosse à la cafétéria. Je peux creuser cette piste.

Il baisse complètement la voix et je tends l'oreille un moment avant de tenter de nouveau un regard. J'ai juste le temps de voir Mme Hall l'enlacer et l'embrasser. C'est son *mari* ? Comment c'est possible que ma prof préférée, celle qui semblait toujours me comprendre – nous comprendre – soit mariée avec ce mec, le genre de gars capable de dire tout ce qu'il m'a dit pendant mon interrogatoire ? Une terreur profonde me serre l'estomac.

Il faut que je me barre d'ici. Si Bo me capte, je suis mort – et je ne supporte pas de voir Mme Hall si proche de ce type. Je ne la connais peut-être pas si bien que ça. Si ça se trouve, c'est une traîtresse.

Je monte dans le bus pour rentrer plus vite à la maison. J'ai perdu l'envie de m'acheter un cigare au Rocky's. Une idée germe et se développe dans mon esprit à chaque seconde qui s'écoule. Sur les réseaux sociaux, les gens n'arrêtent pas de répéter que j'ai crié « Je vais vous buter » à Moore dans la cafétéria. C'est pour ça qu'ils me croient coupable. C'était vraiment con de ma part. Je m'en suis pris plein la gueule après, évidemment.

Mais depuis que j'ai entendu la conversation entre Mme Hall et l'inspecteur Bo, je cogite… Qui d'autre s'en est pris plein la gueule? Qui s'est accroché avec Moore? C'est qui, l'employé du lycée qui a un casier judiciaire?

Je sais que les profs de la Promesse peuvent se connecter à un serveur informatique qui liste les avertissements et les heures de colle des élèves. Si j'arrivais à y accéder, je pourrais obtenir ces infos, moi aussi – et voir qui a eu des emmerdes avec Moore, la semaine du meurtre.

De retour à la maison, je fais les cent pas dans ma chambre. Qui pourrait m'aider à entrer sur ce serveur? Je connais deux gars qui bossent dans les bureaux administratifs du lycée: Solomon, et un mec discret qui vient de République dominicaine. Omar, je crois. Impossible de demander à Solomon, il me déteste. Il ne capte jamais mes blagues. Il ne comprend pas que je vanne tout le monde. C'est pour rigoler. Il me balancerait dans la seconde, si je venais lui demander les identifiants de connexion. Mais Omar sera peut-être plus facile à aborder. Avec un peu de chance, il se souviendra que je lui ai prêté ma ceinture, un jour.

Avant de lui envoyer un message, je passe mes souvenirs au peigne fin et je me rappelle soudain avoir aidé Mme Hall avec son ordinateur – la technologie, ça n'a jamais été son fort. Elle avait noté son mot de passe au dos d'un post-it, quelque part sur son bureau. Si ça se trouve, je vais pouvoir me connecter discrétos sans l'aide de personne. C'était quoi, déjà, le mot de passe ?

J'essaie CarlaHall, ça ne marche pas, alors je tente Hall-Carla. Puis j'ajoute 123 à la fin de chacun des noms. Rien. Mais les chiffres réveillent ma mémoire ; il y avait des chiffres, j'en suis sûr. Un numéro de téléphone ? Non ! Un numéro de salle de classe !

CarlaHall222

Non, c'est pas ça.

HallCarla222

Et en deux secondes, je suis connecté.

J'essaie de ravaler mon excitation et mon inquiétude. Puis je commence à explorer les données. Il me faut un moment pour trouver mes marques mais n'importe quel réseau social est plus compliqué que ça. Pas étonnant que les adultes galèrent sur toutes ces nouvelles plateformes. Je vais direct dans *Dossiers Discipline* et en quelques instants, je me retrouve à scroller dans l'historique de tous les employés du lycée : profs, concierges, tout le monde. Ça fait beaucoup d'informations d'un seul coup mais une fois que j'ai compris le fonctionnement, je n'ai aucun mal à ouvrir chaque dossier et à descendre au même fichier : archives.

L'inspecteur Bo avait raison, plusieurs personnes ont un casier judiciaire.

Le coach, M. Robinson, en a un – je connais son passé. Il évoque toujours sa vie d'avant, il s'en sert pour nous motiver à rester sur la bonne voie, qui est droite et surtout très étroite. Mais je ne m'attarde pas sur lui ; il était dans le gymnase pendant le match, au moment du meurtre. Ça peut pas être lui. Et il ferait jamais un truc pareil.

Mais il y a aussi un certain M. Martinez, qui bosse à la cafétéria. Sa tête me dit quelque chose. C'est noté *criminel* dans son dossier. Putain. Je ne peux pas m'empêcher de penser que ça pourrait être moi. Comment est-ce que je peux me permettre de le juger, vu ce que je subis moi-même ? Comme je n'ai pas plus d'infos sur lui, je grave bien son visage et son nom dans ma mémoire. Ça me ferait mal d'accuser quelqu'un d'autre mais je suis sûr d'une chose : je suis innocent et je dois le prouver.

Je quitte les archives du personnel et j'entre dans le dossier des élèves – je veux chercher tous ceux qui se sont pris une colle ou une punition dans les trente derniers jours. Mais je n'ai pas franchement besoin de remonter aussi loin. Une seule semaine me suffira.

Je vois mon nom, évidemment. Et puis d'autres mecs – uniformes non réglementaires, bavardages en classe. Des petites conneries. Je vois aussi les noms évidents : Ramón et J.B. Les commentaires dans les dossiers sont débiles. Pour J.B., c'est indiqué *Altercation physique, destruction d'équipement scolaire, exclusion recommandée.* Pour Ramón, ça dit *Transport de contrebande, vulgarité, insubordination.* Pourquoi est-ce que tout me semble aussi... extrême ? Je n'ai même pas envie de lire mon dossier. Nos trois noms sont donc inscrits, on était tous collés pendant cette journée tragique. Mais je vois apparaître une autre personne sur la liste des élèves collés :

Solomon.

– Une seconde, là, murmuré-je. Une seconde… !

Solomon : vulgarité, comportement indécent. Et dans son dossier, j'apprends qu'il aurait dû être collé ce jour-là, commc J.B., Ramón et moi. Mais il n'était pas avec nous, ça, c'est sûr. Alors il était où, putain ? J'en sais rien mais je vais le découvrir. Et je sais comment m'y prendre.

KEYANA GLENN

Quand J.B. apparaît sous ma fenêtre et qu'il jette des bouchons de bouteille contre la vitre, j'ai presque l'impression de voir un fantôme, même si c'est Moore qui est mort. On se croirait dans un mauvais film: tout le monde se méfie des autres et le tueur change sans arrêt de visage. J'espère que J.B. est innocent mais j'ai du mal à faire confiance aux gens, surtout aux mecs. Ils te font des sourires en face mais ils changent dès que tu as le dos tourné.

À l'instant où j'aperçois J.B., pourtant, je sais qu'il n'a rien fait. Je regarde par la fenêtre et malgré l'obscurité, je vois son âme briller dans ses yeux.

–Je peux monter? chuchote-t-il, juste assez fort pour que je l'entende.

J'acquiesce, le souffle coupé.

J.B. et moi, on a beaucoup en commun, mais le point principal, c'est que les gens pensent nous connaître dès le premier coup d'œil. J.B. peut paraître intimidant, donc on le range presque systématiquement dans la case du méchant dans le film dont je vous parlais. Et moi? On me regarde un instant – noire, jolie, intelligente – et on décrète que mes sentiments n'ont aucune valeur. Comme si j'étais en acier et qu'on pouvait me faire ce qu'on veut.

J.B. grimpe jusqu'à ma chambre. Quand il entre, il m'observe de ses yeux bruns et chaleureux, et j'ai juste envie de fondre dedans.

Je le prends dans mes bras, il me rend mon étreinte, et on reste enlacés longtemps avant que je l'entende murmurer:

– J'ai besoin de ton aide.

J'acquiesce sans rien dire. Il s'écarte un peu et il ajoute:

– Mais avant, je veux juste t'admirer.

Et c'est ce qu'il fait. Au début, je me sens gênée, il reste planté devant moi, le regard fixe, mais ses yeux sont comme ces lampes spéciales qu'on utilise pour faire pousser les plantes – j'ai l'impression de m'épanouir et de m'ouvrir. Quand il m'embrasse, c'est comme si chaque partie de mon corps se mettait à fleurir.

– Ton visage m'a manqué, me dit-il plus tard dans le lit alors que je lui caresse la nuque. Ta voix aussi.

– Belle disquette, le taquiné-je.

– Non, pas du tout, me rétorque-t-il avec sérieux. Je tiens à toi.

Je ne sais pas quoi répondre à ça; mon cœur est sur le point d'exploser. Je continue à lui caresser les cheveux et je demande:

– Alors, tu veux que je t'aide à faire quoi?

– À prouver mon innocence.

Je déglutis et je parviens à articuler:

–Il paraît qu'ils ont trouvé deux autres suspects.

–C'est vrai. Je ne sais pas lequel des deux a appuyé sur la détente mais il faut absolument que je le découvre.

Je me réjouis tout à coup.

J.B. ne le sait pas – personne ne le sait –mais je veux devenir avocate. Pas le genre d'avocate qui envoie les gens en prison, mais qui les aide plutôt à ne pas y aller. Une avocate de la défense. Sans le savoir, J.B. s'est tourné pile vers la bonne personne.

–Je t'aiderai, bien sûr.

Et je suis sincère.

Peu de gens s'en rendent compte, mais une grande partie du travail d'avocat consiste à jouer les détectives. Poser les bonnes questions aux bonnes personnes au bon moment. Alors dès que J.B. s'en va, je me mets au boulot.

Je ne suis pas élève à la Promesse, évidemment, mais je connais pas mal de filles qui y ont un frère, un copain ou un cousin. Et les filles savent toujours tout. On pense que c'est à cause des ragots, mais c'est des conneries. On sait très bien que les mecs sont les plus grosses commères du monde, donc ce n'est pas pour cette raison.

Les filles sont obligées d'être vigilantes et de tout remarquer. Surtout les filles comme moi. C'est un mécanisme de survie. Ça nous permet de garder la tête hors de l'eau dans un monde terriblement dangereux. On observe tout, on enregistre les menaces potentielles et on grave chaque détail dans notre mémoire.

Quand j'arrive au lycée le lendemain matin, j'ai déjà une belle liste de personnes à qui m'adresser. Keisha, qui connaît Kendall qui sort avec Bryan, un élève de la Promesse. Jasmine, dont le frère joue au basket avec Brandon et Trey. Alexis, dont le copain s'est fait virer de la Promesse à cause de ses mauvaises notes. Certains indices que je récolte me semblent être des impasses mais d'autres sont prometteurs. Je prends note de tout ce qu'on me raconte. J'enregistre des numéros de téléphone. J'écris une liste de dates. Le tout sans perdre ma concentration en cours, parce que je ne déconne pas quand il s'agit de mes résultats scolaires.

Mais comme J.B. n'a plus de téléphone, je n'ai qu'un seul moyen de lui raconter tout ce que j'ai appris.

CHAPITRE 14

OMAR

J.B.

Je n'aurais jamais pensé que Keyana était du genre à sécher les cours mais ça me fait quelque chose de savoir qu'elle ne loupe pas simplement les cours – elle le fait pour passer du temps avec moi. Et après tant de journées en solitaire, avec ma mère qui passe à la maison en coup de vent et qui fait des heures sup à l'hôpital, voir Keyana apparaître sur le pas de ma porte, c'est encore plus agréable qu'un rayon de soleil qui me chauffe le dos en plein mois de janvier.

Elle se montre d'abord un peu timide en entrant chez moi et je fais en sorte qu'on reste dans le salon pour qu'elle ne s'inquiète pas, qu'elle ne pense pas que je veux lui mettre la pression. J'ai du mal à croire que c'est ma copine. Je me demandais si elle voulait encore sortir avec moi après tout ce qui s'est passé mais le regard qu'elle m'adresse me confirme que nos sentiments sont réciproques.

On s'installe dans le canapé et on se contemple quelques minutes. C'est différent de se retrouver assis là, côte à côte. Elle a tenu parole – elle est venue m'aider. Elle me croit. Du moins, assez pour être ici, avec moi.

–Je suis content que tu sois là, dis-je soudain pour briser le silence.

J'étouffe l'envie pressante d'embrasser ses lèvres magnifiques.

–Je suis contente, moi aussi. Je ne compte pas te laisser tomber comme ça, tu sais.

–C'est un peu pour ça que je suis passé chez toi, l'autre nuit. Je voulais que tu saches que je pense à toi. Que je t'ignorais pas simplement. C'est sûrement ce que tu as cru quand je suis pas venu au match. Quand je... enfin tu sais.

–Bon, au moment où les flics ont débarqué, j'ai fini par arrêter de me dire que tu m'avais posé un lapin. Mais juste avant, c'est vrai, c'est ce que je croyais, m'avoue Keyana, les yeux baissés.

–Tout ça à cause de Moore, lâché-je d'un ton furieux. J'aurais été à l'heure au rendez-vous, sans ce taré.

Elle fait la moue et écarquille les yeux. Mais elle les garde rivés sur le tapis.

–On dirait que vous vous êtes pris la tête, murmure-t-elle.

Je serre les dents.

–Voilà exactement pourquoi c'est la merde, cette situation. Parce qu'on s'est pris la tête, ouais. Après ce jour-là, après ce qu'il a fait... je le détestais vraiment. Mais je ne tuerais jamais personne. C'est pour ça que je suis venu chez toi. Parce que je ne peux pas y arriver tout seul. J'ai besoin que quelqu'un me croie et m'aide.

Elle garde le silence et j'ai le cœur lourd.

–Tu me crois, non?

–Oui, répond-elle lentement. Sauf qu'il reste des zones d'ombre et que j'ai quand même beaucoup de questions.

–Je sais, moi aussi. Mais je crois savoir comment trouver les réponses. Quelqu'un a apporté un flingue au lycée, ce jour-là. Il faut que je découvre qui.

Keyana écarquille encore plus les yeux.

–Quoi ? Comment tu le sais ?

–Je l'ai trouvé dans les toilettes du sous-sol.

Elle se lève d'un bond.

–T'as prévenu quelqu'un au lycée, sur le moment ?

–Non.

–Pourquoi ?

–Et risquer de passer pour une balance ? Ce serait signer mon arrêt de mort. Et je ne peux plus en parler aux flics, maintenant.

Keyana incline la tête.

–Pourquoi ?

Je reste muet un moment.

–J'avais peur que quelqu'un s'en serve, alors je l'ai bougé. Il y a mes empreintes dessus.

Keyana garde le silence pendant longtemps. Je me dis qu'elle va se lever et partir mais elle ne bouge pas d'un pouce.

–Tu l'as mis où ? finit-elle par murmurer.

–Derrière une dalle amovible du plafond, au sous-sol.

–Il faut qu'on s'occupe de cette arme, mais on ne va pas se précipiter. Les flics doivent surveiller les lieux.

–OK. Et en attendant, on fait quoi ?

–J'ai réfléchi à ce que tu as dit, l'autre soir, m'explique-t-elle en s'enfonçant dans le canapé. Et j'ai commencé à poser des questions autour de moi. Parce qu'il faut absolument qu'on trouve qui a fait ça. Pas seulement pour t'innocenter, mais aussi pour que les flics arrêtent de s'acharner sur tous les mecs noirs ou à la peau un peu foncée qui croisent leur chemin.

Voilà pourquoi Keyana me plaît. Parce qu'elle est hyper intelligente.

– Tu as posé des questions… où ? lui demandé-je.

– Partout. Genre, à Rachel, une fille qui est au lycée avec moi. Son frère est à la Promesse et elle est sûre que c'est Ramón le coupable. Tu le connais ?

Je hausse juste les épaules.

– Je le connais pas trop, non. Tout ce que je sais, c'est qu'il fait des pupusas et qu'elles sont trop bonnes.

Une idée me vient soudain.

– Attends une seconde. Je l'ai vu descendre aux toilettes où était caché le flingue. Je pense pas qu'il aurait pu le trouver mais c'est quand même possible.

– Oui, bien sûr. Rachel dit qu'il fait partie d'un gang ou une connerie comme ça. Je sais pas. Qu'est-ce que dit ton instinct ?

Je la regarde droit dans les yeux.

– Trey.

– Ah ouais ?

Elle attrape son sac et en sort son téléphone.

– Tout le monde invente sa propre théorie, tu dois bien l'imaginer. Mais certaines personnes ont plus d'informations que d'autres. Des détails qu'ils ont vus ou entendus. Donc j'ai commencé à établir une liste et à prendre des notes par-ci par-là. Et entre tous, c'est Trey qui me semble le plus louche.

–Je peux regarder?

Elle me tend son portable et je parcours ses notes. Elle a fait tout ça en quelques jours, depuis que je suis allé toquer à sa fenêtre. Incroyable.

LISTE DES SUSPECTS

Trey: N'était pas dans la salle pendant son heure de colle. D'autres élèves l'ont entendu menacer Moore plus tôt dans la journée, il aurait dit qu'il voulait le buter.

Ramón: Moore a appelé les flics pour qu'ils viennent arrêter son cousin, la veille du meurtre. Apparemment Ramón discutait avec des membres des Dioses del Humo le jour même.

Omar: Mec trop bizarre, dernière personne à avoir été vue en compagnie de Moore.

Je lève les yeux.

–Omar?! m'exclamé-je d'une voix forte. Qui t'a parlé de lui?

Keyana plisse les paupières pendant qu'elle se creuse la cervelle.

– Je suis quasi certaine que ça vient d'une fille dont le frère travaille dans les bureaux administratifs de la Promesse. Un mec qui s'appelle Sal? Solomon?

–Solomon, réponds-je, surpris. Je le connais, lui. Il pense qu'Omar a tué le proviseur Moore?!

–Non, sa sœur dit que d'après lui, c'est forcément Trey, mais elle m'a bien précisé qu'Omar a été la dernière personne que son frère a vue avec Moore. Je l'ai juste noté au cas où. Je pense que plus on a de suspects, mieux c'est.

Ça me paraît bizarre que je n'aie pas encore entendu parler d'Omar dans cette affaire. C'est un mec discret et dans des situations comme celle-ci, ça peut être un avantage. Je suis sûr que personne, à la Promesse, ne l'imaginerait jamais dans le rôle d'un assassin.

–Il faut que j'en apprenne plus là-dessus. Je peux envoyer un message à Solomon, proposé-je, mais mon espoir se dissipe d'un coup. Ah merde, j'ai pas de téléphone. J'ai même pas son numéro.

–Je peux contacter sa sœur. Mais tu n'aurais pas plutôt son pseudo sur les réseaux sociaux? Ça irait sûrement plus vite.

Je me redresse.

–Ouais, il est sur les réseaux, c'est sûr. Tu vas lui envoyer un MP?

Elle est déjà en train d'écrire. Je n'ai même pas le temps de lui donner son @... Elle pianote *Solomon Bekele* et il apparaît aussitôt. Elle lui rédige un court message:

J'essaie de prouver l'innocence de J.B. Il me dit que vous vous entendez bien. Tu peux m'aider?

–Voilà, dit-elle. On peut regarder les autres suspects, en attendant.

On se rapproche, épaule contre épaule, pour parcourir la liste sur son téléphone. Je sais que je suis censé me concentrer sur cette affaire mais Keyana sent tellement bon. J'ai juste envie de fermer les yeux et de respirer son parfum.

Elle éprouve la même chose, apparemment. Elle s'appuie un peu contre moi et tourne le visage vers le mien. Ça peut paraître ridicule d'être déconcentré alors que je risque une inculpation pour meurtre, mais Keyana est vraiment unique.

–Attends! s'écrie-t-elle en reculant brusquement, enthousiaste. Solomon vient de me répondre!

Je suis presque déçu. Mais je reprends mes esprits. C'est trop important.

Keyana ouvre le message.

Je suis OK pour vous aider. J.B. est un mec cool. Qu'est-ce que je peux faire?

Elle sourit. Putain, j'ai de la chance de l'avoir dans mon camp.

Elle écrit: *Il paraît que tu travailles dans les bureaux administratifs? Tu as vu quelque chose?*

On a hâte de voir sa réponse s'afficher.

Attends, faut que je sois discret. Omar bosse ici, lui aussi, et je ne veux pas qu'il me voie faire.

–Qu'est-ce que tu sais, à propos d'Omar?

–Il est super discret. Je l'ai déjà vu faire des vidéos pour le lycée.

Un message de Solomon apparaît.

–Oh putain, regarde! s'écrie Keyana, ravie.

Solomon a envoyé deux photos: les pages du registre d'entrée des visiteurs, le jour du meurtre. Ce n'est pas très long mais il y a quand même plusieurs noms.

–Il y en a un qui te dit quelque chose? me demande-t-elle, le front plissé par la concentration.

Je parcours la liste en ignorant les noms de famille que je connais et qui doivent être des parents d'élèves.

Puis mon regard s'arrête sur un nom qui me parle.

–Mme Hall. C'est ma prof préférée, mais elle est en congé cette année.

Je repense à notre rencontre à l'épicerie Mariano's où je l'ai vue acheter du vin, mais impossible qu'elle soit capable de tuer quelqu'un.

–Je l'ai croisée la veille du meurtre et elle m'a dit qu'elle était passée voir Moore ce jour-là. Elle avait l'air assez perturbée. C'est bizarre qu'elle revienne le lendemain, mais elle voulait peut-être simplement continuer leur discussion?

–C'est intéressant. Mais ça me semble pas net. On l'écarte pas encore totalement. Il y a quelqu'un d'autre sur la liste qui pourrait être un suspect potentiel?

–Stanley Ennis.

–C'est qui?

–Un gros richard. (Je fronce les sourcils.) Il assiste à tous les matchs de basket du lycée. Apparemment, il fait pas mal de dons à la Promesse. Il aime bien voir son nom gravé sur des plaques, ce genre de trucs. Comme ces mecs qui adorent jouer les grands sauveurs. Il a toujours l'air sympa mais j'étais jamais à l'aise avec lui, tu vois? Le genre de Blanc qui se sent obligé de bomber encore plus le torse quand il côtoie des Noirs. Même des ados. Moore et lui, ils se prenaient souvent la tête. Mais je sais pas trop... Je fais pas de sport à la Promesse, alors que lui, il ne jure que par les championnats lycéens.

–Et Solomon, il fait du sport? me demande-t-elle, prête à prendre des notes.

–Pas que je sache, non.

–Tu vois quelqu'un à qui on pourrait parler de ça?

Je marque une pause et je cogite. Et là, ça me vient d'un coup.

–Mais ça ne va pas te plaire.

–Quoi?

–Trey. Il connaît forcément Ennis.

–Trey?! Le mec qui semble coupable aux yeux de quasi tout le monde? Le mec qui *me* semble coupable?

–Je sais, je sais, mais on pourrait prouver que Trey n'a rien fait, puis l'interroger au sujet d'Ennis.

Elle me dévisage d'un air dubitatif.

–C'est toi qui as dit qu'on devait suivre toutes les pistes, non? répliqué-je en lui donnant un petit coup de coude.

Elle soupire.

–Ouais...

–Eh ben allez, on le contacte.

CHAPITRE 15

LES ANGES

Trey

Je sors une nouvelle fois en douce, c'est risqué mais oncle T est parti faire des courses et je dois agir. Mon esprit est bloqué depuis que je me suis connecté sur le compte de Mme Hall. Il faut absolument que je parle à Solomon.

Il m'arrive de jouer au basket avec des potes de mon équipe au centre social de Turkey Thicket. C'est un des rares endroits en ville où on peut trouver un terrain couvert. J'y vois presque toujours Solomon jouer au foot, donc c'est par là que je commence.

Heureusement pour lui, je ne suis pas venu me battre – sinon, il aurait été dans la merde. Quand j'arrive au parc, je reste derrière la ligne de touche et j'observe le terrain en essayant de ne pas me faire remarquer.

Trop tard.

Au moment où je repère Solomon, ses amis me reconnaissent. Deux ou trois d'entre eux sont élèves à la Promesse et je les vois stresser. Ils vont prévenir Solomon et quand il m'aperçoit, il se fige direct.

–Viens, mec, il faut que je te parle! crié-je.

D'abord, il ne bouge pas d'un pouce.

–Allez, tu me fais perdre mon temps, personne va te faire du mal.

Il s'approche à contrecœur, il a peur de passer pour un trouillard.

–Qu'est-ce que tu veux?

–T'étais où ce jour-là, mec?

J'essaie de ne pas prendre une voix de flic, mais j'ai vraiment besoin de savoir.

–Quand ça?

–Le jour où il est mort. Le jour où Moore est mort. Tu étais censé être collé en même temps que nous. Mais il n'y avait que J.B., Ramón et moi. Alors t'étais où, *toi*?

Solomon jette un coup d'œil par-dessus son épaule et fait un pas dans ma direction.

–Comment t'es au courant? me demande-t-il d'un air méfiant. Et qu'est-ce que ça peut te faire?

–Ce que ça peut me faire? Comment ça, qu'est-ce que ça peut me faire?! Parce que je suis soupçonné du meurtre, voilà pourquoi! Et si c'est pas moi – puisque c'est pas moi –alors je dois trouver le coupable avant d'atterrir en taule.

Je le dévisage jusqu'à ce qu'il baisse les yeux.

–Je me dis que c'est peut-être *toi.*

Il relève la tête et, à voir son expression, j'en conclus qu'il me pensait coupable depuis le début. Sûrement qu'il me méprise parce que je me fous souvent de sa gueule, et qu'il ne me connaît pas vraiment. Une personne qui me connaît bien saurait direct que je suis innocent.

– C'est pas parce que j'étais pas en colle avec vous que je suis coupable, putain ! crie-t-il.

– Ben alors, t'étais où ? Tu as un alibi, au moins ?

– J'ai rien à te dire, moi, je...

– Mec, si tu me réponds pas... T'as rien à cacher, si ?

– M. Hicks m'a dit que je pouvais trier des documents dans son bureau, lâche-t-il d'un ton sec. Je lui ai expliqué que je me sentais pas en sécurité à l'idée de rester en colle avec toi, alors il a dit que je pouvais la passer dans son bureau. C'est bon ?! T'es content ?

Je le dévisage et j'ai honte, tout à coup. Mes blagues, c'était toujours pour déconner et je pensais qu'il le savait. Mais apparemment, je l'ai tellement stressé qu'il ne supportait même pas l'idée de passer une heure dans la même salle de cours que moi. Je me sens hyper nul. Mais je dois rester concentré sur cette affaire.

– OK, dis-je. T'étais dans son bureau. Donc c'est lui, ton alibi.

– Ouais. Il était avec moi jusqu'à ce qu'il reçoive un message d'un vigile qui lui demandait de venir résoudre un problème, donc il est parti à ce moment-là. Mais je rentrais des données à l'ordinateur donc il y a des traces informatiques. Tu pourras les trouver, si tu as déjà réussi à découvrir que j'étais censé être collé avec vous.

Il me regarde droit dans les yeux comme s'il voulait se battre, mais je sais qu'il n'en a pas envie.

–Il fallait vraiment que je te pose la question, mec, lui expliqué-je brusquement. (Je n'espérais pas qu'il soit coupable ou quoi, mais j'aurais bien aimé qu'il puisse me donner un élément, une info, *n'importe quoi* qui puisse me disculper.) Au moins, je suis venu te poser des questions en face ! Je sais que toi, tu fais circuler un tas de rumeurs. J'ai lu ton post sur Insta, là où tu dis que l'équipe de basket devra aller faire ses matchs en prison. Tu trouves ça marrant, toi ?

Il a l'air gêné mais furieux, et il me répond sur le même ton :

–Tu perds ton temps, de toute façon ! Si t'étais intelligent, tu irais discuter avec Ramón – car ouais, je croyais que c'était toi le coupable, au début. Mais après, j'ai entendu dire qu'ils avaient trouvé un truc à Ramón sur la scène du crime, un objet à lui. C'est à *lui* que tu devrais aller parler. Ou à Omar, putain. Je l'ai vu sortir du bureau de Moore, ce jour-là. J'ai déjà donné cette info à l'autre mec, J.B. Alors viens pas me chercher comme si j'avais fait quelque chose de mal. J'ai rien fait.

Il tourne les talons et va rejoindre ses potes qui me dévisagent tous d'un air mauvais alors que je quitte leur terrain.

Quel bordel. Je n'ai jamais envisagé que Ramón puisse être vraiment suspect. Ce mec m'a toujours paru calme et détendu. Mais qui sait ce qui a bien pu se passer après que j'ai quitté la salle de colle, ce jour-là. Et Omar ?! Ça me semble totalement impossible.

Je rentre à la maison et je me sens encore plus mal qu'en partant. Quand j'escalade à nouveau la façade pour passer par la fenêtre, je suis choqué de voir qu'il y a quelqu'un dans ma chambre. Je trébuche et je tombe tête la première.

Ma mère est assise sur mon lit, les mains sur les cuisses.

– Maman ! Putain ! Tu m'as fait trop flipper !

– Surveille ton langage, me répond-elle d'une voix douce mais sans méchanceté.

Elle me dévisage. Elle a l'air triste et fatiguée.

– Comment ça va, tu tiens le coup ?

Elle ne me demande même pas où j'étais, elle ne fait aucun commentaire sur le fait que j'ai enfreint une règle d'oncle T.

– J'en sais rien, maman.

J'ai du mal à la regarder dans les yeux. Je m'affale sur le lit et je me couvre le visage d'un bras.

– Choisis deux émotions, ajoute-t-elle.

Mon cœur se serre. Elle faisait ça quand je m'énervais, à l'époque où on vivait encore ensemble. Quand j'étais petit, je faisais de l'hyperventilation et je n'arrivais plus à respirer. En grandissant, au lieu d'hyperventiler, j'ai commencé à me murer dans le silence. Muet comme une carpe. Plus aucun sentiment ni aucune sensation. Mais quand je l'entends prononcer ces paroles familières, mon souffle s'accélère.

– Choisis-en deux, répète-t-elle doucement.

J'essaie de me concentrer sur ce qui se passe en moi. C'est tellement dur, quand tout ressemble à une tornade.

– La peur, murmuré-je. Et la déception.

– La peur, ça, je comprends. Mais qu'est-ce qui te déçoit ?

– J'ai l'impression que... que tout me glisse entre les doigts. Mes espoirs et mes rêves. La seule chose en quoi je suis doué, c'est en train de m'échapper aussi. Ce match aurait pu changer ma vie. Ça a changé ma vie, oui, si on veut – mais en pire. Et tout ça à cause de ce mec.

–Quoi d'autre ?

Même quand elle avait ses propres difficultés, elle prenait toujours le temps de creuser un peu. Elle devinait quand je gardais des choses en moi.

–Et je crois… je crois… je crois que des gens me déçoivent aussi… Oncle T. Et Brandon, mon meilleur pote. Et Mme Hall. Tous ceux qui sont censés me soutenir et qui… ne sont pas là pour moi.

–Moi aussi.

–Hein ?

–Moi aussi, je devrais être là pour toi. Et je ne l'ai pas souvent été.

–C'est pas ta faute, maman, marmonné-je, le visage toujours caché sous mon bras. Tu as tes problèmes et ta propre vie.

–C'est *toi*, ma vie. Regarde-moi, Trey.

Il me faut un moment pour trouver le courage d'écarter mon bras mais elle s'approche un peu. Et à l'instant où je croise son regard, elle m'adresse un sourire triste.

–Je suis désolée pour tout, me dit-elle. Il y a tellement de choses que j'aimerais pouvoir changer.

–C'est comme ça, marmonné-je.

–Non, ça ne devrait pas.

Je suis surpris de l'entendre hausser le ton. Depuis qu'elle est ici, chez oncle T, elle est docile et discrète.

–On ne va pas se laisser faire les bras croisés, d'accord ?

–Va dire ça à oncle T. Il doit juste attendre que le verdict tombe et qu'on me déclare officiellement coupable.

–Tu sais pourquoi il est sorti ? Il va rencontrer un autre avocat. Quelqu'un qui ne soit pas déjà convaincu de ta culpabilité.

Et n'oublie pas que tu n'es encore accusé de rien. On va continuer à prier et à trouver des personnes sur qui compter. Je m'en remets aux anges et aux saints, dans cette histoire, et tu devrais en faire autant.

Je le garde pour moi, mais je pense: *Quels anges peuvent bien veiller sur moi? Autour de moi, il n'y a que des gens qui veulent faire de moi un démon.*

–Je crois que ton téléphone sature, me dit-elle en se penchant.

Elle dégage mon portable de sous sa jambe et me le tend.

–Ouais, il a sonné toute la journée, lui réponds-je en consultant mes messages. Tout le monde cherche à me contacter avec cette histoire de Moore.

Quand j'arrive à la fin de mes messages, j'en repère un d'un compte Insta auquel je ne suis pas abonné. Une fille qui s'appelle Keyana.

On essaie de trouver qui est vraiment derrière tout ça. Tu te joins à nous? Viens nous retrouver au Meridian dans une heure.

Je scrute le message, les yeux écarquillés. Je clique sur le profil de Keyana, elle a posté une image sur sa page où on peut lire LIBÉREZ J.B. Je voulais justement lui parler, à lui, maintenant que j'ai appris par Solomon qu'il pose des questions partout. Ma mère jette un coup d'œil par-dessus mon épaule.

–Les anges veillent sur toi, depuis toujours, murmure-t-elle.

–Oncle T m'a interdit de quitter la maison, fais-je sans quitter le message des yeux.

C'est comme si je cherchais une excuse. Mais je suis pris d'un doute soudain: et s'ils me tendaient un piège?

–Bon, tu as déjà enfreint la règle une fois, non ? remarque-t-elle avec un petit sourire. On ira ensemble. Ton oncle pourra m'engueuler si ça lui chante.

–Ça pourrait être dangereux, maman.

Elle plisse les yeux.

–Mon petit gars, tu connais pas ta mère ou quoi ? Allez, enfile tes chaussures.

CHAPITRE 16

PAIEMENT

Ramón

Je suis censé retrouver Magda et Luis bientôt mais je dois faire quelque chose avant. Je n'en ai pas parlé à Magda parce que ça la mettrait en colère, mais j'ai un sentiment qui grandit en moi comme des étincelles avant un incendie. Des petites flammes qui forment peu à peu un gigantesque brasier. Et ça enfle de plus en plus. La colère, la peur, la rancœur. J'essaie de tout ravaler. Mais je commence à manquer de place.

Ever marche juste devant moi. Je lui emboîte discrètement le pas tandis qu'il s'éloigne du quartier. Le jour du meurtre tourne en boucle dans ma tête. Je suis allé aux toilettes, furieux, et j'ai téléphoné à Ever. Je lui ai expliqué que je n'arriverais pas à gagner de l'argent pour payer la caution de mon primo à cause de Moore. Il m'a dit de ne pas m'inquiéter. Que le gang s'en chargerait et que Moore aurait ce qu'il mérite.

Qu'est-ce qu'il voulait dire, exactement ? Il faut que j'en aie le cœur net.

Ever tourne à l'angle d'une rue, je reste à quelques mètres de lui. Caché derrière un buisson, je repère l'adresse vers où il se dirige : 314 Bosetti. Je la note dans mon téléphone.

Quand il est face à la porte et qu'il me tourne le dos, je fais quelques pas hésitants. Je ne sais pas ce que je cherche. Et s'il me voyait ? Est-ce qu'il me ferait du mal ? Est-ce qu'il essaierait de me tuer ? Mon instinct me répète que j'ai intérêt à commencer par lui, qu'il est ma meilleure piste, donc je choisis de continuer à le suivre.

Mon cœur bat la chamade quand je m'imagine face à Ever. J'examine les passants dans la rue autour de moi, je m'assure qu'aucun membre Dioses ne me repère. Si la rumeur commence à circuler que j'espionne Ever, ça va paraître louche.

Alors que j'approche du bâtiment, un mec vient à la rencontre d'Ever. Il a le corps couvert de tatouages. Surtout des tatouages des Dioses. Ils inspectent la rue et je me cache aussitôt derrière un arbre. Je ferme les yeux, comme si ça pouvait me rendre invisible. Et même si c'est loin d'être un jeu, ça me rappelle les parties de cache-cache qu'on faisait avec César.

Je risque un coup d'œil en direction d'Ever et je me mets à transpirer des litres quand je comprends ce que je vois.

M. Martinez.

M. Martinez – Nico, comme il nous a demandé de l'appeler – est un mec assez jeune qui travaille dans les cuisines de la Promesse. Il ne doit pas être plus âgé que César. C'est un des rares membres du personnel qui soit originaire du Salvador, à la Promesse, donc on a toujours eu une sorte de point commun. Nico est discret. Un regard sérieux, un visage sérieux. D'accord, il est intimidant, mais je me disais qu'il avait peut-être fait une croix sur son passé avec les Dioses. Visiblement, non.

Il faut que je voie mieux la scène, mais c'est risqué. J'essaie de m'approcher le plus possible des magasins, au cas où je sois obligé d'y entrer en catastrophe pour éviter qu'Ever ne me repère. Mais ils contournent soudain le bâtiment et s'engagent dans la ruelle perpendiculaire. Je leur emboîte le pas et je jette un coup d'œil à l'angle de la rue.

Ever sort de sa poche de jean une enveloppe épaisse qu'il glisse à Martinez. J'ai déjà vu ce genre d'échanges, je ne doute pas un seul instant que l'enveloppe est pleine de billets. Nico accepte l'argent et entre dans le bâtiment par la porte de derrière. Ever revient sur ses pas et je cours me cacher à l'abri d'un autre arbre.

C'était bizarre.

Je regarde Ever se diriger vers le carrefour où il tourne et disparaît de mon champ de vision. Quand je suis sûr qu'il n'est plus là, je m'approche du 314 Bosetti. Je me rends compte que c'est un restaurant salvadorien qui s'appelle El Rincón.

Ma gorge se serre et l'incendie gagne ma poitrine. Je repense à mon abuela, à ce que je ressentirais si j'allais en prison et qu'on me séparait d'elle – tout ça à cause d'une personne qui a tué un homme que je déteste mais qui me laisse payer pour son crime. Si ça se trouve, c'est Nico Martinez. Il avait un mobile et l'occasion de passer à l'acte. Et Ever viendrait de lui verser un paiement sous le manteau? Ça me semble être une piste très sérieuse mais je dois en apprendre davantage avant d'en parler à Magda et à Luis.

CHANGEMENT DE PLAN

Magda, Ramón, Luis

Magda

On se retrouve toujours comme prévu à 17 h 30 ?

Ramón

Yep, et j'ai de nouvelles infos.

Luis

Je serai là. Quoi de neuf ?

Ramón

Je préfère pas l'écrire ici.

Luis

Putain, c'est digne de Jason Bourne, j'adore.
On vient chez toi, Ramón, c'est ça ?

Ramón

En fait, je préfère qu'on se retrouve au parc.
Les Dioses traînent pas mal autour de chez moi.

Et je veux pas qu'ils soient à proximité quand on parlera. Si y a bien un truc que j'aimerais éviter, ce serait de vous foutre dans la merde tous les deux.

Magda
Ça marche. Je dis quoi à César ?

Ramón
Ne dis rien pour l'instant. J'irai lui parler moi-même. Mais je sais pas encore quoi lui dire.

Luis
Quel parc, du coup ?

Ramón
Au Meridian.

Luis
Cool, à tout à l'heure.

Magda
...T'apportes des pupusas, hein ?

Ramón
Évidemment.

Luis
NICKEL !

CONFÉRENCE DE PRESSE DE MME FORD, MEMBRE DU CONGRÈS

Il est rare qu'une affaire ait un tel impact dans notre communauté. Le proviseur Kenneth Moore était un héros aux yeux d'une majorité d'entre nous, le serviteur dévoué de ceux qui ont tant besoin qu'on leur tende la main… Les conséquences de sa disparition se répercutent à travers toute notre ville et nous nous appliquerons sans relâche à lui rendre justice.

L'enquête est encore en cours et je me ferai un devoir de suivre de près son évolution. Le conseiller d'éducation, Wilson Hicks, nous apprend qu'il n'y a malheureusement aucun indice exploitable sur les caméras de surveillance du lycée, mais j'ai entendu dire qu'une série de mails incriminants envoyés par un expéditeur anonyme sera rendue publique aujourd'hui, ce qui aidera peut-être à orienter au mieux cette enquête. Nous espérons que quelqu'un, quelque part, reconnaîtra un détail dans ces messages – une tournure de phrase particulière, une manière de s'exprimer – qui permettra à la police de trouver l'assassin.

C'est pourquoi vous verrez apparaître à l'écran le numéro de téléphone à joindre dans l'éventualité où vous reconnaîtriez un détail dans ces messages au moment de leur diffusion. En attendant, je continuerai à œuvrer avec d'autres législateurs, en partenariat avec le conseil d'administration du lycée, pour rédiger une loi sur la présence accrue de vigiles et d'agents de sécurité dans les établissements scolaires, qui contribuera à éviter ce genre de tragédies à l'avenir.

BONNE NUIT, PRIMO

Ramón

Primo

César

?

Ramón

Je veux pas aller en prison.

César

...

Ramón

T'as rien de plus à me dire ? Je te fais honte ?

César

Pourquoi j'aurais honte de toi ?

Ramón

No sé.

César

Pourquoi ?

Ramón

Ever t'en a parlé ?

César

?

Ramón

De ce que je lui ai demandé de faire ? Ou de ne pas faire.

César

Ouais, j'en ai entendu parler.

Ramón

Je suis désolé. Je suis pas du tout comme vous, moi.

César

J'ai jamais voulu que tu mènes ce genre de vie là.
Je veux juste que tu vives en sécurité.

Ramón

Tu veux dire que tu ne souhaitais pas la mort de Moore ?

César

C'est pas ce que j'ai dit. Bonne nuit, primo.

P U

CHAPITRE 17

CONFIANCE

Ramón

J'attends Magda et Luis dans le kiosque au centre du parc. C'est ici qu'on se retrouvait quand on était plus petits. C'est en dehors du territoire des Dioses et des autres gangs, donc ça a toujours été un coin sûr pour déconner et passer du temps ensemble.

Mais je ne peux pas m'empêcher de regarder par-dessus mon épaule toutes les deux secondes, comme si Ever ou Nico risquait de me tomber dessus d'un instant à l'autre.

Je me sens super mal de traîner ici dans le parc, au lieu d'être chez moi. Je n'imagine même pas la déception d'abuela, si elle savait que je suis sorti en douce. Mais je ne peux pas attendre les bras croisés qu'ils me déclarent coupable.

Le parc est désert à l'exception de deux silhouettes, un mec et une fille qui traversent une étendue de pelouse et avancent dans ma direction. Luis et Magda viennent m'aider, comme promis.

Sauf qu'à mesure qu'ils approchent, je me rends compte que ce n'est pas eux. La fille est trop petite et le mec est trop grand. Beaucoup trop grand.

Púchica... C'est *lui*. C'est J.B. Williamson. Je ne connais pas la fille mais elle m'a déjà repéré et elle donne un coup de coude à J.B. en pointant l'index vers un autre kiosque. Il s'apprête à la suivre mais il se fige en me voyant. Au même moment, quelqu'un apparaît à l'autre bout du parc, mains dans les poches, et se dirige vers moi.

Ce ne serait pas... ?

Je ne vois même pas Magda arriver.

–Salut, désolée, on est un peu en retard.

Elle s'assied lourdement à côté de moi sur le banc et sirote de l'horchata dans un gobelet.

–C'est à cause de Luis.

–C'est marrant, ça, parce que moi je dirais plutôt que c'est à cause de toi.

Ils continuent à se taquiner et je ne quitte pas des yeux les silhouettes dans le parc.

–Magda... je chuchote – mais ils ne m'entendent pas.

–Tout comme ce serait à cause de moi si Reina ne veut pas sortir avec toi ? continue Magda.

–Mais c'était *vraiment* à cause de toi, Magda ! Je t'avais demandé de lui dire que je la trouvais mignonne – pas que je voulais l'épouser !

–Oui, enfin, je me souviens clairement que tu l'as dit.

–¡¡ Callense !! lâché-je d'un ton sec. Regardez. Vous voyez la même chose que moi ?

Ils finissent par regarder dans la direction que je leur indique, à moins d'une centaine de mètres de nous, là où J.B. Williamson attend avec une fille, et à cinquante mètres à leur droite…

– C'est Trey, annonce Luis en se redressant sur le banc.

– Luis, c'est toi qui leur as demandé de venir nous retrouver ici ?! s'écrie Magda en lui tapant l'épaule.

– Non ! Mais non, putain, ça serait trop bizarre ! J'ai rien dit à personne, moi.

Depuis notre kiosque, on regarde J.B. et la fille marcher lentement vers Trey. Ils gardent leurs distances et échangent quelques mots. Puis ils se tournent vers nous.

– On ferait mieux de partir, murmure Magda. C'était quoi la probabilité que vous vous retrouviez tous les trois comme par hasard au même endroit, au même moment ? On dirait un coup monté.

– Nan, c'est forcément un signe du destin, dit Luis.

– Un signe du destin ? murmuré-je. Si on nous repère, on parlera de conspiration. Les gens diront qu'on a vraiment planifié ensemble la mort de Moore, non ?

– Tu marques un point, m'accorde Luis. Magda a peut-être raison, on ferait mieux de partir.

– Laissez-moi réfléchir une seconde, lancé-je d'un ton sec.

Magda et Luis se taisent pendant que je cogite. J'observe les autres qui nous observent aussi, et j'ai le pressentiment qu'ils doivent tenir le même débat que nous.

Avant d'avoir pu me décider, je remarque que Trey regarde dans notre direction et lève le menton en signe de salut.

– Comment ça va, Luis ? hurle-t-il. Bien ?

Luis bugue un instant, il me jette un coup d'œil, puis à Magda.

–Ouais, ça va. Et toi?

Trey acquiesce, puis il échange quelques mots avec J.B. Mon cœur se met à battre la chamade quand je les vois s'avancer tous les trois dans notre direction – J.B., Trey et la fille. Je regrette soudain d'être venu.

–Ramón, c'est ça? lance J.B. en se postant devant nous.

Celle qui l'accompagne est super jolie, peau brune et cheveux noirs. Elle affiche un air sérieux. Elle jette des coups d'œil réguliers à Trey qui regarde sans arrêt par-dessus son épaule.

–Bon, OK, amorcé-je avant de déglutir. Qu'est-ce que vous faites ici?

Les gars ne répondent pas vraiment, ils se contentent de marmonner. La fille prend la parole.

–Salut, je m'appelle Keyana. Je suis la copine de J.B.

Elle semble un peu timide en disant ça, comme si elle n'était pas encore habituée à l'idée.

–On a, euh, on a décidé de discuter avec Trey, on veut comprendre ce qui se passe. Parce que pour l'instant, la situation craint pour chacun de vous.

–Pour toi y compris, pas vrai? dit Trey en m'adressant un regard en coin.

Puis il jette un nouveau coup d'œil par-dessus son épaule.

Je ne vois personne, rien qu'une femme solitaire assise sur un banc à l'autre bout du parc.

–Vous êtes sûrs que c'est une bonne idée? intervient Luis. Enfin, ouais, quoi, certaines personnes disent que vous avez planifié tout ça ensemble.

–Rien que des mensonges et des rumeurs, lâche Trey. Je vous connais même pas, moi.

–Je te connais, *moi*, dit Luis. T'es mon coéquipier, mec. J'ai jamais pensé que t'étais coupable.

–Et si je comprends bien, Ramón est ton pote, gronde J.B. Donc je dois en conclure quoi ? Tu penses que c'est moi, le coupable, c'est ça ?

On se dévisage tous pendant quelques secondes. La tension est si épaisse qu'on dirait du brouillard. Luis est rouge de colère mais avant qu'il n'ait le temps de répondre, je m'immisce dans la conversation.

–C'est pas le plus important, pour l'instant. Il faut surtout qu'on soit sûrs que personne ne nous voie.

–Y a rien qu'une femme là-bas, nous prévient Luis en désignant la silhouette que j'avais déjà aperçue.

Trey marmonne.

–Hein ?

–C'est ma mère, explique-t-il. Elle m'a accompagné.

Personne ne dit rien.

Je ne peux pas m'empêcher de remarquer que J.B. et moi, on est venus avec des gens de notre âge, mais pas Trey. Il doit se sentir vraiment seul.

–Bon, il faut démêler cette histoire, dit Magda, et Keyana acquiesce.

–Qu'est-ce qu'on sait déjà ?

–On sait que je suis pas coupable, s'empresse de dire Trey.

–Ça, je le sais pas, *moi*, rétorqué-je.

J.B. se tourne vers moi et riposte :

–Et j'ai aucune preuve que c'est pas toi le coupable. Tu es sorti de la salle pour passer un appel, et tout à coup, Moore est abattu.

Il a raison. Mais je devais rappeler Ever avant qu'il ne soit trop tard. Je sens le regard de Magda posé sur moi.

–Ouais, enfin, tu es bien plus suspect que moi. Tu étais couvert de sang ! répliqué-je d'un ton sec.

–C'était *pas* le sang de Moore ! hurle-t-il en faisant un pas vers moi.

Je me raidis, certain qu'il veut se battre. Vu sa taille, je ne suis pas sûr de faire le poids mais je ne peux pas reculer. Keyana bondit devant lui et je dois bien admettre que j'apprécie son geste.

–Voilà ce qu'on sait, intervient-elle. Trey menait son enquête, tout comme nous. Et il a trouvé une piste très crédible. Nous aussi. La même personne. Donc on se fait confiance. Par contre, toi, on n'est sûrs de rien. Il paraît que les Dioses del Humo pourraient être impliqués, sans parler de ton peigne qui a été retrouvé sur les lieux du crime.

Je déglutis.

–Comment vous êtes au courant ? demandé-je.

–Les rumeurs circulent vite.

–Je ne sais pas comment mon peigne s'est retrouvé là-bas. Moore avait confisqué mes pupusas ce jour-là. Il avait carrément pris mon sac !

–Mouais, si on veut, fait Trey d'un ton furieux. Moi, je trouve ça suspect.

Ma peur embrase soudain ma colère.

–Et moi, j'ai entendu dire qu'ils ont un enregistrement de vidéosurveillance où on te voit revenir en douce au lycée.

Il m'adresse un regard noir et je le lui rends.

–C'est pas ton cousin qui est dans un gang? enchaîne-t-il. Il paraît que vous avez appelé à la vengeance.

–C'est pas parce que mon cousin est dans un gang que je le suis, moi aussi.

–Des rumeurs et encore des rumeurs, dit Magda pour calmer la tension.

–Moi, j'ai rien fait, conclus-je.

Et j'ai vraiment besoin qu'ils me croient.

–Alors, qui l'a tué? demande J.B. d'un air fatigué plutôt que furieux.

Je vois bien que J.B. et Trey tiennent autant que moi à résoudre cette affaire. Peut-être qu'ils sont vraiment innocents et que je devrais m'associer à eux pour comprendre. Mais s'ils sont coupables, ça me permettrait de les garder à l'œil tout en enquêtant sur d'autres suspects potentiels.

Mais je ne peux pas leur parler de Nico. Ça alimenterait encore plus leurs soupçons, vu qu'il fait sûrement partie des Dioses, ou qu'il en a fait partie.

–Oh, regardez! s'écrie Keyana. Ils viennent de diffuser les mails de l'assassin!

Keyana tapote l'écran de son téléphone et on se penche tous pour lire.

MAILS RÉCUPÉRÉS DANS L'ORDINATEUR DU PROVISEUR MOORE

De : darkgamble@anonmail.com
À : Proviseur Kenneth Moore

Je sais ce que vous avez fait. Vous auriez dû être là pour moi mais vous avez décidé de me tourner le dos. N'allez pas croire que je l'oublierai. Votre temps est compté.

De : darkgamble@anonmail.com
À : Proviseur Kenneth Moore

Vous avez ignoré mon dernier message, alors je vais être un peu plus clair. Si vous ne réparez pas votre erreur, les conséquences seront violentes. Vous croyez pouvoir échapper aux conséquences ? Vous croyez qu'elles sont réservées à tous, sauf à vous ? Vous vous trompez. Je sais ce que vous avez fait et vous allez payer. Ça, c'est MA PROMESSE.

CHAPITRE 18

CONSPIRATEURS

Trey

– Putain, dit la fille qui accompagne Ramón. Ils sont graves, ces messages.

J'aime bien sa façon de froncer les sourcils – pas parce qu'elle est fâchée, mais parce qu'elle réfléchit. Je fais ça aussi. Comme ma mère. Je parie qu'elle est en train de froncer les sourcils en ce moment même sur le banc, et qu'elle s'inquiète de savoir si ce n'était pas une mauvaise idée de venir ici. Moi aussi.

– Comment tu t'appelles, déjà? demandé-je à la fille.

– Magda.

Elle me rend mon sourire. Mais avant que j'aie le temps de lui poser une autre question, Ramón s'incruste.

– N'importe qui aurait pu envoyer ces mails.

– N'importe qui, mais c'est un élève de la Promesse, rétorque J.B. Vous avez vu qu'il écrit «c'est *ma promesse*», à la fin?

– C'est pas forcément un *élève* de la Promesse. Il y a peut-être travaillé. Ou c'est un parent d'élève. Il doit y avoir beaucoup de monde qui s'est pris la tête avec Moore, dit Ramón.

–Quelqu'un comme Stanley Ennis? suggère J.B. Keyana et moi, on a trouvé le registre d'entrée des visiteurs, et c'est le dernier à être passé dans le bureau de Moore, le jour du meurtre.

–Ah ouais, intervient Luis. Je le connais pas trop mais il a financé nos nouveaux maillots de basket.

–J.B. m'a dit que Moore et Ennis étaient souvent en conflit? dit Keyana en lisant ses notes sur son téléphone.

Je connais Ennis. C'est lui qui m'a recruté dans l'équipe du lycée. Il a même donné un bon gros chèque à oncle T pour lui permettre de m'héberger. C'est un mec assez particulier, ça c'est sûr, il fait toujours en sorte qu'on sache combien d'argent il a investi. Je ne l'imagine pas tuer Moore, mais à ce stade, on ne peut faire confiance à personne. Pas même aux autres mecs en face de soi, dans ce parc.

–Ouais, je le connais, je leur explique. Moore et lui se sont disputés, un jour, dans un coin du gymnase pendant l'entraînement. «Avec tout l'argent que j'injecte dans ce lycée, vous devez faire ce que je vous demande.» Vous imaginez bien ce que Moore pensait de ça. Donc ouais, Moore était un con mais ce jour-là, j'étais dans son camp parce que Ennis est vraiment un enfoiré. Le genre de mec qui veut toujours voir son nom gravé sur un banc ou une plaque commémorative.

–Je m'en souviens, oui, acquiesce Luis avec enthousiasme. C'était, genre, il y a un mois. Le coach a été obligé de le faire sortir du gymnase. Ennis se baladait comme si le bâtiment lui appartenait.

– C'est un peu le cas, réplique J.B. Avec leur connerie de Fondation de la Promesse, là... On a trouvé un article qui explique que tous les financements viennent d'Ennis. Quand l'argent s'en mêle, les choses dégénèrent souvent.

Je ne crois pas avoir jamais entendu J.B. parler autant. Ni Ramón, d'ailleurs. C'est notre quotidien à la Promesse: on se côtoie tous les jours mais on reste des inconnus. Tant que je n'aurai pas appris à mieux les connaître, je garderai mes distances. Ils pourraient avoir planifié ensemble le meurtre de Moore.

– Oh, merde, ça me rappelle un truc, s'exclame soudain Luis. C'était ce jour-là, mais un peu plus tard; je sortais du gymnase avec Omar. Ennis était dans le couloir, il téléphonait mais il s'est tu en nous voyant. Avant ça, par contre, je l'ai entendu dire: «Je ne lui verserai plus un seul centime s'il n'apporte pas de réponses valables.»

Réfléchissons bien. Si Ennis disait qu'il ne voulait plus verser d'argent à la Promesse, ça donne plus un mobile à Moore pour tuer Ennis, pas l'inverse, conteste Ramón.

– Attendez, là, c'est qui Omar, déjà? demande Keyana en jetant un coup d'œil à J.B., puis à moi.

– Ah, il bosse à temps partiel dans les bureaux administratifs du lycée, dit Luis. Ennis lui demande parfois de faire des vidéos de promo. C'est un mec assez discret, il ne parle jamais à personne.

– Sauf à toi, visiblement, lance Magda, et ça me fait sourire.

Elle est maligne.

– On parlait juste ce jour-là parce que je voulais qu'il me filme en train de dunker, répond Luis avec un haussement d'épaules. J'ai des ailes, je m'envole vers le panier, moi.

– Bon, restez concentrés, là, nous intime Keyana. On est au courant pour Omar, nous aussi. Si j'ai bien compris, c'est la dernière personne à avoir été vue avec Moore.

– Omar ? ricane Luis. Nan mais y a pas moyen, hein.

– On n'en sait rien, il pourrait avoir un mobile, le détrompe Keyana, sourcils froncés.

– Je le connais et je ne pense vraiment pas qu'il ait pu faire un truc pareil. Mais si quelqu'un a des doutes sur lui, alors il faut l'envisager.

– C'est clair, acquiesce J.B. Et sinon, un mec comme Hicks ? C'est lui qui a trouvé le corps, non ? Ou même...

– Mme Hall, lâché-je d'un seul coup, malgré moi.

Je me sens trop nul de la soupçonner de meurtre, mais je suis obligé d'admettre qu'elle avait un comportement louche.

J.B. et Ramón me regardent d'un air perplexe.

– J'ai vu une photo d'elle sur les réseaux, elle buvait du vin, j'ajoute aussitôt. Je crois qu'elle ment à propos de sa grossesse.

J.B. écarquille les yeux.

– Et... je l'ai croisé à Mariano's après les cours, la veille du meurtre. Elle achetait du vin.

– Pourquoi elle mentirait à propos de sa grossesse ? demande Ramón avec surprise.

– J'en sais rien, répond J.B. Mais quand je l'ai vue à Mariano's, elle m'a raconté qu'elle venait d'avoir un rendez-vous avec Moore, le jour même.

– Et c'est pas tout, renchérit Keyana. Elle est revenue à la Promesse le lendemain. Son nom est inscrit dans le registre des visiteurs. Mais si on en croit sa signature de sortie, elle est partie une heure avant le match.

–Je ne la connais pas, admet Magda, mais si elle avait une dent contre Moore et qu'elle voulait le tuer, ç'aurait été malin de faire en sorte qu'on la voie quitter le lycée avant le meurtre, pour éviter d'être soupçonnée.

Je secoue la tête. Je ne veux pas y croire. Je n'arrive pourtant pas à oublier que je l'ai vue avec l'inspecteur Bo. Je ne sais pas si je devais le raconter aux autres, surtout s'ils sont impliqués dans l'histoire, d'une manière ou d'une autre. Dans le cas contraire, ce serait une information précieuse pour eux de savoir que Mme Hall et l'inspecteur Bo sont liés. Ça m'embrouille tellement, tout ça.

–Et y a encore autre chose, amorcé-je, bien que l'idée qu'on puisse soupçonner Mme Hall me révolte. J'ai, euh... Je l'ai vue se disputer avec l'inspecteur Bo. Et elle, euh, elle l'a embrassé. Je suis quasiment sûr que c'est son mari.

–Elle est mariée à un *flic*? s'exclame Ramón.

–Non, c'est pas possible, proteste J.B. en secouant la tête. En plus, c'est pas n'importe quel flic. Le flic chargé de cette affaire? Non mais putain...

–Ou du moins, c'est son copain, indiqué-je.

Magda laisse échapper un petit cri et s'écrie :

–¡ Qué barbaridad!

–J'en suis sûr, je les ai vus, insisté-je. Je les ai entendus parler. Elle lui posait des questions sur les suspects. Et si elle essayait de découvrir ce qu'ils savent sur elle, ou je sais pas quoi?

–Ce serait dingue, marmonne J.B. Dans un des mails, c'est écrit: *Vous auriez dû être là pour moi.* Ça pourrait très bien venir de Mme Hall. Si c'est pas l'un d'entre nous – si c'est pas un élève – alors ce serait plutôt un prof.

–Putain, dit Ramón en acquiesçant. (Je vois qu'il tourne tout ça dans sa tête.) C'est plutôt logique, oui.

On reste muets un moment et, soudain, un autre nom me revient en mémoire.

–Oh! J'ai entendu l'inspecteur Bo mentionner un truc. Il a parlé d'un employé de la cafétéria à la Promesse qui aurait un casier judiciaire. Nico Martinez.

Dès que je prononce ce nom, je vois Ramón baisser les yeux vers ses pieds. Oncle T analyse toujours mon langage corporel et l'utilise contre moi pendant nos disputes. Je ne sais pas exactement ce que son regard baissé signifie, mais j'en prends quand même note.

–Ce Nico, il pourrait avoir un mobile? demande Keyana.

–Pas à ma connaissance, mais on peut explorer cette piste.

–Je m'en charge! propose Ramón. Je crois que je vois de qui tu parles. Je l'ai déjà croisé dans les Heights.

–Cool. Bon, si on se répartit les suspects, on a intérêt à récapituler. Sur qui on se concentre, alors?

Keyana consulte ses notes.

–Bon, Mme Hall est toujours dans notre liste, dit-elle d'un ton désolé. Ce serait franchement débile que la femme d'un flic commette un meurtre, mais elle s'est peut-être dit qu'il la couvrirait? Ce serait pas le premier flic pourri du monde.

–Mme Hall habite pas loin de chez moi; je vais voir ce que je peux trouver sur elle, proposé-je.

–Je ne sais pas où Omar habite mais on va commencer par lui, annonce J.B. en regardant Keyana.

–OK, ça marche, continue Keyana. Et Ennis figure toujours parmi nos suspects, même si c'est un peu incertain. Il a donné beaucoup d'argent au lycée, et vous savez comment sont les gens quand l'argent entre en jeu. On peut commencer par Mme Hall, Omar et Nico, et on garde les autres en tête, au cas où.

–Moi, ça me va, dit Ramón.

–Pareil, affirme J.B.

Ils me regardent tous, ils attendent que j'acquiesce mais au fond de moi, je ne suis toujours pas convaincu de pouvoir leur faire confiance. Je conclus finalement:

–Cool.

On reste un moment en silence, on réfléchit à la prochaine étape. J.B. finit par murmurer:

–Pendant ce temps, la vie continue à la Promesse. Ils pourrissent la nôtre, de vie, et ça n'a aucune importance.

C'est vrai. J'acquiesce.

–J'espère qu'ils mettront quelqu'un de mieux que Moore à la tête du lycée.

–Je suis sûr que ce sera Hicks, déclare Ramón.

–Peu importe qui le remplace, ils continueront toujours à se méfier de nous. Jeunes et noirs? Ils nous détestent ici, en Amérique, affirme J.B.

Et à la façon dont il prononce la phrase, j'ai presque l'impression qu'il cite les paroles d'une chanson.

–Cordae? le questionné-je.

Nos regards se croisent et on échange un hochement de tête. Je l'apprécie un peu plus, maintenant.

–Ce bordel ne fait qu'empirer, soupire Magda.

Je repère tout à coup le sac de Ramón plein de pupusas, et mon estomac se déchaîne.

–Hé, Ramón, ça te dérange si j'en prends une?

Son regard se pose sur son sac, puis sur moi.

–Pas de problème, tiens.

Il sort une pupusa qu'il lance vers moi. Il contemple tous les visages qui le fixent intensément.

–Bon, OK, servez-vous.

Tout le monde se précipite pour prendre des pupusas et on mange en silence, en se préparant mentalement à la prochaine étape de notre mission.

COMMUNIQUÉ DE PRESSE
DU LYCÉE PRIVÉ LA PROMESSE URBAINE
À DIFFUSER IMMÉDIATEMENT

WILSON HICKS NOMMÉ PROVISEUR PAR INTÉRIM

Washington DC. La communauté du lycée de la Promesse urbaine s'unit pour honorer la mémoire de son fondateur, le courageux proviseur Kenneth Moore, ainsi que pour affirmer sa détermination à poursuivre l'œuvre de sa vie – forger sans relâche les hommes de demain, comme il l'aurait souhaité.

En attendant la prise de poste de son successeur officiel, c'est le conseiller d'éducation Wilson Hicks qui est nommé proviseur par intérim. Il accepte ce nouveau rôle avec la solennité qu'aurait attendue de lui son prédécesseur. Hicks a commandé la réalisation d'un portrait de Moore qui sera exposé dans le hall d'entrée de la Promesse, afin de commémorer la vie de cet éminent et remarquable proviseur.

« C'est notre promesse. Nous sommes les jeunes hommes de la Promesse urbaine. Nous sommes destinés à l'excellence. Nous sommes en chemin vers l'université. Nous sommes éduqués pour le succès. Nous sommes extraordinaires car nous travaillons dur. Nous sommes respectueux, appliqués, engagés et concentrés. Nous sommes les protecteurs de nos frères. Nous sommes responsables de notre avenir. Nous sommes l'avenir. C'est notre promesse. »

CINQUIÈME PARTIE

LA VÉRITÉ

CHAPITRE 19

PAR EFFRACTION

J.B.

Avoir mangé les pupusas de Ramón me donne envie de préparer un repas pour ma mère. Jusqu'à maintenant, j'ai seulement réchauffé des plats surgelés ou des restes dans des Tupperware, mais cuisiner soi-même, ça a quelque chose de vraiment unique. Je choisis donc le plat le plus simple à réaliser, même si c'est généralement pour le petit déjeuner. Quand elle rentre à la maison et qu'elle découvre que je lui ai préparé un sandwich aux œufs brouillés, son sourire est si immense et étonné que je ne regrette même plus d'avoir été obligé de nettoyer le jaune d'œuf tout gluant.

–Tu as même disposé les fruits avec élégance et tout, remarque-t-elle en se mettant à table.

–J'ai essayé.

–C'est en quel honneur ?

–Juste comme ça. Je te remercie juste de me soutenir.

J'ai honte d'être allé au parc sans la prévenir. Mais elle a déjà suffisamment de choses en tête et de fardeaux sur les épaules – elle bosse jour et nuit au cas où on ait besoin de payer un avocat. Mais ce n'est pas pour ça que je lui ai préparé à manger, pas parce que je me sens coupable. Je voudrais juste qu'elle sache combien je lui suis reconnaissant.

–C'est vraiment très bon, J.B.

–Prends pas un ton aussi surpris!

On rit et on mange, sans trop parler. Difficile de trouver un sujet de conversation quand on est enveloppé de terreur.

Après un long silence, ma mère finit par prendre la parole.

–Je peux te poser une question?

–Oui, m'dame.

–Tu te souviens de quoi... à propos de ce jour-là? demande-t-elle enfin, les yeux rivés sur son assiette. Tu as gardé un détail important en mémoire?

Je la connais. Elle refuse de me regarder pour ne pas me montrer son désespoir. Elle cherche le moindre élément auquel se raccrocher, une preuve qui lui garantira que son bébé restera à jamais son bébé, qu'il ne deviendra pas un prisonnier derrière les barreaux.

Je déglutis avec difficulté. J'arrive à gérer la situation tant que je ne pense qu'à moi-même. Mais quand je commence à penser à elle, c'est là que ça devient dur.

De quoi je me souviens, exactement?

Je lui raconte tout ce que je peux, en laissant de côté les infos qui pourraient la blesser. Quand j'arrive au passage où je suis assis en salle de colle, je me rends compte de la quantité d'éléments que j'ai été obligé de dissimuler. Je lui explique qu'on était trois en retenue, moi et les deux autres gars, que je ne les connaissais que de vue, que leur nom me disait quelque chose, sans plus. Mais je ne lui précise pas qu'après notre rencontre d'aujourd'hui au parc, on se connaît bien mieux. Je lui raconte comment Trey a quitté la salle pour aller aux toilettes, que M. Reggie a fini par partir à sa recherche et que Ramón en a profité pour sortir téléphoner. Et c'est à ce moment-là que ça s'est passé.

Le coup de feu. Tout le monde a déferlé dans les couloirs comme des fourmis, et j'ai suivi le mouvement.

Elle réprime un petit cri, comme si elle ne s'attendait pas à entendre ce passage de l'histoire. Mais on sait tous les deux que c'était la seule fin possible. Les faits restent les faits.

–Donc un de ces deux élèves aurait pu passer à l'acte, résume-t-elle.

Je hausse les épaules. *Mais eux, ils affirment être innocents.*

–Tu te souviens d'autre chose ? m'interroge-t-elle. D'un détail, n'importe quoi.

–Non.

Je n'évoque pas le flingue que j'ai trouvé dans les toilettes.

–C'était une journée normale. Il y avait le match de basket ce soir-là, donc beaucoup de gens faisaient des vidéos, ce genre de trucs. Il y avait du monde, des mécènes, des bénévoles qui installaient des banderoles...

Je laisse ma phrase en suspens. J'avais remarqué les personnes qui accrochaient des décorations. Des banderoles et des affiches. Je connaissais vaguement certains bénévoles –des parents d'élèves, des profs, des élèves (dont Omar, le mec qui bosse dans les bureaux du lycée). Omar. Son visage s'accroche à mon esprit comme un chewing-gum depuis que Trey m'a raconté ce qu'avait vu Solomon – Omar qui sortait du bureau de Moore.

–Qu'est-ce qu'il y a? demande ma mère.

Elle a dû voir l'expression de mon visage changer.

–Je pensais juste à quelqu'un.

–À qui?

–Keyana est une super détective, une future avocate, lui expliqué-je en omettant de préciser que c'est aussi ma copine. Elle m'aide à prouver mon innocence.

–Et comment vous vous y prenez, étant donné que tu n'as pas de portable? s'enquiert-elle en arquant les sourcils jusqu'au plafond.

–Euh...

–Tu sais quoi? Ne réponds pas à cette question. (Elle agite les mains.) Mais laisse-moi juste te dire un truc. Ne t'attire pas d'ennuis, compris? Ton comportement doit être irréprochable. À la moindre erreur, tu risques la prison.

J'acquiesce en silence et je sens la sueur couler lentement dans mon dos. Je ne peux pas lui dire que j'ai prévu de sortir en douce plus tard pour entrer au lycée par effraction. De retourner sur la scène du crime et d'y chercher l'arme du tueur.

C'est un énorme risque, je le sais. Mais je dois agir.

Dehors, l'air frais me caresse le visage. J'ai toujours adoré les nuits de Washington DC, surtout par un temps comme ça, juste comme il faut. Le calme règne, à l'exception du hurlement constant des sirènes que je n'entends presque plus. J'ai appris à vivre avec, j'imagine.

Une voiture de police passe en trombe et mon cœur se met instinctivement à battre plus fort. Dommage qu'ils ne viennent jamais ici pour nous protéger, toujours pour nous fliquer. Je pense à mon père. Combien il serait déçu si je me retrouvais en taule avec lui. Pas déçu de moi, mais déçu de lui.

Je chasse cette idée. Pas question que j'aille en prison pour un crime que je n'ai pas commis. Je colle un coup de pied dans un caillou et ça me détend un peu. D'habitude, j'écouterais un son, j'écrirais quelques strophes. Ou même un poème. Mais sans mon téléphone, je n'ai rien pour ralentir la cadence de mon cerveau. Donc je le laisse s'envoler librement, j'imagine ma vie de l'autre côté de ce bordel.

Keyana me retrouve derrière le lycée, elle porte un sweat à capuche et un bonnet noirs.

– Pourquoi t'es habillée en mec ? l'interpellé-je.

Je ne peux pas m'empêcher de sourire.

– C'est un lycée de mecs. Je vais pas y entrer habillée comme une fille.

Ça m'embête de la contredire, mais son sweat et son bonnet ne lui donnent pas du tout l'apparence d'un homme. Avec sa belle silhouette et sa taille fine, personne ne pourrait s'y méprendre. Je préfère garder ça pour moi.

– Si on se fait choper, peu importe que tu sois un mec ou une fille. On sera niqués. T'es sûre de toi ? Je peux y aller tout seul. En fait, je ferais mieux d'y aller tout seul. Je voudrais pas que tu sois impliquée encore plus que tu ne l'es déjà.

Keyana cogite quelques secondes. C'est la première fois que je la vois douter. Elle me regarde droit dans les yeux.

–Je suis avec toi, J.B.

Sans réfléchir, je la prends dans mes bras et elle me serre fort. C'est tellement agréable de pouvoir compter sur quelqu'un.

–Bon, comment on entre? chuchote-t-elle.

–Suis-moi. Mais il faut qu'on soit hyper prudents, rappelé-je en lui tendant une paire de gants. Enfile ça, on doit laisser aucune empreinte.

Je lui fais contourner le bâtiment jusqu'à une porte réputée pour avoir été forcée, et ouverte en permanence. Sauf qu'à ma grande surprise, ils y ont installé une chaîne et un cadenas.

–Merde.

J'aurais dû me douter qu'ils finiraient tôt ou tard par découvrir que cette porte avait été démontée.

–Bon, et maintenant?

J'inspecte le cadenas.

–T'aurais pas des barrettes ou des épingles à cheveux, par hasard?

–Il t'en faut combien?

–Deux.

Keyana glisse ses mains sous son bonnet et fouille dans ses cheveux, puis elle en sort exactement ce qu'il me faut.

–Ça te va?

–C'est parfait.

Je déplie une des épingles et je commence à triturer la serrure. Une compétence que j'ai développée après avoir forcé beaucoup de casiers à la piscine.

Au bout de quelques mouvements d'épingles, le mécanisme du cadenas cède et s'ouvre brusquement. Je regarde Keyana et elle secoue la tête.

– Je veux même pas savoir, souffle-t-elle.

Je regarde par-dessus mon épaule et je pousse la porte. On se faufile dans le sous-sol du lycée avant de refermer doucement derrière nous.

À l'intérieur, le bâtiment est sombre et silencieux. Je sors ma lampe torche pour éclairer l'endroit. Je ne suis pas retourné à la Promesse depuis le meurtre et ça me fait vraiment flipper d'être ici. D'autant plus que mon faisceau n'éclaire que quelques mètres devant nous, à peine. Chacun de nos pas semble plus bruyant que le précédent, nos semelles lancent des échos qui se répercutent dans le couloir désert.

– Qu'est-ce qu'on cherche exactement ? chuchote Keyana.

– Le 303.

– Hein ?

– Pardon, le casier numéro 303. Luis m'a prévenu par texto que c'était le casier d'Omar.

– Ah.

Alors qu'on se dirige vers l'escalier qui mène au rez-de-chaussée, on passe devant les toilettes où j'ai trouvé le flingue. Quelqu'un l'a-t-il vraiment utilisé pour commettre le meurtre ? Ou est-ce qu'il sera encore là où je l'ai caché, si je vais vérifier maintenant ? Intact, invisible ?

Je décide d'en avoir le cœur net. Ce sera peut-être ma seule occasion d'aller m'en assurer.

– Tu te souviens du flingue dont je t'ai parlé ? murmuré-je.

–Ouais.

–Eh ben, je l'ai trouvé ici, dans ces toilettes, lui indiqué-je, l'index pointé vers la porte.

Je m'arrête et je la dévisage.

–Je suis désolé. Mais il faut que je sache.

Elle acquiesce.

J'entre lentement dans les toilettes et je m'efforce de ne faire aucun bruit.

Tout est exactement comme ce jour-là. Ce putain de jour où la vie à la Promesse a basculé de pourrie à franchement merdique. Le silence règne, rien ne semble avoir été déplacé. Je me faufile dans la cabine et je me hisse sur la cuvette des toilettes, le regard levé vers le plafond. Une des dalles est de travers. Je l'avais bien remise, pourtant, non? Je suis sûr de l'avoir bien replacée.

D'une main tremblante, je la retire. Je tâtonne au-dessus de ma tête. Rien. J'avais poussé le flingue aussi loin que ça? Je lève ma lampe le plus haut possible et je me hisse sur la pointe des pieds.

Il a... il a disparu. Je me fige. Ma plus grande terreur est devenue réalité. Je sors en trombe des toilettes.

–Le flingue n'est plus là. Quelqu'un l'a pris! C'est celui qui a tué Moore, c'est sûr. Et j'aurais pu empêcher tout ça si j'étais allé en parler à quelqu'un.

Je suis stupéfait. J'aurais pu éviter le meurtre de Moore. J'ai été tellement con de croire qu'en cachant le flingue, tout irait bien. Je m'adosse au mur et je glisse lentement au sol, le visage entre les mains.

–Putain. J'y crois pas.

Keyana me caresse l'épaule.

–Ça va aller. C'est peut-être les flics qui l'ont trouvé, pas le meurtrier.

–C'est pire – il y a mes empreintes partout sur ce flingue !

–Ouais, mais ils le verront très vite, si ce n'est pas l'arme du crime, non ? Avec leurs experts en balistique et tout.

Bonne remarque. Mais j'ai quand même des doutes. Que ce soit l'arme du crime ou non, si mes empreintes sont dessus, ça ne joue pas en ma faveur.

–Bref, on ne peut pas s'arrêter ici. On doit continuer à chercher.

Encore une bonne remarque, alors j'arrête de m'apitoyer sur mon sort.

–T'as raison. Allons-y.

Quand on arrive devant le casier d'Omar, je sais exactement quoi faire. J'ai été obligé d'ouvrir mon propre casier défectueux par effraction un million de fois, et celui d'Omar est tout aussi facile à forcer. Je prends un stylo-bille dans ma poche arrière et je l'insère dans le cadenas intégré. Je tourne la molette trois fois dans le sens inverse des aiguilles d'une montre. Quand la serrure s'ouvre brusquement, Keyana m'adresse un regard suspicieux.

–C'est pas ce que tu crois, clamé-je.

Elle arque les sourcils et fait la moue, et je me retiens une fois encore de rire. Je me concentre sur le casier d'Omar et j'en éclaire le contenu avec ma lampe torche.

–Quel bordel, murmure Keyana.

C'est vrai. Des feuilles volantes partout, des photos et des articles en piles qui menacent de s'effondrer d'un instant à l'autre.

–Faut faire vite, dis-je en jetant un coup d'œil à gauche et à droite, comme si quelqu'un risquait d'apparaître dans le couloir et de nous prendre la main dans le sac.

Je sors plusieurs classeurs en évitant que tout le reste ne dégringole. Keyana s'approche pour rattraper de justesse le tas de fournitures scolaires pendant que je feuillette leur contenu.

Des papiers glissent et tombent par terre dans un bruit mat. On s'immobilise tous les deux et j'éteins ma lampe.

–T'as entendu quelque chose ? chuchoté-je.

–Non, juste toi, me répond-elle.

Après m'être assuré qu'on était bien seuls, je rallume la lampe.

–C'était quoi ? demande-t-elle.

Je me penche pour ramasser les papiers par terre et je me fige de terreur.

Des douzaines de photos bizarres du proviseur Moore dans les couloirs, devant le lycée, même chez lui.

–Okaaaay... dit Keyana. C'est pas du tout flippant, ça.

–Mais pourquoi il aurait des photos de Moore dans son casier ?

On échange un regard et on pense tous les deux la même chose.

–Qu'est-ce qu'il y a d'autre, là-dedans ? Peut-être des preuves qui l'impliquent dans le meurtre ? Peut-être même le flingue ?

Je lève les yeux vers Keyana quand elle prononce le mot *flingue*.

–Quoi ? On sait jamais. Avec un peu de chance.

Je secoue la tête et je continue à fouiller dans les classeurs jusqu'à ce qu'un élément attire mon regard.

–Quoi ? Qu'est-ce qu'il y a ?

–Regarde.

Je tourne le document vers elle.

–Ça vient de Moore, s'exclame-t-elle, surprise. *Votre demande de subvention à la Fondation de la Promesse a été rejetée. Investir dans du matériel photographique dans le but de l'utiliser pour votre dossier d'inscription à l'université serait une utilisation inconvenante des fonds de l'établissement. Les subventions proposées par la Fondation de la Promesse ne peuvent être employées à des fins personnelles.*

–Donc Omar a déposé un dossier de subvention à la Fondation de la Promesse, que Moore a rejeté.

Keyana me regarde d'un air grave.

–Je me demande ce qu'Omar faisait dans le bureau de Moore, ce jour-là. Tu crois que...

À cet instant, une porte claque. On lève la tête et on voit un faisceau lumineux balayer l'angle du couloir.

–Merde, il doit y avoir des vigiles qui font des rondes. Vite, cache-toi!

Je tire Keyana dans un renfoncement du couloir près de la salle de musique. J'essaie d'ouvrir la porte, elle est verrouillée. On se plaque davantage contre le mur. Elle est si proche que je la sens contre moi. C'est difficile de rester concentré quand elle est collée à moi, mais j'essaie de ne faire aucun bruit.

Le faisceau se rapproche et j'entends maintenant les semelles rigides du vigile qui marche dans notre direction. Je regarde Keyana droit dans les yeux et je vois qu'elle a peur. Elle a beaucoup plus à perdre que moi.

–J'ai une idée, fais-moi confiance.

Je fouille dans ma poche et j'en sors une pièce de monnaie.

–Attends…

Sans lui laisser le temps de finir sa phrase, je lance la pièce aussi loin que possible dans le couloir et j'attire Keyana au sol.

Dès que la pièce atterrit avec un *ping*, je vois le faisceau tourner en direction du tintement. J'espère que le vigile mordra à l'hameçon et qu'il partira par là. Mais il s'immobilise. Il attend, comme s'il cherchait quelque chose. Ou *quelqu'un*.

L'espace d'une seconde, je n'arrive plus à penser, je me dis qu'on va se faire choper. J'aurai l'air coupable alors même que je cherche à prouver mon innocence.

À l'instant où je m'apprête à prendre Keyana par la main et à m'enfuir, le vigile se remet en mouvement. Il accélère et passe en courant devant nous.

–Il est parti, murmuré-je aussi bas que possible. Prends les classeurs, on se casse d'ici.

On embarque tout ce qu'on peut porter et on pique un sprint vers la sortie. J'ai comme l'impression qu'on a trouvé notre suspect numéro un.

CHAPITRE 20

LA CONVERSATION

Trey

Nico Martinez.

Je tape son nom dans la barre de recherche pour voir ce que je peux trouver à son sujet sur Internet.

Après avoir vu Mme Hall avec l'inspecteur Bo, je me suis dit que c'était peut-être un peu trop risqué de la suivre. Il faut que je trouve un autre moyen de récolter des infos sur elle. Mais en attendant, un nom en particulier m'interpelle. Nico.

J'avais entendu parler de tous les autres suspects, sauf de Nico, donc j'ai intérêt à me renseigner. Plusieurs profils apparaissent à l'écran de mon ordinateur, mais aucun n'est le Nico que je cherche. Je clique sur d'autres pages mais ça me semble inutile. Je clique sur l'onglet « Images » et je scrolle jusqu'à trouver un visage familier. Je clique sur le portrait pour l'agrandir. C'est bien Nico.

Sauf que ce n'est pas le Nico que je suis habitué à voir au lycée. Celui de la photo a un regard dur et les cheveux rasés, exposant le tatouage qui lui couvre le crâne. Elle a été prise pendant un procès.

Je lis à voix basse :

–Nico Martinez est condamné pour tentative de meurtre en lien avec son appartenance au gang des Dioses del Humo.

Quoi ? Nico est membre des Dioses del Humo ?!

Une vague de rage me submerge. Ramón connaît forcément Nico. Je comprends maintenant pourquoi il paraissait mal à l'aise. Il gardait les yeux rivés sur ses pieds quand on a commencé à parler de Nico, comme s'il voulait cacher quelque chose. S'il est resté muet, c'est peut-être qu'il est impliqué, d'une manière ou d'une autre ?

J'entends les pas d'oncle T dans le couloir et je referme aussitôt mon ordinateur. Je fais semblant de dormir. Je préfère qu'il me laisse tranquille, tant qu'à faire.

–Trey, je peux entrer ?

Je suis surpris. Oncle T ne m'a jamais posé cette question. D'habitude, il déboule sans frapper dans ma chambre quand ça lui chante. Je suis tellement surpris que j'en oublie de faire semblant de dormir.

–Ouais, réponds-je en me redressant.

Oncle T entre et vient s'asseoir au pied du lit. Il a l'air plus fatigué que d'habitude.

–Trey. Je viens de recevoir un appel et je crois qu'il est temps qu'on parle, toi et moi.

Mon cœur se serre.

–Un appel à propos de quoi ? demandé-je.

–La police a identifié le modèle du pistolet utilisé contre ton proviseur. Ils ont fait des recherches dans leurs fichiers pour savoir si on avait des armes enregistrées à notre adresse. Ils ont découvert que j'avais un pistolet qui correspond au modèle et à la marque de l'arme du crime.

Je n'arrive même plus à le regarder dans les yeux. J'éclate en sanglots d'un seul coup.

Et franchement, ça fait du bien. Un vrai soulagement. Sans que je m'en rende compte, ce secret m'avait beaucoup pesé. Ma plus grande peur vient de se réaliser. Je suis en partie responsable de la mort de Moore.

Ce qui me console, c'est de penser que celui qui a tué Moore l'aurait fait, quoi qu'il arrive, avec ou sans le flingue de mon oncle. Mais je l'ai quand même incité à passer à l'acte.

Oncle T me regarde pleurer sans rien dire et son calme me terrifie. J'ai l'impression qu'il pourrait se jeter sur moi d'une seconde à l'autre et m'étrangler.

Abréger mes souffrances.

–J'ai prévenu la police que j'avais cherché mon arme mais que je ne l'avais pas trouvée, continue mon oncle. Je leur ai dit qu'elle avait pu être volée sans que je le remarque, puisque je ne l'avais pas utilisée ces derniers temps. Ça ne tiendra pas la route, évidemment, parce qu'elle est bien trop propre.

Je n'arrive toujours pas à croiser son regard.

–En résumé, il y a toi, il y a ton proviseur qui se fait assassiner, et il y a mon flingue qui a disparu. Regarde-moi, Trey.

Je décèle un truc que je n'avais encore jamais entendu dans sa voix. De l'inquiétude. Ou de la peur, même. Je lève les yeux vers lui.

–Où est le pistolet, Trey?

–J’en sais rien. J’ai pris ton sac sans faire exprès, ce matin-là.

–Pourquoi tu n’es pas rentré à la maison?

–Je voulais pas être en retard au lycée –, j’aurais été mis sur la touche pour le match du soir.

–Pourquoi tu ne m’as pas téléphoné?

–Je voulais pas que tu sois fâché contre moi. Alors j’ai caché le flingue, au cas où il y ait une inspection surprise des casiers. Mais quand je suis retourné le chercher, il avait disparu.

Mon oncle détourne le regard. Il reste immobile longtemps, comme s’il cherchait à formuler une réponse, ou à cacher sa honte. Impossible à dire.

–Je suis désolé, Trey. (Il se tourne enfin vers moi.) Je… je crois que je n’ai pas été à la hauteur si tu n’oses pas venir me parler quand tu as des ennuis. Je voulais juste que tu sois au top, fiston. Au top. Tu n’as pas le temps, Trey. Tu n’as pas le temps de faire des conneries. J’ai essayé de te faire devenir un homme par la force, parce que je ne connais pas d’autre méthode. C’est celle que j’ai apprise de mon père. Je me suis peut-être trompé. Et ça risque de gâcher ta vie tout entière. Je suis désolé. Je vais trouver une solution.

Mon oncle se lève et sort en fermant la porte doucement derrière lui. Je m’essuie le visage.

Je pense au coach qui crie souvent: «Garde la tête froide, reste dans le match, Jackson!» Est-ce que j’aurai à nouveau l’occasion de jouer? Je pense à ce que ce connard de Solomon a écrit sur les réseaux: sa blague sur les matchs de basket que je jouerai en prison. C’est vraiment ça qui m’attend? Me faire jeter comme un déchet? Moi et toute ma vie? Moi et tout mon avenir?

Donc ils ont analysé la balle et elle correspond au modèle de flingue que j'ai apporté sans m'en rendre compte au lycée, ce jour-là. Mais ils n'ont pas retrouvé l'arme. Pas encore. Et je crois savoir où elle est.

CHAPITRE 21

NICO

Ramón

La mort peut sembler lointaine jusqu'à ce qu'elle frappe sous vos yeux.

Les gens s'imaginent que quand on a grandi sur le territoire d'un gang, on est immunisé contre ce qui est arrivé à M. Moore. C'est complètement faux. Depuis le jour du meurtre, j'ai l'impression que mon corps est gonflé d'eau. J'ai appris tout petit à ne jamais marcher dans les océans immobiles des rues après une inondation : l'eau y est sale et elle conduit parfois l'électricité. Si on n'est pas prudent, on risque de se faire électrocuter.

Je ne suis pas censé sortir de la maison mais je ne tiens plus en place entre quatre murs. Je dois me renseigner sur Nico mais je remets sans arrêt mon enquête à plus tard car j'ai peur de ce que je risque de découvrir. Et je suis terrifié à l'idée que les Dioses me surprennent à les espionner. Donc je traîne sur le porche à l'arrière de la maison, où j'alterne entre faire les cent pas et rester assis.

Je viens justement de m'asseoir quand mon téléphone se met à vibrer bruyamment contre le plancher du porche. Je l'attrape aussitôt.

C'est Keyana qui envoie un message de groupe.

Keyana
Il faut trouver l'arme du crime. La seule manière de trouver le coupable, c'est de trouver l'arme, non ? Il y aura les empreintes du tueur dessus. Et ça résoudrait tout.

J'essaie de ravaler ma colère et je pianote aussitôt:

Ramón
Tu donnes l'impression que c'est facile.
C'est pas si simple que ça.

Pas de réponse, et je continue à fixer l'écran. Et puis, frustré, je repose brutalement mon portable sur le porche. Je repense à Ever et à l'enveloppe qu'il a donnée à Nico dans la ruelle derrière le 314 Bosetti. C'est peut-être simple, en fait. Le moment est venu d'arrêter de remettre les choses à plus tard.

Je me lève, rapide comme l'éclair, comme si toute cette eau qui stagne dans mon corps venait de m'envoyer une décharge électrique dans la colonne vertébrale.

–¿Podría ser? murmuré-je.

Je regarde l'heure. J'ai largement le temps avant le retour d'abuela. Comment s'appelle le restau où j'ai aperçu Nico, déjà? J'entre l'adresse dans Google, 314 Bosetti, et je le trouve; El Rincón.

Je les appelle et au bout de quelques sonneries, une voix douce me répond.

–Bonjour, merci d'avoir appelé El Rincón. Anabel à l'appareil, que puis-je faire pour vous?

Je prends une voix grave pour paraître plus âgé.

–Bonjour, est-ce que Nico est là ce soir? Je dois lui déposer quelque chose.

–Oui, il me semble qu'il est encore là. Je sais que son service se termine bientôt. Vous voulez lui parler?

Je raccroche aussitôt. Ça pourrait être lui.

J'ai déjà mes chaussures aux pieds et mon téléphone en main. Je prends mon couteau de poche, au cas où, et je m'élance vers la porte. J'espère que Nico me mènera jusqu'à l'arme du crime.

La nuit est plongée dans un silence inhabituel. J'ai prévu de suivre Nico jusque chez lui et voir où il habite. Et puis revenir plus tard et creuser un peu, des fois que je découvre quelque chose dans son logement. Si je trouve l'arme, ce sera gagné, je serai libre. Sinon, il y aura peut-être quelque chose, une sorte d'indice qui permettra de comprendre ce qui est arrivé à Moore.

Le restaurant n'est pas très loin et l'air frais me fera du bien. Quand j'arrive à proximité du bâtiment, il est là. Nico Martinez, quittant El Rincón dans ses vêtements de travail, son tablier de cuistot sur l'épaule après une longue journée de boulot.

L'espace de quelques secondes, j'ai presque de la peine pour lui. Est-ce qu'il travaille à la Promesse, avant de venir prendre son service ici ? Ça me rappelle abuela, qui trime sans arrêt. Les temps sont durs.

Nico s'engage dans la rue et je lui emboîte le pas, en prenant garde de maintenir une bonne distance de sécurité, bien qu'il fasse nuit et qu'il ne puisse pas me remarquer.

Il passe sans s'arrêter devant un abribus. Donc, vit dans le quartier puisqu'il rentre à pied. Encore mieux. Puis il prend à droite dans une ruelle.

Ce n'est pas l'endroit le plus sécurisé pour suivre un potentiel assassin, mais est-ce que j'ai vraiment le choix ? Si on ne résout pas cette affaire bientôt, ils risquent de nous faire porter le chapeau à tous les trois.

Je m'engage à mon tour dans la ruelle et je m'arrête net. Nico a disparu.

Je plisse les yeux et j'essaie de voir à travers un fin voile de brouillard, mais aucune trace de Nico.

– C'est impossible, murmuré-je.

J'avance à pas de loup et j'observe les bâtiments autour de moi. Tout est plongé dans le noir et le silence, pas le moindre signe de vie ni d'activité, encore moins de Nico.

J'arrive au milieu de la ruelle quand je comprends soudain. Nico a fait exprès de me semer. Mais pourquoi ? Qu'est-ce qu'il cache ?

Une onde de terreur me parcourt la colonne vertébrale – et s'il avait vu mon visage ?

Je m'apprête à tourner les talons et à rebrousser chemin en vitesse quand quelqu'un me pousse à terre d'un puissant coup dans le dos. J'atterris avec un bruit sourd et je dégaine mon cran d'arrêt pour décourager le voleur.

Mais avant même que j'aie eu le temps de me redresser, je sens le canon froid d'un pistolet contre l'arrière de mon crâne.

–Pourquoi tu me suis, toi?

Ce n'est pas du tout un voleur. C'est un assassin. C'est Nico.

–Non, s'il vous plaît, attendez, je suis désolé!

Je suis sidéré qu'il m'ait repéré aussi vite. Mais bon, quand tu traînes dans la rue, ça t'apprend à rester vigilant en permanence. J'aurais dû me douter que je ne ferais jamais le poids face à lui.

–Alors, parle! hurle-t-il en appuyant davantage le canon contre mon crâne.

–Je... je...

Je ne sais pas quoi dire. La vérité? Est-ce qu'on avoue à un meurtrier potentiel qu'on le soupçonne? Dans une ruelle sombre où personne ne peut vous entendre? Je n'ai pas beaucoup d'options.

–Nico, m'écrié-je. C'est votre nom, hein? M. Martinez?

Le silence règne un moment. Puis je sens qu'il écarte soudain le pistolet et j'aperçois sa main tendue vers moi. Je l'attrape et Nico m'aide à me relever.

Je m'attends à le voir braquer son flingue sur moi. Mais... une seconde, là... il n'a pas de pistolet. Il appuyait juste l'articulation de son index contre ma tête.

Nico plisse les yeux et essaie de distinguer mon visage dans l'obscurité.

–Ramón! Ramón, putain mais qu'est-ce que tu fous? Pourquoi t'es dans la rue à cette heure-ci? Et pourquoi tu me suis?!

Je recule lentement pour mettre un peu de distance entre nous.

–Je suis... Je suis désolé. Je voulais juste discuter.

–De quoi ?

Nico regarde autour de lui comme si je lui tendais un piège. Je vois qu'il est fâché.

Je ne l'avais jamais envisagé sous cet angle, mais si Nico n'est pas le tueur, il doit me soupçonner autant que je le soupçonne.

–Je ne savais pas que vous faisiez partie des Dioses.

–Ça remonte à un moment.

–Vous avez fait de la taule ?

–Ouais, et alors ?

Je ne peux pas lui demander cash si c'est un assassin, donc je cherche un moyen d'en apprendre davantage.

–C'est juste que je vous ai vu avec Ever, aujourd'hui.

–Hein ?

–Ever. Il vous a donné une enveloppe. On aurait dit de l'argent.

–Tu me suis depuis combien de temps, petit ?

–Juste cette fois-là... et maintenant.

–Pourquoi ?

–Eh ben... Vous êtes lié aux Dioses. Moore a fait arrêter mon cousin et les Dioses voulaient se venger. Donc j'ai pensé que...

Nico soupire et secoue la tête comme s'il était déçu d'avoir été démasqué.

–Tu sais que dalle, petit mec, rétorque-t-il en faisant un pas vers moi.

Je ne bouge pas d'un pouce et je le fixe droit dans les yeux, j'attends qu'il m'en dise davantage.

–Juste parce que j'ai un casier judiciaire et un passif chez les Dioses, t'en conclues que j'ai tué Moore ?

Moi qui voulais éviter le sujet qui fâche... J'acquiesce, ma main toujours serrée sur mon cran d'arrêt au cas où ça tourne mal.

Nico se frotte le menton et laisse échapper un petit rire avant de continuer.

–C'est marrant, parce que l'argent que tu m'as vu recevoir d'Ever, c'est une avance pour acheter El Rincón. César a entendu dire que le restau était à vendre et il voulait agir vite pour s'assurer que l'établissement reste aux mains des gens du quartier. Ça n'avait aucun rapport avec Moore.

Je n'en crois pas mes oreilles. Je comprends maintenant ce qu'a dit César juste avant de se faire arrêter. « Il y a peut-être un autre choix, après tout. Un autre local, un autre resto, tu vois ? » Il avait déjà tout prévu.

Je me sens à la fois fier et triste.

Fier de mon primo, qui envisage sérieusement de changer de vie. Fier de moi, d'avoir réussi à le convaincre. Mais je suis triste d'avoir soupçonné les Dioses d'être impliqués. Beaucoup de membres essaient juste de trouver leur voie. Ils n'ont pas eu la chance d'étudier dans un lycée comme la Promesse.

–Je suis désolé, monsieur. Je... Je sais pas quoi dire. Je pète un câble, vous savez...

Je suis pris d'une envie débile et incontrôlable de pleurer. Je me frotte le visage de toutes mes forces pour repousser les larmes. Je ne sais pas pourquoi, mais Nico se frotte les yeux, lui aussi.

–T'as un avocat ? me demande-t-il.

–Ouais, mais il est difficile à joindre.

Nico secoue encore la tête.

–Ne les laisse pas t'avoir, dans cette affaire, ajoute-t-il avant de tourner les talons. Fais tout ce que tu peux. Et quand ce genre de conneries arrive, le mieux, c'est toujours de commencer par suivre la thune.

–Comment ça?

–Bon, écoute, je suis pas au courant de grand-chose. Mais on discute pas mal, entre employés de la cafétéria, et avec autant de mécènes et de subventions, le lycée ne devrait clairement pas être obligé de compter chaque centime.

–Vous pensez que quelqu'un vole de l'argent au lycée?

–Comme je te l'ai dit, je suis pas au courant de grand-chose. Mais à ta place, j'essaierais de creuser un peu plus cette piste.

Sur ces mots, Nico me tourne à nouveau le dos et s'éloigne.

–Merci, dis-je d'une voix étranglée, alors qu'il est déjà au bout de la ruelle.

Il a presque disparu de mon champ de vision mais je crie après lui:

–Je suis désolé!

Il s'arrête un instant et je me dis qu'il va m'ignorer. Mais il me regarde par-dessus son épaule.

–Moi aussi.

Puis il s'en va.

FLASH INFO :

ENQUÊTE SUR LE MEURTRE DE LA PROMESSE

Dans le cadre de son enquête, la police a fait appel à des analyses balistiques qui ont permis d'identifier l'arme du crime. Il s'avère qu'un pistolet de ce modèle précis est officiellement enregistré au domicile d'un des trois suspects

Nous avons contacté son tuteur légal pour obtenir de plus amples informations sur cette découverte mais la personne, qui a demandé à garder l'anonymat, refuse de répondre.

Suivez-nous pour connaître les dernières évolutions dans l'enquête sur le meurtre de la Promesse.

CHAPITRE 22

CONFUSION

Trey

Le lendemain de notre rencontre au parc, je reçois un message de Ramón qui me demande si on peut tous se revoir ce soir. Ma poitrine entière s'enflamme. Évidemment, que je veux le revoir. Parce que maintenant, je sais qu'il n'a pas tout raconté sur cette journée, et putain, je compte bien découvrir la vérité.

L'astuce, c'est d'attendre que mon oncle s'endorme. Et ma mère aussi, parce que je préfère qu'elle ne vienne pas avec moi cette fois-ci. Mon oncle n'est pas du genre à veiller tard – il se couche tôt et se lève tôt. La routine militaire. Mais attendre qu'il aille se mettre au lit, c'est comme attendre de voir l'eau bouillir.

Pendant ce temps-là, c'est moi qui bouillonne de colère. Je commençais tout juste à faire confiance à Ramón. Se sentir trahi, c'est un des pires trucs du monde. Surtout si, comme moi, vous avez du mal à accorder votre confiance. Quand Keyana envoie un message pour prévenir qu'elle est en chemin vers le lieu de rendez-vous avec J.B., je suis littéralement en train de faire les cent pas dans ma chambre. J'ai vraiment hâte de demander des explications à Ramón à propos de Nico.

Je regarde mon réveil. 21 h 38. La lumière est éteinte dans la chambre de ma mère. Mon oncle est réglé comme une horloge, il s'endort généralement à 21 h 30, donc je me décide.

Je passe par la fenêtre de ma chambre, la fraîcheur de la nuit me chatouille la nuque. Je mets ma capuche et je prends la direction du kiosque, le point de rendez-vous proposé par Ramón. Je cours, mais pas trop vite. Je ne veux pas être épuisé quand j'arriverai devant lui.

Je suis certain de trouver tout le monde installé tranquillement à m'attendre, sauf qu'avant même d'avoir atteint le parc, je les entends crier. Il fait trop noir pour que je distingue vraiment la scène, donc j'accélère, je pique un sprint dans la rue, prêt à intervenir – à ce stade, je me fous bien de savoir qui s'engueule avec qui.

–Qu'est-ce qui se passe? demandé-je en déboulant près du groupe.

Ils s'immobilisent tous d'un seul coup et Ramón se tourne vers moi.

–Ce serait plutôt à toi de nous le dire! s'écrie-t-il quand il comprend que c'est moi qui viens d'arriver.

Puis Keyana et J.B. pivotent à leur tour pour me faire face.

–Mais de quoi tu parles, putain? hurlé-je, pris au dépourvu.

–Joue pas au con! gueule Ramón. L'un d'entre nous ment, et c'est pas moi.

–C'est pas moi non plus. Je vous présenterai ma mère, si vous voulez, elle a jamais eu de flingue chez elle, dit J.B.

–Mon abuela non plus, ajoute Ramón.

–Trey? murmure Magda. Tu as regardé les infos?

Mon cœur s'arrête de battre.

J.B. me dévisage, les yeux plissés. Keyana aussi.

Je leur demande d'un ton empressé:

–Non, j'ai rien vu. Qu'est-ce qui se passe?

Avec autant d'empressement, Keyana dégaine un article de presse. Je fais semblant de le lire mais je sais parfaitement ce qu'il y est écrit. Mon oncle vient de m'en parler. Je n'imaginais pourtant pas que l'information avait été rendue publique. Pas aussi vite, du moins.

–Je… je sais pas…

–Sale menteur! C'est toi le coupable, hein?!

Ramón me saute dessus. J.B. s'interpose.

Je ne trouve plus mes mots. J'ai tellement la pression, je crois que je ne vais plus pouvoir me contenir très longtemps.

–C'était… c'était un accident… toussoté-je.

–Donc c'est bien *toi*! hurle Ramón, comme s'il n'arrivait pas à y croire. C'est toi qui l'as tué! Tu as tué le proviseur Moore!

–NON, je l'ai pas tué! rugis-je. Je parle d'un autre truc! L'accident, c'était d'avoir *apporté le flingue au lycée*! J'ai tué personne! J'ai essayé de le cacher…

–De cacher *quoi*?!

–Le flingue!

Je leur explique comment j'ai pris le sac de mon oncle par erreur.

–Donc plutôt que de rentrer chez moi et de me faire exclure du match de basket, je suis entré dans le lycée par la porte du sous-sol pour éviter les portails des détecteurs à métaux à l'entrée principale, et j'ai planqué le flingue dans les toilettes du sous-sol. Mais quand je suis retourné le chercher, il avait disparu. Quelqu'un l'a pris.

–Elle est moisie, ton histoire, s'insurge Ramón, furieux, en regardant les autres autour de lui, comme s'il les incitait à m'attaquer.

–Il ment et...

–Il ne ment pas, l'interrompt J.B. avant de baisser la tête.

Je me tourne vers lui, stupéfait.

–Il a pas pu tirer sur Moore avec ce flingue, affirme J.B. en me regardant droit dans les yeux. Tu l'as caché dans le réservoir des toilettes, c'est ça?

Je le dévisage, incrédule, puis j'acquiesce lentement.

–Ouais, murmure-t-il, et Keyana le dévisage elle aussi sans un mot. Je l'ai trouvé. Et j'ai cru que quelqu'un avait prévu de faire un carnage dans le lycée. Alors je l'ai caché dans le plafond en pensant que personne ne le trouverait. Trey pouvait pas savoir où était le flingue, c'est impossible.

J'ai presque envie de le serrer dans mes bras.

–Vous voyez! Quand j'ai demandé à aller aux toilettes pendant notre heure de colle, c'était pour aller le récupérer et le rapporter chez moi. Et quelques minutes après, j'ai entendu un coup de feu.

–Alors c'est *ça* que tu faisais pendant l'heure de colle? dit Ramón, puis il se tourne vers J.B. avant même que j'aie eu le temps de répondre. Donc c'est toi qui avais le flingue et...

C'est à mon tour de lui couper la parole d'un ton ironique.

–Je sais que tu te permettrais pas de nous soupçonner, Ramón. Explique-nous qui est vraiment Nico Martinez.

–Hein?

–Tu m'as parfaitement entendu. Explique-nous qui est Nico.

Magda se tourne vers Ramón.

–De quoi il parle?

–Ouais, c'est quoi cette histoire avec Nico? demande J.B.

Ramón soupire. Toute son énergie s'évapore.

–Nico faisait partie des Dioses.

La nouvelle explose comme une bombe au milieu du groupe.

–Attends une seconde, hurle J.B. Le mec avec un casier judiciaire, celui sur qui tu voulais enquêter, il fait partie de ton gang?

–Ouais, il a été condamné pour tentative de meurtre! annoncé-je.

–Alors ça, je le savais pas, s'exclame Ramón. Et c'est pas *mon* gang. Nico a rien à se reprocher, je suis allé vérifier. Il s'est remis dans le droit chemin.

–Qui c'est qui raconte des histoires moisies, maintenant, hein? grondé-je.

–Ramón, tu le savais avant? T'étais déjà au courant quand tu t'es porté volontaire pour enquêter sur Nico? le sonde Keyana.

–Oui. Mais si j'ai rien dit sur le moment, c'est parce que ça m'aurait rendu encore plus suspect. Ça peut pas être Nico. Il était même pas présent au moment du meurtre. Il était déjà à son deuxième boulot. J'ai vérifié.

–Tu aurais dû nous en parler, murmure Magda.

–J'avais besoin d'avoir toutes les infos avant de pouvoir m'expliquer! C'est exactement comme Trey qui nous a caché son histoire de flingue. Ou J.B. qui a évité de préciser qu'il avait caché le flingue – on sait toujours pas ce qu'il a fait du flingue, d'ailleurs. Ni pourquoi sa chemise était couverte de sang!

Soudain, une voix dans l'obscurité nous réduit au silence. Il me faut un moment pour la reconnaître: c'est Unk, le vieil ivrogne du quartier, qui sort de l'ombre.

–Faut que vous fassiez marcher vos caboches un peu plus, les jeunes, se moque-t-il. Je croyais que c'était censé vous rendre plus intelligent, d'aller à l'école.

Je m'apprête à lui gueuler de s'occuper de ses affaires mais J.B. prend la parole avant moi.

–Qu'est-ce que tu veux dire, Unk?

–Ce que je veux dire, c'est que si vous étiez aussi intelligents que vous devriez l'être, vous verriez bien que quelqu'un essaie de vous faire porter le chapeau. Méfiez-vous.

Il boit une gorgée au goulot d'une bouteille dans un sachet en kraft. Puis il disparaît à nouveau dans la pénombre, comme s'il n'avait jamais été là.

–Il a raison, vous savez. Si on ne se fait pas confiance, on ne s'en sortira jamais. Quelqu'un tire les ficelles, quelque part. Il faut absolument qu'on soit transparents et qu'on se dise tout. C'est la seule façon d'y arriver, explique Keyana.

Elle marque un point. On reste muets un moment.

J.B. tapote le sol du bout de sa chaussure, comme s'il voulait ajouter quelque chose.

–Je saigne du nez quand je fais des crises d'angoisse, chuchote-t-il soudain. (C'est la première fois que je le vois manquer d'assurance.) Quand je stresse, je transpire et parfois, je saigne du nez. C'est pour ça que j'avais du sang sur ma chemise, ce jour-là. Le stress du coup de feu a déclenché le saignement.

–Sérieux, ça joue pas en notre faveur que nos histoires soient toutes aussi moisies, ironisé-je.

Tout le monde rigole. Ça fait du bien de retrouver mon sens de l'humour.

–Et je sais pas où est passé le flingue, explique J.B. Comme Trey, je suis retourné le chercher mais il avait disparu. J'ai voulu aller vérifier quand on a commencé à enquêter sur Omar.

–Omar ? répète Magda.

–Yep, Omar, continue J.B. Keyana et moi, on est allés à la Promesse et on a fouillé le casier d'Omar. On a trouvé des trucs assez louches. C'est ce qu'on voulait vous montrer ce soir, avant que... (Il se tourne vers moi.) Enfin, vous savez, quoi.

Il sort un classeur qu'il ouvre. Il est plein de notes en vrac sur le proviseur Moore. Tous les endroits où il a travaillé, où il a vécu. Il y a même des photos de lui. Au lycée, ou en train d'entrer et de sortir de chez lui.

–Putain, mais c'est quoi tout ça ? demande Ramón avant moi.

–C'était dans le casier d'Omar. Avec ça.

J.B. tend un document à Magda qu'elle lit.

–Ça dit que la Fondation de la Promesse lui a refusé une subvention.

J.B. acquiesce.

–Ce qui est bizarre, c'est que la Fondation est censée financer les frais de scolarité universitaires des élèves de la Promesse qui manquent de moyens et pourtant, j'ai jamais entendu parler d'une seule personne qui en aurait bénéficié. Et Moore a toujours viré ceux qui ne pourraient pas obtenir de bourse d'études du fait de leurs mauvais résultats ou de leurs difficultés financières.

–Si c'est vrai, alors ça ressemble à une escroquerie. Où va tout cet argent, s'il n'est pas destiné aux élèves ? fait remarquer Keyana.

Excellente question. Qu'on n'avait jamais pensé à se poser.

–Nico m'a dit de suivre la thune, dit Ramón. Rien n'est logique, puisque la Promesse reçoit de grosses sommes de la part des mécènes et que personne ne sait où est investi cet argent. (Il marque une pause, comme s'il essayait de démêler le fil de ses pensées.) Vous imaginez si Ennis avait finalement découvert que son argent investi au lycée était détourné ?

–Et vous imaginez s'il était au courant *et* complice ?

On frissonne tous à l'idée d'une aussi vaste conspiration.

–Keyana a posé une très bonne question. Où va l'argent ? Si on trouve la réponse, on aura peut-être un indice, dit J.B. Il doit bien y avoir des archives ou des données quelque part.

–Et votre Omar, là... ajoute Magda. Il me paraît de plus en plus louche. Non seulement il a plein de photos douteuses de Moore mais il avait des raisons de lui en vouloir, si le proviseur lui a refusé une subvention.

–Je suis d'accord, acquiesce J.B. Et je sais comment on pourra faire d'une pierre deux coups.

Je l'observe et je comprends qu'on a eu la même idée. Il faut absolument qu'on aille parler à Omar.

MAGDALENA PEÑA

C'est comme si le coupable avait agi en sachant pertinemment qu'il y aurait un grand nombre de suspects, et que la police serait déroutée. Est-ce que les assassins qui échappent à la justice sont toujours intelligents ? Ou est-ce qu'ils ont juste de la chance ?

Quand je rentre après le rendez-vous au kiosque, je trouve César dans le canapé, devant la télé. Son bracelet électronique est fixé à sa cheville. À l'écran, le présentateur des infos évoque la cérémonie qui se prépare à la Promesse en mémoire de Moore. Tout est si irréel. Le regard fixe, je reste silencieuse un moment.

– Je parie que tu es content de ne jamais être allé à la Promesse, finis-je par dire en espérant le faire rire.

Je suis soulagée quand il s'esclaffe. J'ai l'impression de ne pas avoir entendu son rire depuis très, très longtemps.

– Clairement. Y a que des racailles, là-bas.

On rit encore mais je ne peux pas m'empêcher d'être triste. C'est un vrai merdier, et j'ai beau être convaincue de l'innocence de mon cousin – et de celle de J.B. et de Trey aussi, maintenant – tout est devenu encore plus compliqué.

Et si on n'arrive pas à faire une découverte capitale bientôt, l'un d'eux va finir en prison.

À la télé, le présentateur aux dents éclatantes continue d'une voix monocorde:

–La cérémonie d'hommage à cet homme incroyable et à sa vie inclura le dévoilement d'un portrait commandé par son successeur, Wilson Hicks. C'est ce dernier qui présidera la cérémonie, au cours de laquelle les membres influents de la communauté feront en sorte de nous rassembler tous pour honorer les exploits et l'héritage de Kenneth Moore, cette grande personnalité de Washington DC.

–À ton avis, c'est qui le coupable? demandé-je à César pendant les pubs.

Il garde longtemps le silence et je finis par me demander s'il m'a bien entendue, ou s'il choisit de m'ignorer. Mais il prend la parole en haussant les épaules, les yeux rivés sur son bracelet électronique.

–Ce genre de meurtres, c'est forcément pour une question de pouvoir. Quand des hommes puissants sont assassinés, c'est toujours lié au pouvoir. À la Promesse, il y a beaucoup d'élèves qui traînaient avant dans la rue. Quelqu'un a voulu prouver à Moore qu'il n'était pas le roi.

–C'est dangereux d'être assis sur un trône, alors?

–C'est épuisant, me répond-il.

Il paraît si fatigué. Je me rapproche de lui et je pose la tête sur son épaule, comme quand j'étais petite. Et mon frère ne me repousse pas.

PERSONNE

Je peux rien dire.

J'ai trop à perdre.

Parfois, la clé de la survie, c'est de rester invisible.

KEYANA GLENN

Il est minuit quand Magda envoie un message sur le groupe:

Qui voulait prouver que Moore n'était pas le roi ?

Je réponds:

Gardez les yeux ouverts aujourd'hui
et cherchez la réponse à cette question.

J'ai fait beaucoup de recherches et j'ai appris une chose: c'est l'argent qui dirige le monde. Et pas seulement le monde, mais aussi les écoles. Et surtout des lycées comme la Promesse.

Déjà, c'est n'importe quoi que certains établissements reçoivent plus de financements que les autres. Et les écoles où sont inscrits des élèves comme moi semblent systématiquement désavantagées. C'est comme tout le reste, dans cette société – ça me donne encore plus envie de devenir avocate, mais aussi législatrice ou quelque chose du genre.

Les lycées privés comme la Promesse jouent carrément dans une autre ligue – assise sur mon lit, je fais des recherches sur mon téléphone et j'en apprends de plus en plus. Les proviseurs comme Moore peuvent vite devenir aussi célèbres que des rock stars, un peu comme ces pasteurs évangélistes qui gagnent leur notoriété en prêchant la bonne parole puis qui partent en tournée pour sauver les âmes sous les feux des projecteurs.

Je dégote des dizaines d'articles qui relatent son ascension professionnelle à Washington DC. Il était vraiment apprécié. Je trouve des photos de lui, récentes ou anciennes, en compagnie de professeurs, de parents, d'élèves. Sur l'une d'elles, on le voit aux côtés de Mme Hall, rayonnant. Son sourire à elle est si large qu'il semble sur le point de lui déchirer le visage. La photo date de l'inauguration de la Promesse. La légende explique combien Mme Hall était fière de rejoindre Moore dans «cette grande œuvre».

–Mouais, marmonné-je en songeant à ce que Moore a fait à J.B. Cette grande œuvre dans laquelle on brusque des adolescents comme s'il s'agissait d'adultes.

Plus j'en apprends sur Moore et sa carrière, plus j'arrive à cerner l'homme qu'il était. Au-delà des règles débiles qu'il faisait respecter de plus en plus sévèrement à la Promesse, il semblait être le genre de type qui aime être admiré. Il n'était pas très différent des filles de la Miséricorde qui vont donner des cours d'anglais et de soutien aux mecs qui ne parlent pas notre langue. Il posait les yeux sur des élèves comme J.B., Trey ou Ramón et il estimait que... que quelque chose clochait chez eux. Qu'il fallait les écraser et les enfoncer dans un moule, quitte à briser tous leurs os pour être sûr qu'ils y rentrent correctement.

Ils lui rappelaient peut-être quelque chose qu'il n'aimait pas en lui-même.

C'est si pénible de regarder ces photos de lui en smoking, rayonnant – à des dîners caritatifs, à des galas de bienfaisance, à des soirées au Capitole où il serrait des mains et souriait aux objectifs sous des déluges de félicitations et de compliments – alors que des gars comme J.B. n'ont même pas le droit de sourire dans l'enceinte de la Promesse. Si pénible d'imaginer qu'il fasse une crise d'angoisse, qu'il saigne du nez, mais qu'on affirme dans son dossier scolaire qu'il a pris part à une bagarre.

Je mets mon téléphone en veille et je laisse mon esprit vagabonder. Entre les quatre murs de la Promesse, Moore était le roi et personne ne s'opposait jamais à lui. Dans un royaume, le souverain tout-puissant ne se trompe jamais, ni dans ses paroles ni dans ses actes. Quand un monarque se fait renverser, comme dans *Game of Thrones*, la menace vient souvent de l'intérieur.

Je pense aussitôt à Stanley Ennis.

D'après ce que j'ai pu trouver, Ennis est un roi lui aussi, à sa manière. Il finance des expéditions dans la jungle et au sommet des montagnes, il possède beaucoup d'entreprises et il multiplie les donations pour qu'on baptise des lieux en son honneur.

Mais quand les mails de menace ont été divulgués, je trouvais que les formulations ne lui correspondaient pas. « *Vous auriez dû être là pour moi mais vous avez décidé de me tourner le dos.* »

J'observe la rue silencieuse dehors et j'imagine mon quartier pareil à un territoire – pas le territoire d'un gang comme les Dioses del Humo, mais de politiciens, de comités administratifs, de conseillers municipaux, de proviseurs, de tous ces gens qui posaient sur les photos en compagnie de Moore, qui le considéraient comme le sauveur des «enfants perdus», pendant qu'il humiliait les élèves et les vidait de toute leur joie de vivre. C'est leur royaume à eux, aux gens comme Stanley Ennis ; ils financent la construction d'un gymnase dans un lycée, puis ils trouvent des élèves qu'ils ramènent pour les y faire jouer. Des petits soldats, des jouets, des pions qu'ils déplacent sur l'échiquier tout en encaissant les subventions gouvernementales. J'ignorais que de si grosses sommes d'argent transitaient dans des établissements comme la Promesse, jusqu'à ce que je commence à lire les articles sur Moore et sa carrière royale.

Je reprends mon téléphone et j'envoie un message de groupe.

Dites, les gars de la Promesse, c'est quand le prochain match de basket ? Il faut qu'on trouve un moyen de suivre Ennis et d'en apprendre plus sur lui.

CHAPITRE 23

CONFRONTATION

J.B.

Trey, Ramón et moi attendons à quelques mètres de la Promesse, juste avant la sortie des cours. Trey a même apporté des jumelles pour qu'on puisse observer la porte principale tout en gardant nos distances. Je dois bien avouer que bosser avec Trey et Ramón commence à avoir certains avantages.

On a convenu d'attendre qu'Omar quitte le lycée, puis de le cuisiner pour lui tirer des réponses claires. Je ne pense pas qu'il nous posera problème mais si jamais c'est lui l'assassin, il pourrait encore avoir le flingue sur lui. Si on en vient aux mains, il n'aura pas d'autre choix que de l'utiliser.

Je ne connais pas bien Omar mais je sais qu'il a un côté flippant. Il ne parle jamais, il ne vous regarde jamais vraiment. J'ai bien stressé quand j'ai trouvé toutes les photos de Moore. Ça ne me fait pas plaisir de l'avouer, mais je le verrais bien appuyer sur la détente.

On a mis notre uniforme pour se fondre dans la masse quand les élèves se disperseront dehors. C'était l'idée de Trey mais je doute que ça serve à quelque chose. Je consulte ma montre. Il est presque 17 heures. Ce n'est plus qu'une question de secondes. Et pile à l'heure, la sonnerie retentit. La rue est soudain submergée par les élèves de la Promesse. Qui rêvent seulement de sortir de là.

– Le voilà, s'écrie Ramón.

D'un geste du menton, il désigne un gars maigre qui descend les marches.

– Ouaip, c'est lui. On dirait qu'il vient dans notre direction.

On se cache derrière le mur du lycée pendant qu'Omar approche. Une fois qu'il nous a dépassés, on lui emboîte le pas.

– Quand est-ce qu'on l'aborde ? demande Ramón.

– Dès que la voie est libre, réponds-je. Il doit aller prendre le bus, il faut juste qu'on le chope avant qu'il atteigne l'arrêt.

On traverse encore quelques rues avant d'avoir semé les autres élèves de la Promesse. Il n'y a qu'Omar et nous dans les parages.

– C'est le moment !

J'allonge le pas pour rattraper Omar.

J'entends Ramón et Trey accélérer à leur tour. Quand j'approche d'Omar, je me rends compte qu'il a mis ses écouteurs et qu'il ne peut pas m'entendre. Je profite de cet avantage et je comble la distance entre nous. J'empoigne son sac à dos et je le lui arrache – je veux être sûr de lui retirer le flingue, au cas où il l'aurait encore sur lui. Il fait volte-face.

– Tu fais quoi, là ?! couine-t-il.

Mais quand il nous voit tous les trois devant lui, il s'enfuit en courant.

–Merde, rattrapez-le! hurlé-je.

On s'élance après lui, on franchit plusieurs pâtés de maisons. Ce mec court vite, je dois bien lui accorder ça. C'est sûrement à force d'avoir fui toute sa vie devant ses harceleurs. Trey finit par le rattraper et le jeter au sol. Ramón et moi, on arrive juste après. On le surplombe, hors d'haleine.

–Putain, mais vous faites quoi? s'écrie-t-il.

–On pourrait te poser la même question. Pourquoi tu t'es enfui?

–Tu veux dire, pourquoi j'ai fui devant trois meurtriers potentiels qui semblaient vouloir m'attaquer? Oh, ben je sais pas, moi. Qu'est-ce que vous me voulez?

Sa repartie agressive me surprend. Je m'attendais à ce qu'il s'écrase et tremble de peur, mais non.

–Explique-nous ça, dis-je en sortant son classeur.

–Mon classeur! Comment tu l'as eu?

–On s'en fout, de comment je l'ai eu. Pourquoi t'as autant de photos de Moore? Et raconte-nous ce que tu sais à propos de la Fondation de la Promesse.

L'expression d'Omar change soudain, comme s'il était au courant d'un truc qu'on ignorait. Il se relève et époussette ses vêtements. Il regarde autour de lui et je n'arrive pas à savoir s'il cherche de l'aide ou s'il s'assure qu'on est bien seuls. Il fait un pas en avant et se penche vers nous.

–Aucun de vous trois n'est coupable, hein?

On échange un regard.

–Non, on a rien fait, réponds-je. Mais on peut pas en dire autant pour toi. Il paraît que tu as été la dernière personne à avoir été vue avec Moore. Et d'après cette lettre, t'avais un mobile.

Omar secoue la tête.

–Vous savez pas dans quoi vous avez mis votre nez. J'ai toutes ces photos de Moore parce que je préparais une présentation sur lui. Il faisait pression sur le conseil d'administration pour développer un deuxième campus identique à la Promesse et il voulait leur faire un exposé.

Omar se gratte le sourcil d'un geste nerveux et prend une profonde inspiration, prêt à continuer.

–Je me suis dit que je pourrais au moins recevoir un peu d'équipement photo neuf en échange, mais il a rétorqué que c'était une bonne occasion à saisir pour moi. D'après lui, les membres du conseil d'administration accepteraient peut-être de me soutenir financièrement à l'université quand ils verraient mon travail, ou je sais pas quoi. Sauf que j'ai commencé à voir et à entendre des trucs. Genre, on nous a toujours dit que la Fondation de la Promesse servait exclusivement à financer les frais de scolarité et les bourses. Mais le conseil d'administration exige qu'elle soit accessible à tous les élèves pour couvrir d'autres investissements: livres, uniformes, équipements d'activités extrascolaires... C'est pas seulement réservé à l'université. Moore ne nous l'avait jamais dit, ça. Donc quand il a refusé ma demande, je savais qu'un truc clochait.

Omar fait une pause, il regarde par-dessus son épaule. On l'imite. On est seuls dans la rue, alors il continue.

–Je me suis mis à le suivre en dehors des réunions du conseil. Moore partait en vrille. Il piquait de l'argent dans les caisses de la Fondation.

La nouvelle nous fait l'effet d'une bombe. Le proviseur Moore prônait toujours la perfection, l'excellence et la discipline, mais c'était du vent. Je suis déçu, franchement. Peu importe ce qu'il manigançait, c'est sûrement ça qui a provoqué sa mort.

–Je pense que quelqu'un a découvert ses magouilles et l'a menacé.

–Ces mails... dit Ramón.

–Exactement. Celui qui les a écrits savait ce que faisait Moore, et ça lui plaisait pas.

Les gars et moi, on échange un regard. L'histoire d'Omar semble assez crédible, surtout si on tient compte de toutes les informations qu'on a déjà. Mais ça ne veut pas dire non plus que c'est la vérité.

– Bon, attends, et pourquoi tu as été vu avec Moore juste avant le meurtre, alors? l'interrogé-je.

–Je vous l'ai dit, il m'avait demandé de faire un exposé sur lui. Je devais l'interviewer ce soir-là. C'était la dernière étape de mon projet. J'étais dans son bureau et j'essayais d'installer le micro mais j'avais besoin de scotch pour le faire tenir. J'ai quitté son bureau et avant d'avoir pu trouver un rouleau de scotch, j'ai entendu le coup de feu. Regardez...

Omar sort un flyer de sa poche.

C'est une invitation à la cérémonie de commémoration.

–Je vais diffuser la vidéo sur laquelle on bossait pendant cette cérémonie, il faut vraiment que vous me croyiez.

On scrute tous le flyer qui appelle à commémorer la vie de Moore et à pleurer sa mort prématurée. On se souvient du sentiment qu'on a éprouvé en entendant un coup de feu dans un endroit où on s'y attendait le moins. La violence dans ma ville est courante mais je n'aurais jamais imaginé qu'elle puisse s'immiscer entre les murs de la Promesse. Pas comme ça. Ça me rappelle juste qu'on n'est en sécurité nulle part.

–Vous avez d'autres suspects en tête ? demande Omar.

–On s'est dit que les Dioses étaient peut-être responsables, expliqué-je en regardant Ramón. Moore avait fait arrêter un de leurs chefs, et ils ont plusieurs membres dans l'enceinte du lycée. Mais c'était une fausse piste.

–Et puis il y a Mme Hall aussi. Elle est venue à la Promesse le jour du meurtre, et elle est mariée à un des flics chargés de l'affaire. C'est plutôt louche, ajoute Trey.

Omar lève les yeux.

–Je pense pas que Mme Hall puisse être coupable. Je l'ai vue entrer dans le gymnase pour assister au match juste avant le coup de feu.

Trey, Ramón et moi, on échange un nouveau regard. Même si ça fait mal de rayer le nom d'un autre suspect, j'ai l'impression qu'on fait un pas dans la bonne direction en retirant Mme Hall de notre liste. Je brise le silence.

–Bon, si c'est pas Mme Hall, ni toi, ni les Dioses, ça nous laisse... Ennis. Stanley Ennis. C'est un important mécène, il verse beaucoup d'argent à la Fondation de la Promesse et c'est le dernier nom qui figure dans le registre des visiteurs.

Le visage d'Omar s'illumine.

–Je le connais! Il me demande sans arrêt de faire des vidéos pendant les matchs de basket. Et en faisant des recherches sur la Fondation de la Promesse, j'ai découvert quelque chose, aujourd'hui. Je peux, euh... je peux récupérer mon sac?

Je dévisage Omar et je me demande s'il est digne de confiance. Je jette un coup d'œil dans ses affaires pour m'assurer qu'il ne cache pas d'arme. Je ne vois que du matériel scolaire et deux objectifs d'appareil photo.

–Désolé, mec. Tiens.

Je lui rends son sac.

Il fouille dedans, inspecte des feuilles volantes jusqu'à trouver ce qu'il cherchait.

–C'est ça. J'ai réussi à me connecter au serveur du lycée et j'ai vu quelles demandes ont été acceptées par la Fondation de la Promesse, et lesquelles ont été refusées. Il y a eu beaucoup de refus. Presque que des refus, en fait. Mais il y a un élève qui obtient toujours l'argent qu'il demande. Regardez son nom.

Omar retourne la feuille vers nous et montre une ligne. Stan Lee.

–Stan Lee? Genre, le mec de Marvel? questionné-je.

–Ouais, ou... le mécène, là. Stanley Ennis. Les gars, y a pas de Stan Lee dans le lycée. Stanley Ennis est le donateur principal, non? Des sommes d'argent disparaissent et un élève qui n'est même pas inscrit chez nous obtient systématiquement les subventions qu'il demande, puisées dans *notre* fondation. Donc soit Stanley Ennis volait l'argent du lycée et Moore était obligé de coopérer – peut-être parce que Ennis le faisait chanter – soit Moore volait lui-même l'argent et utilisait un nom proche de

Stanley pour brouiller les pistes. Mais finalement, sur ces deux mecs, il n'y en a plus qu'un seul en vie aujourd'hui.

Les pièces du puzzle se mettent lentement en place. Stanley et Moore géraient une sorte d'opération clandestine mais c'est parti en vrille et quelqu'un a dû payer le prix fort. Ça se passe exactement pareil dans la rue.

–Il y a un match, aujourd'hui, dit brusquement Trey. Ennis doit être au lycée, en ce moment.

BRANDON JENKINS

Quand Trey m'a envoyé un message et m'a demandé un service, j'ai failli refuser. Ma mère ne sait pas qu'on est restés en contact, lui et moi. Si elle l'apprenait, elle péterait un câble. Mais c'est mon meilleur pote. Je joue au poste de meneur, lui, il est arrière. Et j'ai déjà mal assuré en l'ignorant. Donc je lui dois bien ça.

Mais putain, j'aurais mieux fait de refuser.

Je devrais aller à l'entraînement, à l'heure qu'il est. Mais au lieu de ça, j'ai été assez con pour accepter d'espionner Stanley Ennis après les cours. Quand j'ai demandé à Trey pourquoi, il m'a juste répondu que c'était pour découvrir le véritable assassin de M. Moore. Et bon, encore une fois, je lui dois bien ça.

Voilà ce que je fais depuis quarante-cinq minutes : je me cache dans les vestiaires, dans les chiottes et ailleurs, histoire d'éviter M. Reggie pendant qu'il fait ses rondes dans le lycée et s'assure que tous les élèves ont bien quitté l'établissement à l'exception des basketteurs, puis j'attends que M. Ennis parte. Je sais pas du tout comment Trey veut que je le suive une fois dehors – c'est pas comme si j'étais James Bond, putain, ou que j'avais un sac plein de déguisements à portée de main. En plus, Ennis me connaît très bien, s'il me voit, il me demandera direct ce que je fous derrière lui. Et tout le monde sait que je suis un menteur minable.

Donc voilà, je suis actuellement planqué dans la salle de réunion et j'essaie de ne pas avoir trop de fourmis dans les pieds. Je suis en train d'envoyer un message à Trey pour lui dire que son idée est nulle quand j'entends soudain des voix approcher. Cette salle est juste à côté de la porte qu'emprunte toujours M. Ennis pour quitter le lycée – il gare sa Porsche dans le parking sur le côté du lycée, qui est sous vidéosurveillance – donc je sais qu'une des voix est la sienne.

Les quatre murs de la pièce où je suis sont partiellement vitrés, donc si les deux personnes arrivent à un angle précis et regardent à l'intérieur de la salle, elles vont carrément me repérer.

– Ça fait beaucoup à gérer ! lance Ennis.

Coup de bol, ils sont dans le couloir derrière moi et ne me verront pas, à moins qu'ils n'entrent ici.

Il reprend :

– Mais vous êtes un fin stratège.

Je me dis qu'il doit parler au coach, c'est souvent avec lui qu'il discute quand il vient assister aux entraînements. M. Ennis aime observer les progrès de son investissement. Plus on remporte de matchs, et plus il est content. Je ne comprends jamais pourquoi les types comme M. Ennis s'impliquent autant dans les équipes sportives lycéennes. Dans son cas précis, je pense qu'il essaie de revivre sa jeunesse, un truc du genre.

–Il faut juste que vous teniez bon, continue Ennis. Une tâche importante vous attend, mais s'il y a bien un homme capable de relever ce défi, c'est vous.

Mon cœur se met à battre plus fort. Dans les films, les gens se font souvent choper pour une raison débile, du style, leur téléphone qui se met à sonner. Je mets *toujours* mon portable en silencieux, mais je vérifie quand même, au cas où, puis je le fourre dans la poche de mon sweat à capuche et j'essaie de ne pas respirer trop fort.

–J'apprécie votre assurance, lui répond la personne avec qui il discute.

La voix m'est familière mais le type parle si doucement que je n'arrive pas à l'identifier.

–La transition va être difficile pour tout le monde, mais on va s'en sortir tant bien que mal.

–On s'en sortira bien, tout court, rétorque Ennis en lâchant un petit rire. (J'entends un bruissement de papier.) Voilà les seules choses dont vous aurez besoin. Faites en sorte d'assurer la continuité et la situation finira par s'arranger.

–J'aimerais que ça s'arrange, oui.

Ça y est, je reconnais cette voix: celle de M. Hicks, le conseiller d'éducation. Enfin, le *proviseur* Hicks. Je suis tellement près de la porte que je pourrais me pencher et vérifier d'un simple coup d'œil mais je n'ose pas.

–J'ai prévu de maintenir le cap. Et même d'apporter quelques améliorations, qui sait...

–Parfait, vous savez que j'aime ce genre d'attitude!

Rien qu'à entendre la voix d'Ennis, je devine qu'il sourit d'une oreille à l'autre. Puis il baisse le ton et chuchote:

–J'espère que vous êtes prêt à tout pour que ce partenariat soit profitable. Pour vous comme pour moi.

–J'ai toujours été un homme d'affaires, répond Hicks. C'est pour ça que Moore m'a embauché. Pour aller droit au but.

–C'est exactement ce qu'il nous faut – surtout en ce qui concerne la Fondation de la Promesse. Vous allez arranger ça, aussi?

–Je ferai de mon mieux.

–Bien. Nous pourrons reprendre là où Moore s'est arrêté. Comment ça se passe? Il y a déjà eu des arrestations?

–Pas à ma connaissance, non. Mais on sait que l'un de ces trois élèves est coupable. Ce n'est plus qu'une question de temps, maintenant. La police leur mettra peut-être bientôt tellement la pression qu'ils se retourneront les uns contre les autres.

Mon estomac se serre. Ennis marque son accord d'un grognement.

–Bon, il faut absolument qu'ils retrouvent l'arme! Tous ces policiers qui entrent et sortent du lycée – c'est mauvais pour la réputation de l'établissement, si je peux me permettre. Ils doivent passer les lieux au peigne fin, trouver l'arme et interpeller le foutu coupable! Ça nous permettrait de tirer un trait sur ce désastre et de tourner la page. De nous remettre au travail.

Et soudain, Hicks se met à hurler:

–Solomon! Que faites-vous encore ici?

Je me rends compte que j'avais fermé les yeux de toutes mes forces pour essayer de me rendre invisible. Mais je les ouvre brusquement. Et je me retrouve à scruter Solomon juste en face de moi, à l'autre bout de la salle de réunion. De là où il est, il peut voir Hicks et Ennis juste au-dessus de ma tête. Et il me voit aussi parfaitement. Il me dévisage, l'air stupéfait.

J'ai entendu dire un jour que Solomon était une balance, donc mon cœur s'arrête soudain de battre, je suis sûr qu'il va me dénoncer. Et au nouveau proviseur, pour couronner le tout.

Solomon cligne des yeux un moment, puis il observe Ennis et Hicks au-dessus de moi.

–Je viens de finir de transvaser les cartons de votre ancien bureau à votre nouveau, explique Solomon. (Il traverse la salle sans m'adresser le moindre regard.) Je voulais juste voir si vous vouliez que je fasse autre chose avant de partir.

Je n'ose même plus respirer, mais mon cœur dégonfle enfin et se remet à battre. Je n'arrive pas à croire qu'il ne m'ait pas balancé.

–Ah, merci, jeune homme. Eh bien, oui, vous pouvez faire une dernière petite chose. Mme Hall va passer récupérer ses affaires. Il reste quelques cartons dans le hall d'entrée que M. Reggie a déposés là pour elle. Elle devrait arriver d'une minute à l'autre, si vous voulez bien aller vous en occuper. Et après, vous êtes libre de rentrer chez vous.

–Compris.

Solomon passe devant moi mais ne tourne pas la tête dans ma direction. Quand il s'est éloigné et qu'il ne peut plus rien entendre, Hicks commente:

–Il fait partie des bons éléments, celui-ci.

Puis M. Ennis et lui sortent vers le parking, puis ils sortent tous les deux et la fin de leur conversation m'échappe.

Je retrouve peu à peu mon souffle, puis je marche en crabe jusqu'à la porte, sans me redresser. Ils ont disparu. Je sors en vitesse de la salle et je longe le couloir. J'ai déjà dégainé mon portable et je rédige un message à Trey.

Ennis avait l'air à cran. Je viens de l'entendre discuter avec Hicks. Mais il ne semblait pas fâché contre Moore. Ils ont juste parlé affaires. De la Fondation de la Promesse. Tu crois que ça pourrait être lui le coupable ?

MAIL REÇU PAR J.B., TREY ET RAMÓN

De : darkgamble@anonmail.com
À : J.B., Trey, Ramón

Je vous ai vus. Je vous ai vus fouiner aux abords du lycée, bande d'assassins. Qu'est-ce que vous cherchez ? La police vous épinglera bientôt, tous les trois. Gardez vos distances ou vous le regretterez.

PERSONNE

C'est un truc que je déteste mais aussi que j'adore : entrer dans une pièce et me rendre compte que personne ne se souvient de mon nom. Il y a un certain avantage à n'être personne.

Rien à risquer, rien à perdre. La vie m'a appris une chose : mieux vaut voler à basse altitude, tant qu'on ne heurte pas le sol. Volez près des sommets, vous aurez toujours trop – trop de sourires, trop de sourcils froncés, trop de sommeil, trop d'agitation – et les gens vous remarqueront. Je préfère voler sans attirer l'attention.

Je suis fait pour un établissement comme la Promesse, et je pense que peu d'entre nous le sont. Ici, entre les murs de la Promesse, c'est facile d'être invisible.

Ça ne dérange pas les gens de vous demander des services, quand vous n'êtes personne. Parce que même quand vous leur obéissez, ils ne vous considèrent toujours pas comme quelqu'un. À leurs yeux, vous n'êtes qu'un rouage de la machine. Vous êtes l'imprimante, vous êtes le stylo, vous êtes le clavier, vous êtes le téléphone. Vous êtes même une caméra.

Parfois, les gens oublient même votre présence, ils vous regardent sans vous voir, comme ils regarderaient une lampe. Ils disent des choses devant vous sans même réfléchir. Ils dévoilent toutes leurs cartes.

Vous voyez tout, même les choses qu'ils ne sont pas censés vous montrer. Les choses qu'ils ne veulent pas que vous voyiez.

Quand vous n'êtes personne, vous avez l'habitude de vous camoufler. Vous excellez à vous fondre dans le gris du papier peint derrière vous. Ainsi vous pouvez facilement déambuler à travers un lycée, caméra à la main pour filmer les bannières récemment accrochées aux murs des couloirs, les lettres encore brillantes de peinture fraîche. En bande sonore, les rugissements des athlètes dans le gymnase, ces adolescents capables de devenir quelqu'un en la présence de leurs semblables, pendant ces rares instants où la joie et le bruit sont autorisés.

Puis le public entre dans le gymnase, les portes se referment et vous êtes à nouveau seul – personne, entouré de personne. Vous rebroussez chemin dans le couloir désert et vous rêvez qu'on vous accorde un jour davantage de créativité pour présenter *votre* perception de la Promesse. C'est dans cet anonymat que vous préférez vivre au lycée. C'est comme exister en mode invisible. Personne ne vous regarde. Personne ne fait semblant de se souvenir de votre nom. Chacun se consacre à ses propres affaires.

Puis des voix qui grondent. Deux voix, qui crient, vous ne savez pas d'où elles viennent. Et les voilà soudain, pile dans votre champ de vision. Deux hommes. Un Noir, un Blanc. Qui se disputent. Qui jurent, qui s'insultent.

Si seulement vous aviez votre caméra.

Puis un flingue, tout à coup. Vous vous détournez aussitôt du spectacle. Mais vous entendez le coup partir. La détonation assourdissante, son écho qui emplit le couloir tout entier et semble fendre le plafond.

Vous n'êtes pas obligé de fuir. Vous savez disparaître. Vous vous effacez dans l'entrebâillement d'une porte. Présent un instant, disparu en quelques secondes. Vous voyez l'homme blanc sortir du bureau, mais lui ne vous voit pas. Il s'éloigne en hâte. Il s'engage dans l'escalier face au bureau.

—Vous voilà ! Exactement la personne que je cherchais !

Sous la surface, je sursaute. En apparence, je fais pivoter calmement mon fauteuil de bureau face au comptoir d'accueil, où Stanley Ennis s'est accoudé dans sa chemise aux manches retroussées. Il sourit comme un vendeur. Il m'adresse toujours ce genre de sourires et je me demande ce qu'il cherche à me vendre. Il se contrefout bien de savoir si je l'apprécie, je le sais. Les gens riches ne s'inquiètent pas de ces choses-là.

—Bonjour, monsieur Ennis.

—Tout est prêt pour la cérémonie de demain ? Tout est dans les starting-blocks ?

J'acquiesce.

—Oui, monsieur, presque tout. Je suis en train de peaufiner les derniers détails.

–Vous avez intégré le récap du dernier match ? Bon, il faut que ce soit fait avec tact. On ne va pas se vanter pendant la cérémonie commémorative de M. Moore.

–Oui, monsieur. Ça va être superbe. Je peux vous envoyer le montage vidéo avant, si vous voulez.

Son sourire s'élargit. Ah, c'est ça qu'il attendait. Il obtient toujours ce qu'il veut des gens.

–Ce serait fantastique ! Et je peux vous faire part de mes commentaires, si j'en ai ? Je vous promets de ne pas vous les envoyer à la dernière minute.

–Bien sûr, monsieur Ennis.

–Vous êtes un vrai champion.

Il sourit.

Je suis un ordinateur. Je suis une caméra. Je suis un bureau. Je suis un téléphone.

J'ai un téléphone, justement, et quand il se met à vibrer dans ma poche, j'attends que M. Ennis et son sourire aient franchi la porte avant de consulter mon écran.

Trey. Encore quelqu'un qu'ils cherchent à effacer, pour qu'il ne devienne plus personne.

Salut Omar. On vient de recevoir un mail chelou. T'as dit à personne qu'on était venus au lycée, hein ?

Je scrute le message un long moment avant de répondre.

Non, je finis par écrire. Mon cœur devrait battre la chamade. Mais j'éprouve un calme étrange. J'ai l'impression d'être dans un château de sable et de regarder monter la marée. C'est inévitable.

Je n'arrive toujours pas à croire qu'ils puissent me soupçonner d'avoir tué Moore. J'en suis presque vexé mais ça me fait rire, aussi. Je me retiens. Quand on pense à tout ce qu'ils ont dû affronter depuis le début, pas étonnant qu'ils soient déterminés à découvrir la vérité. Pour la première fois, je suis rongé par le regret. J'aurais dû dire quelque chose quand j'avais découvert que Moore ne gérait pas correctement les fonds du lycée. Est-ce que je suis un lâche ?

Mais je ne suis personne, alors qui m'aurait écouté ?

Et même si on m'avait écouté, même si j'étais devenu quelqu'un l'espace d'un court instant, pourquoi ils m'auraient cru, sans la moindre preuve ? Et qui sait, je me serais peut-être mis en grand danger ?

Je pourrais devenir la prochaine cible de l'assassin.

CHAPITRE 24

RÉVÉLATIONS

Ramón

Je n'arrive pas à oublier le mail que j'ai reçu du tueur. Ça venait forcément du tueur.

Pas que j'aie peur, mais quelque chose dans le message m'a paru familier. C'est presque comme si j'avais entendu sa voix à travers l'ordinateur mais je n'arrive pas à la situer. En toute honnêteté, la personne qui nous l'a envoyé doit être désespérée, ce qui signifie qu'on n'est plus très loin de la vérité.

J'envoie un message de groupe pour en avoir le cœur net.

Ramón

Trey et J.B., vous aussi vous avez reçu un mail bizarre ?

Trey

Ouais. Ça doit venir de quelqu'un qui est encore au lycée en ce moment. Ennis a assisté au match, aujourd'hui.

Keyana
J.B. vous répond qu'il aimerait bien pouvoir lire ses messages mais qu'il ne peut pas.

Je repense à Omar, j'essaie de me souvenir si j'ai vu quelqu'un qui se démarquait, quelqu'un qui regardait dans notre direction, mais je ne trouve rien.

Magda
Donc avec ce nouveau mail, plus la conversation que Brandon a surprise entre Ennis et Hicks, sans compter cette histoire avec la Fondation de la Promesse dont nous a parlé Omar, on dirait bien qu'Ennis est notre suspect numéro 1.

Luis
Moore a dû vouloir revenir sur leur accord, alors Ennis s'est débarrassé de lui.

Keyana
C'est ce que je disais depuis longtemps, il faut toujours suivre l'argent. Bon, alors maintenant, comment on le coince ?

Ce qu'il nous faut, c'est une preuve matérielle et concrète. Mais ce n'est pas comme si un enregistrement vidéo allait apparaître par magie, alors que les flics en cherchent un depuis le début.

Une seconde... Les caméras de vidéosurveillance de la Promesse n'ont rien enregistré mais peut-être que quelqu'un a filmé le match de basket ?

Et ça me revient soudain : Omar nous a expliqué qu'il était sur le point de faire une interview filmée du proviseur Moore, juste avant l'assassinat. Je lui envoie aussitôt un message.

Ramón
Omar, au fait, t'as filmé quelque chose le jour du meurtre ? T'as des images de Moore ?

Omar
Non, je n'ai même pas eu le temps d'installer ma caméra, j'avais un problème de micro.

Ramón
Tu crois que le micro aurait pu enregistrer quelque chose quand même ?

Omar
Hmm, je ne pense pas mais je vais vérifier.

Déçu, je repose mon téléphone et je m'allonge sur le lit. Ça valait quand même la peine de poser la question à Omar, mais ç'aurait été trop beau pour être vrai.

Je repense à tout ce qui s'est passé, à quel point ma vie a été chamboulée. Je repense à mes journées à la Promesse, aux quelques derniers jours de lycée avant le meurtre de Moore. Il commençait à perdre le contrôle, ça explique sa façon de nous traiter, J.B., Trey et moi. Ce n'était pas à cause de nous.

Une pensée soudaine me vient. On n'est pas des mauvais élèves ni des mauvaises personnes, c'est Moore qui était un mauvais homme. Pendant tout ce temps, je me suis dit que j'avais dû faire quelque chose de mal, commettre une erreur, mais je me trompais complètement. Moore se débattait avec ses propres emmerdes.

Et à cet instant-là, une autre pensée me traverse l'esprit. Je m'assieds brusquement sur mon lit comme si mon corps avait été traversé par une décharge électrique. Je me souviens pourquoi le ton de ce mail me semble familier.

CHAPITRE 25

INCOGNITO

J.B.

Keyana est sûrement la fille la plus intelligente que je connaisse, et je ne sais pas si c'est parce qu'elle se souvient de chaque petit détail qu'elle a vu, ou parce que son cerveau est en activité permanente. Enfin peu importe, ce sont deux caractéristiques d'un esprit de génie. Ce plan n'aurait jamais vu le jour sans elle, ni sans Omar, j'imagine. Mais c'est surtout grâce à Keyana. Et c'est ce que je lui dis, derrière le Rocky's, pendant qu'on attend les autres avant la cérémonie d'hommage à Moore.

–Je sais, réplique-t-elle avec son sourire mignon.

Mais elle retrouve aussitôt son sérieux et me regarde dans le blanc des yeux.

–Je veux juste savoir un truc. Est-ce que tu ferais la même chose pour moi? Si je devais affronter une épreuve pareille, est-ce que tu mettrais tout en œuvre pour m'aider?

Je lui rends un regard aussi intense que possible, je veux qu'elle sente mon âme entrer en connexion avec la sienne.

–Quand tout ça sera terminé, je t'écrirai un poème où je t'expliquerai tout ce que je serais capable de faire pour toi. Mais pour l'instant, je vais juste te dire ça: je serais capable de soulever la planète entière sur mes épaules et de tourner autour du soleil, si tu me le demandais.

À la façon dont son regard brille, je devine qu'elle me croit. J'ai envie de l'embrasser ici et maintenant, même si je transpire et que je suis sur le point de saigner du nez, mais Ramón et les autres débarquent, casquettes et capuches sur la tête.

On est venus incognito, ça, c'est clair.

–Bon, dit Keyana. On a plusieurs choix. On a les uniformes de la Promesse, évidemment. Luis, je pense que tu ferais mieux de choisir ça. Magda, je te conseille de porter la robe à fleurs. Je vais mettre cet uniforme de la Miséricorde. Le but, c'est que personne ne fasse le rapprochement entre qui on est et d'où on vient. Juste au cas où quelqu'un nous remarque. Luis, tu es un peu l'exception, tu dois te comporter comme si c'était juste une journée classique, d'accord?

–Du coup, lâche Trey en arquant les sourcils, je vais devoir m'habiller en valet ou en serveur? Comme dans les films?

–Pas exactement.

Keyana rit et un frisson me traverse en entendant ce son chaleureux.

–Pour toi, J.B. et Ramón, j'ai emprunté des costumes à mon père et à mon frère. C'est mieux, je crois, que les gens vous perçoivent comme de simples membres de la communauté venus rendre un dernier hommage à Moore. S'ils vous voient en costume, ils vous prendront pour des adultes.

–Personne prendra jamais Ramón pour un adulte, plaisante Luis en poussant son pote.

–Mais... euh, sans vouloir te vexer, je crois pas que ces costumes vont m'aller, hein, la taquiné-je en inspectant le contenu du sac rempli de vêtements.

Elle m'adresse un petit sourire et me tend un costume.

–Bien tenté. Mais mon père mesure un mètre quatre-vingt-dix-huit. J'espère que tu aimes les tissus satinés.

–Je vais avoir l'air d'un baron de la drogue, grogné-je.

–Parfait. C'est le but d'un déguisement: faire croire aux gens que tu es quelqu'un d'autre.

Chacun à notre tour, on va s'habiller à l'abri de la benne à ordures dans la ruelle derrière le Rocky's. Ça change sûrement des horreurs qui se passent ici d'habitude. Keyana est mignonne dans son uniforme de la Miséricorde mais je la préfère dans sa tenue habituelle, pantalon moulant, sweat oversize et boucles d'oreilles créoles. Elle a son propre style et j'adore ça.

–T'es sûr qu'Omar va assurer, aujourd'hui? me demande Trey quand on s'est tous changés.

Magda a enfilé la robe à fleurs trop grande pour elle.

–Il a dit qu'il faisait juste quelques ultimes retouches, répond Ramón.

–Il a pas intérêt à nous lâcher à la dernière minute. J'aurais préféré éviter de prendre des risques, aujourd'hui, s'insurge Trey.

–Je sais pas, mec. On nous a pas non plus bannis du lycée, on a le droit d'entrer dans l'établissement. On a juste été temporairement exclus des cours. La cérémonie est un événement public, rétorque Ramón.

–Ouais, alors pourquoi on est obligés de se déguiser?

–C'est juste une précaution, explique Keyana. On ne veut pas attirer plus d'attention que nécessaire! Il faut qu'on se concentre sur notre objectif. On va peut-être pouvoir vous innocenter tous les trois, aujourd'hui.

Je jette un œil à mon portable, il est 11 h 45. On décide que le moment est venu. Je n'étais pas stressé jusqu'à maintenant.

–J'espère que je vais pas avoir de problèmes, à sécher les cours comme ça, marmonne Magda.

–Ouais, pareil, dit Luis.

Keyana le regarde fixement.

–Mais attends, Luis, pourquoi t'as séché les cours, *toi*? On va entrer dans *ton* lycée. Il t'aurait suffi de suivre le reste de ta classe dans le gymnase et on se serait retrouvés là-bas.

Il cligne des yeux, puis il hausse les épaules.

–Je voulais rien louper, c'est tout.

On éclate de rire. Quelle journée, bordel. Puis Ramón me regarde.

–T'es sûr que la porte du sous-sol sera ouverte?

–J'ai crocheté la serrure quand on est allés fouiller le casier d'Omar avec Keyana, lui expliqué-je.

–Ouais mais maintenant, ils doivent s'assurer qu'elle reste bien fermée, non?

–Ils devraient, dit Trey, qui brandit son portable. Mais mon pote Brandon est allé vérifier ce matin et la porte est encore ouverte.

– OK, donc on entrera tous par cette porte-là, puis on se séparera une fois dans le lycée, résume Keyana. (Elle pose ses grands yeux sur moi.) Mais écoutez-moi bien. Si jamais ça vous semble trop risqué, que quelqu'un nous repère ou qu'il se passe autre chose, partez tout de suite. D'accord? Ne continuez pas si ça risque de mal tourner. Parce que ça n'en vaudra pas la peine. On pourra se retrouver après et...

Je l'embrasse sur les lèvres devant tout le monde. Je commence à comprendre comment elle fonctionne. Parfois, elle se met à buguer et il faut l'arrêter avant qu'elle se prenne trop la tête. Elle m'adresse un sourire.

– Je vais y arriver, lui affirmé-je.

– Tu vas y arriver, elle acquiesce.

– On va y arriver! se met à scander Trey comme si on était à un match de basket, et Luis enchaîne avec lui.

On se met tous à rire. On les a entendus s'encourager pendant les matchs. Mais cette fois-ci, personne n'ajoute l'habituel *C'est notre promesse*. Parce que maintenant, on sait qu'elles ne valent rien, leurs promesses.

On franchit en silence la porte du sous-sol un par un et on prend aussitôt des directions différentes. Je n'arrête pas de penser à ce qu'Omar a préparé pour nous. Il faut absolument que tout se passe bien, aujourd'hui. Mais je ne veux pas me faire trop d'illusions.

J'entends le bruit lointain des gens qui circulent dans le lycée – on se croirait un jour de match, quand il est permis de parler et de rire dans les couloirs de la Promesse. L'injustice de tout ceci me frappe soudain. Pourquoi on est obligés de subir ça? Je ne suis pas une mauvaise personne. Aucun de nous ne l'est. Alors pourquoi je dois vivre chaque jour sans avoir le droit de sourire?

Même si je suis innocenté, je ne pense pas que je reviendrai ici. Ce serait comme aller en prison. Honnêtement, est-ce qu'il y a une différence?

J'avance seul dans le couloir et les souvenirs de cette fameuse journée me reviennent tous. Avoir été obligé de demander la permission d'aller aux toilettes sans être certain qu'on m'autoriserait à aller pisser. Et malgré l'autorisation, avoir été intercepté par Hicks et avoir subi son interrogatoire de flic. Être descendu aux toilettes pour avoir un moment de calme, à l'abri du regard scrutateur des profs qui attendaient l'instant où je clignerais un peu trop fort des yeux à leur goût.

Je ne m'en étais pas rendu compte jusqu'à maintenant, mais depuis le meurtre, depuis que je ne vais plus en cours et que j'échappe à cette surveillance permanente, je me sens plus détendu que jamais. Ça ne devrait pas être normal, putain. Ce n'est pas normal.

Et à partir de maintenant, je ferai en sorte que ça ne le soit plus.

CHAPITRE 26

LE SPECTACLE VA COMMENCER

Trey

Ça me fait bizarre d'être à nouveau dans le gymnase, surtout habillé en costume, et pas en tenue de basket. Je n'ai qu'une pensée en tête, ce match dont Moore m'a privé – celui qui m'aurait forcément mis sur la bonne voie et m'aurait permis d'intégrer une équipe universitaire.

Alors que je fends la foule en direction des rangées de chaises installées sur le parquet du gymnase, tous ces sentiments refont surface malgré moi – la rage, la déception, la honte. Ça semble impossible, qu'une seule personne puisse avoir autant de pouvoir sur l'avenir d'une autre.

Je choisis une place au milieu de l'océan de chaises et je lève la tête vers l'estrade où se tiennent M. Hicks et M. Ennis, et d'autres riches. La colère coule dans mes veines quand je les regarde là-haut, l'air super élégants, croulant sous les éloges alors que moi, on me soupçonne de meurtre.

Je prends une profonde inspiration et j'essaie de rester concentré. Ramón, moi et les autres, on est entrés chacun de notre côté et on s'est éparpillés dans le public. Personne ne nous remarque. Du moins, c'est ce qu'il me semble. C'est la première fois que je suis au lycée et que je n'ai pas l'impression de marcher sur des œufs. Ce qui est assez marrant en soi, vu que je suis entré *en douce*.

À midi pile, Hicks se lève d'un air enthousiaste et avance vers le pupitre. Derrière lui, l'immense écran de projection ondule un instant. Quand il salue le public, les conversations s'éteignent et le silence s'installe.

– C'est merveilleux de voir tant de visages, tant de personnes venues honorer la vie de mon collègue et si cher ami, Kenneth Moore. Vous avez tous été témoins de l'effet qu'il produisait lorsqu'il entrait dans une pièce, et cela me réchauffe le cœur de voir cette gigantesque salle pleine, cela prouve à quel point il comptait pour nous tous. Sans l'ombre d'un doute, nous sommes réunis ici pour honorer tout ce qu'il a accompli...

J'ai déjà assisté à un bon nombre de funérailles et je suis toujours obligé de me faire violence pour ne pas m'endormir. Pas parce que je m'ennuie, mais parce que tout semble si hypocrite. Certaines personnes sont gênées quand un proche du défunt prend la parole et se met à pleurer, que sa morve coule, mais je préfère largement ça, même si je n'éprouve pas la même tristesse. Parce que, au moins, sa réaction me paraît profonde et sincère.

Quand Hicks termine son discours ampoulé, d'autres intervenants lui succèdent et racontent des anecdotes sur Moore. Tous les gens alignés sur l'estrade, dans leurs costumes et leurs chaussures cirées, sont venus honorer sa mémoire. Mais je ne vois aucune larme versée, et les histoires ont toutes le même écho: «Ce bon vieux Moore.» Ou «On n'était peut-être pas toujours d'accord, mais il faut bien admettre que...»!

Et brusquement, j'ai juste envie de sortir d'ici. Même si ça implique de devoir passer devant le putain d'énorme portrait de Moore accroché dans le hall d'entrée. Je ne comprends pas pourquoi il fallait que ce tableau soit aussi immense. Plus ça va, et plus j'ai l'impression que c'est une histoire d'ego surdimensionnés qui nagent dans un bassin de requins.

M. Ennis prend la parole. Il est bien sapé, comme d'habitude. J'ai aperçu sa femme quelque part dans la salle – un tailleur-pantalon hyper élégant, comme s'ils faisaient campagne pour les présidentielles, elle ou son mari.

–Je voudrais juste faire écho à ce que tout le monde a déjà dit.

Sa voix tonne dans le micro.

–La Promesse est un établissement unique et remarquable, tout ça grâce à Kenneth Moore.

Je jette un coup d'œil aux alentours et, pour la première fois, je me demande si le reste des élèves pensent la même chose que moi. Ouais, la Promesse est devenue un endroit unique et remarquable, grâce à Moore... un endroit remarquablement pourri. J'aperçois Ramón, qui affiche un air super agacé.

–Je profite de cette occasion pour annoncer un grand changement, alors que nous honorons la vie de ce grand homme. Afin d'aller de l'avant, le lycée sera officiellement rebaptisé la Promesse de Kenneth Moore. Le proviseur Moore n'étant plus des nôtres, il nous semblait logique que l'établissement porte son nom afin que nous gardions toujours au fond de notre cœur le souvenir de sa promesse et de sa mission.

Il continue à parler mais je reste assis là, vide et immobile, après avoir entendu la nouvelle. Le lycée va porter le nom de Moore? Enfin bon, peu importe. C'est qu'un nom. C'est qu'un lycée. Mais à mesure que je vois les gens autour de moi applaudir et acquiescer, je n'ai qu'une seule pensée en tête, comme une grosse brique dans mon cerveau: *c'est pas juste.*

C'est vraiment pas juste.

On croirait un gamin, quand je dis ça – que je fais ma petite crise parce qu'on m'a éliminé à un jeu, ou je sais pas quoi. Mais c'est vraiment injuste. Ce mec, qui nous rendait si malheureux, qui se baladait dans les couloirs en hurlant sur les élèves, avec son haleine alcoolisée... ce mec-là peut aller tranquillement dans l'au-delà, pendant que tout le monde raconte des histoires bidon sur lui et baptise des bâtiments à son nom?

Et nous, alors? J.B., Ramón et moi? Les histoires qu'on raconte sur nous ne seront jamais gravées sur des plaques dorées.

Je soupire si fort que la femme à côté de moi sursaute. Les applaudissements se calment, et Hicks est à nouveau au micro. Ils ont envie de s'écouter parler encore longtemps?

–Bien, j'ai le plaisir de vous présenter plusieurs intervenants parmi les élèves. Ils voulaient partager avec vous quelques derniers mots à propos de leur proviseur bien-aimé...

Mon cœur se met à battre la chamade tandis que je cherche Omar dans le public. Où est-il? Ce plan ne fonctionnera pas sans lui. J'avais le pressentiment qu'il nous lâcherait, même si j'espérais que non.

Et à l'instant où je m'apprête à envoyer un message au groupe pour battre en retraite et abandonner la mission, je l'aperçois, assis au bout de l'estrade, perché là comme un oiseau maigrichon. Il a l'art de disparaître, de se fondre dans la masse. Il arrive à se rendre presque invisible. Il se dissipe juste sous vos yeux. Mais je le vois, moi, et il me regarde. On échange un hochement de tête.

Le spectacle va commencer.

CHAPITRE 27

BOUQUET FINAL

Ramón

Quelqu'un a dû me repérer. Et après ça, impossible de contenir le raz-de-marée.

À la Promesse, les gars sont champions pour envoyer des messages sans se faire remarquer, et je sais que la nouvelle circule – *Ils sont ici.* Et pas seulement parmi les élèves. Des gestes invisibles du menton, des index silencieux pointés. *Ils sont ici. Les trois élèves coupables. Il y a des assassins – ou du moins un assassin –parmi nous.*

J'essaie de les ignorer. Je garde les yeux rivés sur l'estrade, comme depuis le début de la cérémonie. Quel cirque.

J'envisage de partir quand Trey envoie un message de groupe :

On y est presque, préparez-vous pour le bouquet final.

J'ai l'impression que ma chaise s'est transformée en lave, j'y suis soudé, incapable de bouger.

On n'est pas en train d'enfreindre la loi. Les flics ne nous ont pas interdit l'accès au bâtiment. Mais au milieu d'une foule venue se recueillir et pleurer l'homme qu'on est censés avoir assassiné, ça pourrait vite mal tourner.

Trey n'écrit rien d'autre et j'ai peur de regarder dans sa direction. Je sens de plus en plus d'yeux posés sur moi, tels des cafards qui grouillent sur ma peau. J'ai peur aussi d'imaginer ce que Trey ressent. Puisque c'est lui qui a apporté le flingue au lycée. De nous trois, c'est lui qui semble le plus coupable.

Sur l'estrade, Becca explique combien Moore était une source d'inspiration et comment, grâce à lui, elle deviendra proviseure elle aussi, un jour. Pff, mais bien sûr. Je compatis avec tous les autres élèves qu'elle croit sauver grâce à ses cours de soutien.

– Allez savoir, continue Becca avec ce sourire qu'elle affiche toujours quand elle a conscience qu'on la regarde. Peut-être qu'un jour, je serai proviseure de la Promesse !

Pour la première fois depuis le début de ce foutu numéro de clowns, j'entends quelques ricanements dans le public. Antonio, un non-anglophone, fait partie de ceux qui rient – je reconnaîtrais entre mille son rire nasillard et sifflant. Ça me donne envie de rigoler, moi aussi, tout comme l'expression de Hicks. Ici, il ne peut pas nous crier dessus comme il le ferait pendant les heures de cours. Il y a des caméras et des journalistes, hein. Mais il inspecte le public d'un regard assassin : il nous adresse une promesse silencieuse qui annonce les répercussions brutales à venir.

Trey envoie un autre message :

Faites gaffe. M. Reggie débarque.

Effectivement, le vigile arrive depuis l'autre bout du gymnase et marche en ligne droite vers le fond de la salle, parcourant du regard les rangées de chaises. Il a dû entendre dire qu'on était venus. Je baisse la tête et je sais que les autres font pareil. Du coin de l'œil, je le vois se focaliser sur Trey. Logique, Trey, c'est immanquablement celui qu'on repère comme le «mauvais élément», juste parce qu'il fait toujours le pitre. Je les imagine se servir de cet argument contre lui au tribunal et mon estomac se retourne.

–Et voici l'intervention de notre dernier élève... annonce Hicks, suspendant les recherches de M. Reggie qui recule près du mur, ses yeux plissés braqués sur le public.

Trey a tourné le visage vers moi, pile dans le bon angle pour échapper au regard du vigile. Je perçois la frustration de M. Reggie; il ne va pas faire un scandale et interrompre la cérémonie pour risquer de se tromper de personne. Je sais qu'il est dérouté par le costume de Trey, et intérieurement, je félicite Keyana d'avoir eu cette idée.

–J'ai le plaisir de vous présenter Omar Rosario, élève de la Promesse mais également employé administratif dans nos locaux, ainsi que photographe et vidéaste amateur. Vous avez peut-être déjà remarqué les vidéos et les photos qui défilent régulièrement sur les écrans d'affichage du lycée; si c'est le cas, alors vous avez été témoins du grand talent de cet élève! Nous le remercions aujourd'hui d'avoir préparé un court métrage qui met à l'honneur la vie du proviseur Moore. Je l'ai déjà visionné et, croyez-moi, il n'y aura plus aucun œil sec dans cette salle.

D'un large geste du bras, il accueille Omar au pupitre et, pour la première fois, tous les élèves le voient.

Je l'ai vu des milliers de fois, évidemment, presque toujours dans les bureaux administratifs. À chacune de mes heures de colle, c'était Omar qui me donnait mon document signé. Il marmonnait toujours une réponse inintelligible quand je le remerciais, il ne prononçait jamais plus de mots que nécessaire. Il était en cours d'anglais langue étrangère avec moi pendant un an, mais il a vite arrêté. Je n'ai jamais compris s'il était censé assister au cours ou non – s'il avait juste été fourré là sans raison, juste parce qu'il parle espagnol, ou s'il avait appris l'anglais hyper vite. Qui sait ?

D'habitude, Omar est énigmatique et invisible. Mais aujourd'hui, il avance en pleine lumière jusqu'au pupitre, grand et mince, les épaules très légèrement voûtées. Il saisit le micro de ses mains fines et l'ajuste à la bonne hauteur.

–Bonjour, lance-t-il au public.

Il ne marmonne pas. Sa voix est douce et claire.

–Je m'appelle Omar Rosario et je tiens à remercier le proviseur Hicks de m'avoir présenté. Merci aussi pour les opportunités qu'il m'a offertes, ici à la Promesse. J'ai pu explorer mes centres d'intérêt, en particulier la photo et la vidéo, et j'ai pu obtenir un travail à temps partiel qui me permet de terminer mes études. J'espère que le film vous plaira et je suis désolé s'il est un peu long. J'ai eu du mal à faire le tri entre les scènes à inclure et celles à couper au montage.

À cet instant, les lumières se tamisent et je jette un coup d'œil à Trey. Il n'est plus obligé de se cacher pour échapper à M. Reggie, l'obscurité s'en charge et le vigile n'est plus concentré sur lui. Tous les regards sont tournés vers le grand écran brillant.

Omar s'est rassis sur l'estrade et baisse la tête avec humilité tandis que la vidéo démarre.

Elle commence par des images de la Promesse, à l'origine – plus ou moins le même bâtiment, en plus neuf et plus reluisant. Il y avait bien plus d'affiches aux murs : des clubs, des associations, ce genre de trucs. Et puis Moore, qui marche dans le couloir, sourire aux lèvres, les cheveux moins gris et le costume moins élégant. Quelqu'un devait stocker ces images sur un vieux téléphone – la résolution est mauvaise et le volume n'est pas nickel. Mais c'est bien lui. Et honnêtement, je crois que j'aurais pu l'apprécier, à cette époque.

Mme Hall marche à ses côtés, le visage rayonnant. Dans certaines scènes, on le voit entrer dans des salles de cours et faire le clown. Les élèves sont vêtus d'uniformes sévères et impeccables mais leurs expressions ne sont pas aussi guindées que les nôtres. Les gens paraissent un peu plus détendus, on les voit parler dans les couloirs. Je remarque avec stupéfaction qu'il n'y a pas de ligne bleue au sol. Quand est-ce qu'elle a été installée ? On entend des rires, mais pas le *bip bip bip* constant des avertissements qui pleuvent.

À mesure que le film avance, on dirait une vidéo en accéléré. Les élèves prennent de l'âge, les sourires fanent, les couloirs se vident peu à peu, les affiches des clubs disparaissent des murs qui deviennent plus gris. Il semble y avoir eu une période sans Hicks, et soudain, il apparaît – des prises de vues sérieuses où deux hommes marchent dans le couloir, absorbés par leur conversation. Des prises de vues où ils sont penchés sur des montagnes de paperasse sur une table de réunion, presque comme des architectes.

Je jette un coup d'œil à Hicks, son visage déborde d'émotions. Son amitié avec Moore s'étale à l'écran, sous nos yeux. Ça pourrait me rendre triste si je ne savais pas qu'ils se soutenaient mutuellement au lieu de nous épauler. Je les imagine, assis dans le bureau de Moore, à inventer de nouvelles méthodes pour nous rendre encore plus tendus et silencieux.

Ennis apparaît parfois à l'écran, affichant invariablement un large sourire. Je commence à remarquer qu'Omar est un réalisateur talentueux – il ne présente jamais Ennis en premier plan à l'image. Toujours en arrière-plan, à bavarder ou à observer, sourire aux lèvres. C'est exactement son rôle, à la Promesse : le mec en coulisses, le mec riche, celui qui murmure à l'oreille du capitaine du navire. À mesure que le temps passe, on le voit vieillir, encore une preuve du talent d'Omar : tout est chronologique, et ce n'est pas simplement un récap de la carrière de Moore, c'est l'histoire de la Promesse, de sa création à nos jours.

Et je suis soudain à l'écran. Je m'aperçois au fond de la cafétéria, je souris en tendant une pupusa à un élève. Est-ce quelqu'un m'a vu ? J'ai peur de regarder autour de moi. Est-ce qu'Omar a volontairement inclus cette scène ?

Puis Moore avance dans le couloir, il est exactement comme on le voyait, quelques jours avant son meurtre. Légèrement échevelé dans son élégant costume. La démarche raide. C'est une longue scène – il est loin de l'objectif mais on l'entend quand même hurler sur les élèves. Je jette un coup d'œil à Hicks qui fronce les sourcils.

Et puis J.B. apparaît. La caméra passe devant lui, elle semble le surprendre, plongé dans ses pensées. Il ferme la porte de son casier puis s'éloigne sur la ligne bleue.

Moore, à nouveau – qui claque violemment la porte d'un casier après qu'un élève a récupéré ses livres de cours. Le gars sursaute. On entend quelques grognements étouffés dans le public.

Et voilà Trey – il marque un panier à trois points sur le terrain de basket, il éclate d'un rire tonitruant, les yeux brillants et blagueurs. Moore est absent de la scène. À quoi joue Omar? Je jette un nouveau regard vers l'estrade, Ennis se penche et parle à Hicks qui secoue la tête.

Puis le gymnase à l'écran résonne d'un joyeux vacarme. Jour de match. Bannières. Couleurs. Cris, chants et encouragements. Des gens envahissent les couloirs. La caméra se faufile entre eux et les survole parfois comme un oiseau – virant à gauche, puis à droite. On a l'impression d'être noyé dans la foule, d'être porté par l'énergie et l'excitation. Des images prises depuis le sommet des gradins montrent la salle comble. Des images prises depuis les portes du gymnase capturent les pieds agiles des deux équipes sur le terrain, vers le haut, vers le bas, vers le haut, vers le bas. Des images prises depuis le couloir, un plan sur la bannière au-dessus de la porte qui clame C'EST NOTRE PROMESSE.

D'un mouvement fluide, l'objectif recule dans le couloir comme s'il remontait le temps. D'abord lentement, puis plus vite, et les casiers deviennent flous. Dans le lointain, on entend encore les rugissements qui s'échappent du gymnase.

Le volume sonore des cris baisse un instant, augmente à nouveau – ce n'est plus la cacophonie des supporters, mais un échange sec et brutal entre deux personnes tandis que l'écran vire au noir.

La bande-son continue.

–Il aurait suffi de m'inclure, Ken! Comment est-ce que j'aurais pu être plus clair? Je vous avais déjà averti, et voilà où on en est arrivés!

–Je vous avais dit que c'était hors de question, bordel! Comment je peux vous le dire autrement, vous ne comprenez pas le mot *non*?

La première voix est soudain pleine de haine et devient presque bestiale.

– Vous croyez vraiment que je vais rester assis là, les bras croisés, et vous laisser me mettre sur la touche? Je suis capable d'assurer correctement. Vous croyez que j'en suis incapable? J'assure déjà chaque connerie que vous me confiez.

–Il faut du temps pour bâtir ces choses-là. Vous croyez qu'il vous suffit de ramener votre fraise pour atteindre rapidement le sommet sans encombre? Ce n'est pas comme ça que ça se passe. Et si vous n'aviez pas fourré votre sale putain de nez partout, si vous vous étiez mêlé de vos affaires, on ne serait pas en train d'avoir cette conversation! Donc si vous devez en vouloir à quelqu'un, prenez-vous-en à vous-même.

Le ton monte, une des deux voix s'emporte et la seconde tente de calmer le jeu. Je sais de qui il s'agit – les voix sont parfaitement identifiables.

Hicks et Moore.

–Vous croyez que je vais accepter... de ne pas recevoir ma part? En sachant tout ce que je sais? hurle Hicks.

–Je vous répète que vous n'avez pas votre mot à dire dans cette histoire, bordel.

Une courte pause, puis on entend des bruits de frottement.

– Oh, sale fils de pute, vous n'oserez pas ! aboie Moore. Putain, vous n'oserez jamais !

– Donnez-moi ma part ! Je sais que la Fondation de la Promesse est votre petite tirelire personnelle, Kenny ! Que tout l'argent d'Ennis tombe directement dans vos poches ! Donnez-moi ma part !

– J'ai dit NON !

Puis le coup de pistolet part et tout le monde se fige dans le gymnase Stanley-Ennis. Wilson Hicks, le conseiller d'éducation, désormais proviseur par intérim, a été enregistré en train d'assassiner son complice, le proviseur Moore.

Mon abuela affirme que j'ai de l'instinct pour repérer certains indices. Le mail qu'on a reçu, J.B., Trey et moi, m'a mis la puce à l'oreille. *Fouiner*, il a écrit Hicks. C'est un mot qu'il avait déjà utilisé devant moi.

Le film continue à l'écran, on entend le corps du proviseur Moore heurter le sol. Puis des bruits de frottements et de pas, comme quelqu'un qui tente d'effacer ses empreintes et d'arranger la scène. Ensuite, ce n'est plus qu'un long silence.

KEYANA GLENN

Sur l'estrade, Wilson Hicks s'agite pour allumer le micro et arrêter la vidéo. Il est en panique. Omar Rosario, lui, reste assis sur sa chaise, les mains calmement croisées sur les cuisses.

Dans le public, des gens crient. Des gens saisissent leur téléphone pour appeler la police mais c'est inutile – les flics sont déjà là. Je les ai aperçus quand on s'est faufilés dans la foule. Dans ce genre de grand rassemblement public, ils viennent toujours assurer la sécurité, et c'est le cas aujourd'hui.

Personne ne sait trop quoi faire, moi non plus. Je reste assise sans bouger, je regrette de ne pas être à côté de J.B., dont le visage ressemble à celui qui est apparu à l'écran dans la vidéo d'Omar – sérieux, pensif, concentré, même quand tout part en vrille autour de lui.

–Restez assis ! crie Hicks. Nous allons résoudre cette affaire. Nous mettrons tout cela au clair. C'est un canular de très mauvais goût... il sera renvoyé...

Tout le monde semble se figer soudain.

Sauf les gars de la Promesse.

D'abord J.B. Pendant que Hicks ordonne au public de rester assis et de garder le silence, J.B. se lève lentement de sa chaise pliante. Impossible de ne pas le voir. Il reste là, immobile, les bras le long du flanc, il nous surplombe de toute sa hauteur, un mètre quatre-vingt-dix dans le costume de mon père. Il ne bouge pas et dévisage Hicks. Les gens l'aperçoivent et des murmures s'élèvent. Parfois plus que des murmures.

– Il est innocent. C'est J.B. Williamson. Il est innocent.

Puis Trey l'imite. Il se lève à son tour, dans son costume légèrement trop large au niveau des épaules.

– Trey Jackson. Il est venu aussi. Trey n'est pas coupable.

Puis Ramón. Il tremble, je le vois d'ici.

– Ramón Zambrano. Il est innocent. Ils sont tous les trois innocents.

Un par un, les gars de la Promesse se lèvent. Sans rien dire. L'un après l'autre, rangée après rangée, les élèves se mettent debout jusqu'à ce que chaque personne en uniforme se campe sur ses deux pieds, le dos droit, dans une attitude de défi.

Et enfin, Omar Rosario se lève à son tour.

ENQUÊTE SUR L'HOMICIDE DE KENNETH MOORE

RAPPORT OFFICIEL DE LA POLICE DE WASHINGTON DC

De nouvelles interpellations, ainsi que des preuves matérielles et numériques, ont permis de conclure que Kenneth Moore, le défunt proviseur du lycée privé de la Promesse urbaine, avait mis en place depuis des années un système de fraude afin de détourner les fonds versés par des mécènes privés et des subventions gouvernementales. Stanley Ennis, Lindsay Ennis et d'autres membres du conseil d'administration sont également impliqués. Une enquête approfondie pour faire la lumière dans l'affaire Ennis sera menée par l'inspecteur Ash et une équipe de trois agents.

Des preuves irréfutables incriminent Wilson Hicks, ancien conseiller d'éducation du lycée, dans le meurtre de Moore. Il est accusé d'homicide volontaire, de coercition, de chantage, de falsification et d'altération de preuves, ainsi que de faute professionnelle. L'arme du crime a été retrouvée au domicile de Hicks, portant ses empreintes.

Suite à la diffusion d'un enregistrement audio par l'élève Omar Rosario, Hicks a admis s'être disputé avec Moore au sujet de ses malversations, et avoir exigé de recevoir une partie des fonds détournés. Hicks semble disposé à partager des informations sur les personnes impliquées dans cette affaire – nous resterons en contact avec l'avocat du district pour suivre l'avancée de cette enquête.

Les rapports d'analyses confirment la déposition de J.B. Williamson – le sang sur sa chemise était bien le sien. Des témoins confirment que Williamson s'est également mis à saigner du nez dans le gymnase du lycée le jour de la diffusion de la vidéo de Rosario.

Le tuteur légal de Trey Jackson, Terrance Jackson, confirme que l'arme lui appartient et qu'il n'avait pas remarqué sa disparition – les registres prouvent qu'il ne s'est pas rendu dans un stand de tir depuis des mois, ce qui vient valider ses affirmations. Hicks admet avoir trouvé le pistolet dans les toilettes alors qu'il inspectait les lieux en quête de marchandises illégales et de contrebande. Nous ignorons comment l'arme s'est retrouvée dans l'enceinte de l'établissement mais il est probable qu'elle ait été volée à M. Jackson.

D'après les affirmations initiales de Hicks, le peigne de Ramón Zambrano trouvé sur la scène du crime portait ses empreintes digitales car il l'avait ramassé après avoir découvert le cadavre. Mais lors de son interrogatoire, il a avoué avoir volé le peigne dans les locaux administratifs où il était confisqué, avant de le placer délibérément dans le bureau de Moore.

Au terme de cette enquête, les trois élèves de la Promesse – J.B. Williamson, Trey Jackson et Ramón Zambrano – sont disculpés et officiellement déclarés innocents.

JOURNAL DE LA PROMESSE

PAR MARCUS WATTS, ÉDITEUR EN CHEF

Un an après le meurtre du proviseur Kenneth Moore qui a ébranlé notre communauté soudée, notre établissement – récemment rebaptisé le lycée de la Promesse – s'épanouit sous la houlette de la proviseure Carla Hall. Un visiteur qui n'aurait pas mis les pieds ici depuis un an ne reconnaîtrait pas les lieux, les couloirs résonnent de bruits joyeux, les événements à venir sont placardés aux murs à côté d'affiches des nouvelles associations comme ce journal, qui a déjà obtenu un prix d'excellence et d'intégrité.

La tragédie de l'année dernière a engendré une réorganisation massive dans le lycée, depuis les valeurs véhiculées jusqu'aux directives de l'équipe enseignante. Seule une petite poignée de professeurs est restée en poste – la proviseure Hall a méticuleusement remanié les choses à la Promesse. Un gouvernement étudiant a été formé, six assistants sociaux ont été engagés ainsi qu'une équipe complète pour encadrer les cours d'anglais langue étrangère. Une salle sensorielle flambant neuve a été inaugurée, que les élèves surnomment le Palace du Chill.

Un comité de recherche géré par les élèves est arrivé à la conclusion que ces nouvelles mesures sont indispensables à un environnement scolaire harmonieux. Lorsque les recherches du comité mettent en lumière un élément qui pourrait être profitable aux élèves de la Promesse, ils le présentent à la proviseure Hall qui rencontre ensuite le gouvernement étudiant. Ce ne sont que quelques exemples d'innovations au sein de la Promesse, et de nombreux éléments liés à l'époque de Moore ont été supprimés. Notamment la ligne bleue.

Aujourd'hui, un an après la disculpation des élèves accusés d'avoir assassiné le proviseur Moore, le *Journal de la Promesse* profite de l'occasion pour mettre en lumière la trajectoire de ces trois jeunes hommes : bien qu'ayant quitté le lycée, ils symbolisent néanmoins les nouvelles valeurs et les convictions de notre établissement.

Ramón Zambrano, fondateur du programme ICT ici, à la cafétéria de la Promesse – qui demeure encore aujourd'hui l'une des activités les plus populaires et les mieux cotées – a obtenu une subvention pour l'École des arts culinaires de Sullivan, où il prépare sa future carrière de chef cuisinier.

Trey Jackson a été sacré meilleur marqueur de l'équipe de basket parmi les élèves de terminale du district. Inscrit à l'université, il joue désormais en division 1 de la NCAA et étudie les sciences informatiques.

J.B. Williamson consacre ces douze prochains mois à voyager avec sa petite amie, Keyana Glenn. Ils ont choisi de prendre une année de césure et n'intégreront l'université qu'à la rentrée prochaine – elle, en faculté de droit, lui, en composition musicale. En attendant, ils explorent ensemble notre vaste pays.

Ces trois jeunes hommes suivent chacun leur voie mais où qu'ils aillent, ils seront applaudis par les élèves de la Promesse, qui salueront le courage de ceux qui incarnent à merveille le credo de la Promesse. Un credo dont le texte a sans doute légèrement changé depuis la dernière fois que vous l'avez entendu :

Nous sommes les jeunes hommes de la Promesse.
Nous sommes destinés à l'excellence.
Nous méritons la joie.
Nous sommes extraordinaires.
Nous attendons du monde ce que nous apportons au monde :
Le respect, la sagesse et la bonté.
Nous sommes l'espoir de nos frères.
Nous sommes responsables de notre avenir.
Nous sommes l'avenir.

C'est notre promesse.

REMERCIEMENTS

Comme toujours, je tiens à remercier avant tout ma meilleure coéquipière, ma femme adorée. Tu es mon roc ! Merci à mes magnifiques petites jumelles, à mes parents, à mes beaux-parents, à tous mes proches et à ma famille élargie de m'encourager tout au long de mon parcours. Merci d'instiller en moi ce que j'instille dans mon art.

Merci, Brian Geffen, d'avoir soutenu *Elite Boys* et d'avoir mené le processus éditorial avec un soin et une élégance rares. Ton engagement a été une véritable source d'inspiration. Ta perspicacité et ton esprit créatif sont précieux, et je n'aurais jamais pu raconter cette histoire sans toi.

Merci, Dhonielle Clayton, d'avoir cru en moi et de m'avoir accordé ma chance. Merci d'avoir partagé ta sagesse et ton savoir avec tant de générosité, d'être une mentor pour tant de voix au sein de notre profession. Ma reconnaissance est éternelle.

Merci, Joanna Volpe, d'être une BOSS incroyable ! Merci d'être toujours dans mon camp et de répondre présente dès que j'ai besoin de toi. Merci aux équipes de New Leaf et de Cake Creative pour votre soutien en coulisses, en particulier Jenniea Carter,

Jordan Hill, Meredith Barnes, Shelly Romero, Clay Morrell et Carlyn Greenwald.

Merci à toute l'équipe éditoriale de Macmillan – Carina Licon, Ann Marie Wong, Jean Feiwel, Jennifer Besser, Rich Deas, Kat Kopit, Alexei Esikoff, Veronica Ambrose, Ryan Jenkins, Jennifer Edwards, Kristin Dulaney, Sam Smith et Emma Jones. Toute ma gratitude à l'incroyable équipe du marketing et des relations presse – Molly Ellis, Morgan Rath, Mariel Dawson, Melissa Zar, Katie Quinn, Naheid Shahsamand, Mary Van Akin et Kristen Luby. Et ma reconnaissance également à Ken Nwadiogbu, qui a su créer cet extraordinaire visuel de couverture.

Sans vous tous, *Elite Boys* n'existerait pas. J'ai côtoyé une communauté incroyable de gens talentueux et intelligents qui ont conscience de l'impact et de la puissance des histoires.

Et mon dernier remerciement, mais non des moindres, à tous les élèves à qui j'ai enseigné un jour, ou que j'ai croisés dans les couloirs, ou que j'ai entraînés en équipe de base-ball de Little League. Vous avez été pour moi de multiples sources d'inspiration, et je m'attache à vous rendre la pareille. Je remercie les jeunes lecteurs qui ont ce livre entre les mains aujourd'hui – dans ce monde, vous pouvez devenir tout ce que vous voulez. Votre imagination est un de vos meilleurs atouts ; faites-en bon usage !

Avec tout mon amour, merci à tous.

Nick

D'autres livres

ALBIN MICHEL Stories

Olivia Atwater, «*Chroniques de la cour des faës*»

- *Âmes Miroirs*

Megan Bannen, *Corbellâme : la fin des idoles*

Melissa Bellevigne, *Love Never Fails*

Linda Cheng, *Idols*

Charlotte Davis, «*Les filles de la chance*»

- *Les filles de la chance* (tome 1)
- *La vengeance des sœurs* (tome 2)

Ashley Elston, *Dix garçons sur ma liste*

Nine Gorman, Marie Alhinho, «*La nuit où les étoiles se sont éteintes*»

- *La nuit où les étoiles se sont éteintes* (tome 1)
- *Le jour où le soleil ne s'est plus levé* (tome 2)
- *Ces prières que je fais dans le noir* (tome 3)

Nine Gorman, Mathieu Guibé, «*Ashes falling from the sky*»

- *Ashes falling from the sky* (tome 1)
- *Ashes falling from the sky – Sky burning down to ashes* (tome 2)
- *Just wanna be your brother*

Rachael Lippincott, *All this time*

Rachael Lippincott, *Five feet appart*

Sarah Mlynowski, *Dix choses que nous n'aurions pas dû faire*

Sarah Mlynowski, *Summer Love*

Laura Nsafou, «*Nos jours brûlés*»

- *Nos jours brûlés*
- *Les flammes ivoires*
- *Le dernier feu*

Laura Nsafou, *La mer chantera ton nom*

Dana Schwartz :

- *Anatomy*
- *Immortality*

A.M. Strickland, *La cour des saisons immortelles*

Couverture : © Patrick Connan
Composition : Delphine Guéchot

Éditions Albin Michel
22, rue Huyghens 75014 Paris
ISBN : 978-2-226-48862-6
N° d'édition : 25675/01
Dépôt légal : février 2025
Imprimé par Liberdúplex
Imprimé en Espagne.